И.А. Б
РАСС

I.A. BUNIN
SELECTED STORIES

EDITED WITH INTRODUCTION,
NOTES AND VOCABULARY
BY PETER HENRY, MA
EMERITUS PROFESSOR (SLAVONIC LANGUAGES AND LITERATURES),
UNIVERSITY OF GLASGOW

PUBLISHED BY BRISTOL CLASSICAL PRESS
GENERAL EDITOR: JOHN H. BETTS
RUSSIAN TEXTS SERIES EDITOR: NEIL CORNWELL

First published in 1952 by Longmans Green and Co. Ltd

This edition published in 1992,
by arrangement with Longman Group UK, by
Bristol Classical Press
an imprint of
Gerald Duckworth & Co. Ltd
61 Frith Street
London W1D 3JL
e-mail: inquiries@duckworth-publishers.co.uk

Reprinted 1996, 2001

A catalogue record for this book is available
from the British Library

ISBN 1-85399-327-1

Printed in Great Britain by
Antony Rowe Ltd, Eastbourne

CONTENTS

Ivan Bunin in 1891

FOREWORD TO THE THIRD EDITION

In this third and fully updated edition of I.A. Bunin, *Rasskazy* [*Selected Stories*], a number of misprints and other errors in the text of the four stories have been corrected. The Introduction, Notes and Vocabulary have been revised, and a new, considerably enlarged Bibliography has been included. Bunin's stories are here identified in relation to the Moscow nine-volume collection of his works (I.A. Bunin, *Sobranie sochineniy v devyati tomakh.* Izdatel′stvo Khudozhestvennaya literatura, 1965-7).

INTRODUCTION

1

Ivan Alekseyevich Bunin occupies an honourable place among the Russian writers of the twentieth century.

The literary revival at the turn of the century produced a rich harvest of fascinating variety. New vigour was infused into Russian traditional realist prose, while extensive experimentation pointed the way to new forms. After a virtual eclipse of several decades there was a great resurgence of poetry, identified in the main with the Symbolists and the various movements that sprang from them. Following the lead given by the French symbolists and drawing on the mystical philosophy of Vl. Solovyov, poets like Valery Bryusov, Andrey Bely, Vyacheslav Ivanov, and above all Alexander Blok, developed an esoteric but flexible and musical idiom that made them worthy successors of the nineteenth-century poets.

Similar tendencies found their way into the prose writings of Merezhkovsky, Andrey Bely, Rozanov, Remizov and the vastly popular Leonid Andreyev, as well as a host of other writers.

The age of the great nineteenth-century novelists, of Turgenev, Dostoyevsky and Goncharov, had passed. Only Tolstoy lived on, towering above his contemporaries, a gigantic figure of truly international renown, regarded with awe and veneration by Russians and foreigners alike.

This too, was the end of the age of Chekhov (d. 1904). His stories and plays provide a truthful, if muted, picture of a dispirited society that had lost faith in itself and its ideals. He recorded the symptoms of a malaise that was to sap the strength of the Russian Intelligentsia until the great upheaval of 1917 relegated, rather than solved, the problem.

In strident contrast to the restrained writings of Anton Chekhov and his ineffectual 'heroes' there came the crashing and noisy intrusion into literature of Maxim Gorky with his colourful, self-reliant tramps, beggars and thieves and kind-hearted prostitutes. They brought with them a belated revitalising force to the epigonic world of Russian educated society. Gorky's tramp stories, but more so his naturalistic plays such as «На дне», marked his phenomenal rise from 'the lower depths' of Russian provincial life to international fame during the years preceding the abortive revolution of 1905; while his loud and ecstatic hymns to the impending storm raised the element of social involvement, inherent in Russian literature, to an unprecedented level.

Around him there rallied a number of young writers, whose impact was similar to, if less forcible, than Gorky's own; writers like Alexander Kuprin, Ivan Bunin himself – and Leonid Andreyev, whose fertile imagination produced a host of lurid, quasi-philosophical and 'symbolist' stories and plays in the decadent manner that enjoyed the success of a literary scandal.

Significant aspects of the new literary trends were the interest shown in the heritage of classical antiquity and Christianity, both Western and Orthodox; the predominance of the philosophies of Nietzsche and Schopenhauer; and the admiration for and affinities with current Western European literary movements, greater perhaps than at any time before.

There were, of course, also writers of a distinctly national colouring, Narodniks* headed by the veteran Korolenko. Their collective hero was the stalwart, long-suffering Russian peasant, the *narod*, often seen in a somewhat idealised light. In certain quarters there was also a fashionable cult of 'popular' attitudes, expressed in imitations of peasant style in art and literature, as well as in dress and speech.

The emergence of numerous literary and philosophical 'schools', a feverish polemical activity, the search for new forms and ideals, and the sheer quantity of new writing, made the Russian literary world of pre-war years a period without parallel. Bunin himself has described the scene in a somewhat prejudiced and typically caustic manner:

> ...to think what we have done with our literature in recent years! The models we have emulated and imitated, the styles and ages we have adopted, the gods we have worshipped! Literally every winter has brought us a new idol. We have lived through Decadence, Symbolism, Naturalism, Pornography – under the title of 'Solving the Sex-Problem', through Theomachism, through Mythopoeia, through some sort of Mystical Anarchism, Dionysus and Apollo, 'Flights into Eternity', Sadism, Snobism, Acceptance of the World, Rejection of the World, imitations of the traditional popular style, through Adamism and Acmeism – and have now reached the most empty-headed form of

* Narodniks, or Populists; originally the pro-peasant movement of the 1870s that advocated a form of agrarian socialism based on the village communes; they held that in this transition the 'capitalist' phase, i.e. industrialisation, could be bypassed. Their programme, revised by the Socialist Revolutionaries at the beginning of the 20th century, enjoyed widespread support among the Intelligentsia and the peasantry alike up to and after 1917.

hooliganism, with the insipid name of Futurism. There is a real Witches' Sabbath for you! [Bunin's speech at the fiftieth anniversary of the Moscow newspaper «Русские ведомости» 8, October, 1913.]

But over the vast chorus of dissonant voices there hung the awareness of the approach of a cataclysmic upheaval, enthusiastically welcomed by some, but feared by others, who watched regretfully the irrevocable disintegration of a familiar, if manifestly faulty, mode of life. All were awaiting the devastating storm that would sweep away the old world and clear the ground for the new, unknown, yet to be born.

In this motley literary world it is difficult to assign a particular place to Ivan Bunin, who in any case does not readily fit into any one definition. However, his choice of genre and subject matter, his social background and personal temperament, and above all his concern for the preservation of a pure literary Russian style, reveal his essential position in the mainstream of classical realist prose, as a successor to Aksakov, Turgenev, Goncharov and Tolstoy. For Bunin is the poet of the Russian countryside, the chronicler of peasant life and, more particularly, of the last days of the landed gentry, which he describes in an incisive, 'pitiless' style mingled with more than a tinge of regret.

2

Bunin was born in 1870 in Voronezh in Central Russia into an ancient and distinguished line of landowning aristocrats. Among his ancestors there were a number of notable statesmen and several writers, such as the nineteenth-century poetess Anna Bunina and the great Romantic poet Vasily Zhukovsky. He was also related to the Slavophiles Ivan and Pyotr Kireyevsky. Thus he grew up with a deep awareness of the greatness of his country's past, which was to remain with him throughout his life. While not indulging in fanciful evocations of an idyllic past, he had an unusual sense of the 'weight of centuries' and the organic evolution of Russian society.

He spent his formative years on family estates in Oryol Province, 'in those fertile steppes', as he says with a scarcely concealed, almost personal, pride in his *Autobiographical Sketch* (1934), 'round which ancient Muscovite tsars had erected a bulwark of colonies drawn from every province in the land, the better to protect them against the forays from the Tartars of the South.... Here the true Russian language was formed in all its wealth, and it is from this same district that almost all our greatest writers came, beginning with Turgenev and Tolstoy.'

However, the 'nest of the gentry' in which he grew up, was, along with so many others, in the last stages of dissolution. The Emancipation of the Serfs in 1861 had been an event whose effects were far-reaching: hitherto the peasants had been the personal property of their masters – the Crown, the Church, or private landowners, who could employ them, without remuneration, as they wished. Now these peasants had gained their freedom. Four-fifths of the population had become citizens overnight, although they were still a class apart. To have gained their freedom was one thing. But the financial burden the peasants had to bear was too great for them, for they had to buy the land they tilled in forty-nine annual instalments, in addition to the other taxes they had to pay. In effect, many had to continue working for their former masters, while others started drifting to the towns. Against the background of the progressive impoverishment of the peasantry as a whole, of neglected fields and recurring famines – the causes of continual peasant unrest – there emerged the more prosperous peasant-proprietors, small in number, but with an increasing economic control over less fortunate neighbours. These new masters in the countryside, soon to be known as *kulaks* (literally 'fist'), often proved to be harsher masters than the most exacting landowners had been.

The Emancipation had struck a hard blow at the landowners. Even before 1861 it had become apparent that the large estates were often economically inefficient, a liability rather than an asset. The removal of free labour was the largest single factor contributing to their decline. Thus a general deterioration of Russian agriculture, the basis of the country's economic life, was the inevitable result of an act of social justice that could have been deferred no longer.

As regards Bunin, growing up among the declining fortunes of the last of the line endowed him with a poignant nostalgia for a glorious past, an age that, as he knew, had not been without grave blemishes. He lived on terms of near-equality with peasants who had been serfs on the estate; and from time to time ugly reminders of the enduring mentality of feudal lords and serfs were to obtrude.

He received some tuition at home; then, aged eleven, he went to live at Elets, attending the *gimnaziya* there. From there he went to Moscow University and then worked variously as a journalist and in the local Zemstvo (rural administration). This involved much travelling in the district and encounters with numerous peasants and landowners alike. In this way he gained a first-hand knowledge of the peasants of Central Russia and witnessed the general decline of rural life. It is to the memory of these twilight years of his childhood and youth and to these contacts with landowners and ex-serfs alike that he was ever to return in his writings.

Like Turgenev, with whom he has a certain affinity, Bunin began his literary career by writing poetry. Unlike him, he continued publishing verse when he had become an established prose writer. His first published poem appeared in the St Petersburg weekly «Родина» when he was only seventeen. Bunin's early verse, in the main nature lyrics written in the idiom of Pushkin, Lermontov and Fet, show a great talent which reached full development in his masterly translations of Longfellow's *Hiawatha* (1898) and Byron's verse dramas. From then on he made a practice of publishing volumes containing both stories and poems.

His first short story, «Танька», was printed in the influential Narodnik journal «Русское богатство» in 1893. However, the tendency of Narodnik writers to idealise the Russian village and the peasant himself was wholly alien to Bunin's nature. Rather than 'merge with the people', i.e. the peasantry, and identify himself with its cause, he maintained a certain distance and refused to become emotionally involved in the destinies of people who were to him as much literary material as they were human beings.

His first volume of stories appeared in 1897 and he was instantly recognised as a writer of great promise. In 1901 and 1909 he was awarded the Pushkin Prize for Poetry. In 1909 he was also elected Honorary Member of the Academy of Sciences.

Early on, Bunin revealed keen powers of observation, an astonishing visual memory, which is apparent in his minute descriptions of physical detail and his ability, even when writing many decades later, to recreate with unusual freshness scenes and experiences of his early life.

It is significant that in his youth he had intended to become a painter. His verbal imagery, his frequent use of colour and his magnificent nature descriptions are evidence of his visual talent transformed into language that is seemingly effortless, rhythmic and flexible, yet accurate and incisive. His command of an unusually wide range of Russian enriches his prose and verse alike. It is, however, in his prose writings, rather than his poetry, that Bunin developed an idiom that bears his own unmistakable stamp.

A precise and loving treatment of the language was perhaps to be the outstanding feature of this great literary artist. He was greatly concerned that the genuine, logical use of words should not be abused and showed a meticulous care for the proper stylistic use of language, whether in dialogue modelled on peasant speech or in narrative writing in general, where, he felt, standards had lamentably declined.

A fastidious stylist, he revised his own writings many times and a 'final' version of his works appeared in 1934-9. Nonetheless, even this edition did not satisfy him and towards the end of his life he undertook another revision, though it was not completed before his death.

3

Bunin really emerged as the leading chronicler of the rural scene and as an outstanding writer with the publication of «Деревня» (1911). In this *povest'* he reveals with merciless precision and in searching detail the truth about the deterioration of Russian village life observed at close range. This is a strictly contemporary record of conditions after the abortive 1905 revolution, a spontaneous, widespread but sporadic rebellion that had taken the form of mutinies, strikes, an armed insurrection, but above all, countless peasant disturbances. Bunin's stark picture of depravity, crime and violence and economic decline conveys vividly a seemingly hopeless situation. It also did much to dispel some of the idyllic notions about the character of the Russian peasant which were entertained in some quarters.

«Деревня» was greeted by all sections of the radical Intelligentsia with unanimous approval. Gorky said that in this work Bunin had dared to speak more truthfully about Russian village life than anyone before him.

It was during these years before the First World War that Gorky and Bunin came into intimate association. Bunin had published several works in the new publishing house «Знание» and the two writers exerted a fruitful influence upon each other; and after writing «Деревня» Bunin fully acknowledged the encouragement he had received from Gorky.

However, if Bunin was generally regarded as one of Gorky's 'pupils', such a teacher–pupil relationship is more apparent than real. In fact, Gorky said of Bunin that he was the greatest living craftsman of the Russian language. At the same time he recognised the limitations of Bunin's political commitment: «Не понимаю, как талант свой, красивый, как матовое серебро, он не отточит в нож и не ткнёт им куда надо».

In his numerous studies of peasant life Bunin covered a wide range. Thus, in «Ночной разговор» a peasant-soldier describes in a matter-of-fact way the gruesome training in killing people that he receives. In «Захар Воробьёв» Bunin shows us a peasant who is a truly titanic figure living after his time, a *bogatyr* surrounded by mediocrities that have usurped his place. Not finding an outlet for his strength, Zakhar takes on a wager to drink vodka in such prodigious quantities that he dies. Even his death on the highway is staggering in its epic simplicity and reminds one of an animal that seeks out loneliness away from the herd to die. «Хорошая жизнь» is the story of a hard and selfish peasant woman who achieves prosperity by sacrificing the happiness of her son and the life of the one person who loved her. Here Bunin makes full use of his gift for reproducing the speech of the peasantry; the story is written as a *skaz*, in the first person, as narrated by the woman herself.

There is a grim study of the kulak in «Князь во князьях», while «Чаша жизни» describes the life of the rural clergy. These, and his many other sketches, provide a comprehensive picture of the Russian rural scene before 1917.

4

An important work, artistically more satisfying than «Деревня», is «Суходол» (1912), concentrating on the landowners rather than the peasants. This is a hauntingly evocative chronicle of the 'fall of the house of the Khrushchovs', with Natalya, a devoted servant, as the central character. It is written to a loose chronological pattern, the range extending from the end of the century back to the days of serfdom. A gallery of remarkable, though eccentric, even unbalanced, landowners is displayed and the deeply integrated relationship of masters and servants is evoked with wonderful skill. The story is often described as a requiem for that world, irretrievably vanished. Yet it is not an idyll without blemish. Through the nostalgic twilight there stand out sharply those scenes of injustice and cruelty that were an ever-present feature of that life. The narrative is endowed with a special colouring by Natalya's love for one of her masters and the savage way in which she was punished for revealing her feelings.

Here, as in so many of his stories, Bunin succeeds in conveying the atmosphere of an utterly distant past, of something that has entirely disappeared. Not even the graves of these people, so real and alive in the story, are known, although Bunin was clearly drawing on his own experiences in writing it. He creates a poignant mood of finality, a poetic remoteness, which is the very opposite of 'autobiographies experienced in the present', such as Gorky's trilogy «Детство», «В людях», «Мои университеты».

In «Суходол» one sees the two aspects, typical of Bunin's art, which might conflict in a less skilful writer: the unvarnished picture of a hard and cruel life, full of suffering, yet containing some moments of beauty and happiness; and the deep regret at its passing, for all its faults, which is implicit in the very texture of the story.

An unsparing picture of the corrosion of emotional life by social decline is given in «Последнее свидание». This is the last meeting of one of the gentry, no longer young, and the daughter of a neighbouring landowner. They had been in love in their youth and later maintained the relationship, though their feelings for each other have become poisoned by the gnawing awareness of their own degeneration. Bitter resentment wells up in them as they blame each other for their present incapacity to live worthwhile lives, and their last meeting consists of angry, hurtful words, as they go their separate ways into a life that holds no promise or meaning for them. As he says,

> «Мы дворянское отродье, не умеем просто любить. Это отрава для нас. И это я, а не ты, загубил себя. Пятнадцать, шестнадцать лет тому назад я приезжал сюда каждый день и готов был ночевать у твоего порога. Я тогда был ещё мальчишка, восторженный и нежный дуралей...» «Но потом, конечно, роли переменились, – сказал он с отвращением. – Ну, да, теперь всё равно. Конец...»

«Грамматика любви» is another story with a Turgenevan setting. A young man is driving in a leisurely way to a remote part of the district. He calls in at an estate on his way, where in the course of a frivolous conversation his hostess tells him of the death of a neighbour. The visitor knew of the lifelong devotion of this eccentric landowner to the memory of a beautiful peasant girl whom he had loved until her death many years ago. The visitor's curiosity is mildly aroused and he goes to the 'shrine of love'. It is now occupied by the son born of that liaison, who is eager to show the visitor around and sell what he can out of his father's rare library. His attitude to the memory of his own parents is ambiguous, more reverent than affectionate, but at the same time seemingly indifferent. The visitor is intrigued, if not overwhelmed, by the various objects on show; but the necklace that the beautiful Lushka had worn reminds him of his reactions on seeing the relics of an Italian saint long dead. It is to him something not so much moving as quaint, exotic and utterly remote. The author refuses to let his hero be drawn into a sentimental mood, the attitude is that of an unfeeling, if interested, buyer of curios. With a casual insistence he penetrates further into the sanctuary and succeeds in acquiring, though we are not told how, the 'Grammar of Love', that had definitely not been for sale.

This dispassionate treatment of a lyrical theme, the deliberate, aesthetically successful alienation of the subject and the controlled, but effortless, seemingly casual progression of the action make this story typical of Bunin's art.

5

Bunin did not associate himself with the various literary movements that abounded before the First World War; while an inborn scepticism and an aristocratic aloofness prevented him from participating in any political activity. 'Never in my writings did I touch on anything connected with politics. I belonged to no literary school, calling myself neither a Decadent nor a Symbolist, neither a Romantic, nor a Realist. I assumed no false mask and waved no gaudily tinted banner' (*Autobiographical Sketch*). These remarks, however, do not preclude the fact that he was inevitably affected by the prevailing 'spirit of the age', and his affinity with various literary and cultural trends are apparent in his work. As for his apolitical stand, it was to be put to the test in 1917.

As the storm clouds gathered over Europe, Bunin went off on protracted journeys abroad, to Western Europe, the Mediterranean, Egypt, Asia Minor, Ceylon and Malaysia. During these voyages he wrote a number of stories and poems. The best of them show how much more cosmopolitan his talent was than that of most of his compatriots, how readily he could transfer to unfamiliar, exotic scenes and reproduce them in his writing. Nonetheless, his touch is here not as masterly, his descriptions are more inflated than in the stories set in rural Russia; and his originality has suffered. Thus, for example, «Братья» (1914). This is an experiment in artistic parallelism, set in the teeming streets of Colombo, the 'brothers' being a pathetic Singhalese rickshaw boy and a wealthy Western tourist, whose lives, apparently dissimilar, share a fundamental identity. This story and «Сны Чанга» (1916), being the account of the life and thoughts of a dog from China and his view of humanity, are on the whole too contrived to appeal to the modern reader.

The most celebrated of this group of stories is «Господин из Сан-Франциско» (1915). Bunin gathered material for this story while staying on Capri, incidentally at that time Gorky's home in exile. Here he watched the arrival of trans-Atlantic luxury liners bringing wealthy American tourists for a holiday in the Old World, expecting all the comfort and entertainment that money could buy.

The story describes the voyage, arrival and sudden death from a stroke of one of these wealthy visitors. Bunin's originality lies in his powerful, concentrated treatment of this bald theme. The elaborate efforts that are made for the entertainment of these 'lords of the world', the organised hypocrisy and servility with which they are screened from the realities of life (and death), the absence of real standards of merit beyond the prestige of money and social rank, are described with an almost oppressive objectivity tinged with cynicism. There is an emphasised contrast between the lavish reception accorded to the Gentleman from San Francisco and the humiliating haste with which his body is removed, and the open resentment that now breaks through the veneer of obsequious service. In dying, the Gentleman from San Francisco becomes an 'unpleasantness' that must be cleared away. The contrived life of the visitors contrasts with the unpretentious simplicity of that of the hotel servants and the carter who takes away the corpse: the latter lead lives which are fuller and possibly with more meaning. On this level the story is a powerful social satire.

But the real meaning of «Господин из Сан-Франциско» lies deeper. It lies in Man's vulnerability in the face of the forces of nature and death. His attempts to control his destiny are as illusory as the sense of security that the passengers derive from their firm belief in the captain's control over the elements. At the very centre of life there is death, just as the corpse of the Gentleman from San Francisco lies in the bowels of the ship returning to the New World. He was killed by something completely beyond his control, against which he could summon no defence. He was slaughtered, like some animal.

How far had he really been alive? He had had no identity, not even a name; he was devoid of any thoughts and never uttered more than an order to a servant and the «Ужасно!» that he repeated, not knowing why, before his death. His whole life had been dominated by his material possessions. His existence had been purely physical, so that when he died it was only his body that struggled with death; and afterwards his corpse is described in the same terms as the man he had been when alive. And the death of the body is the complete and utter end of the person.

It is in this story, considered by many critics as his best, by some even as the best short story in the Russian language, that Bunin's pessimistic strain becomes most obvious. Man's life is basically meaningless, at the mercy of blind and cruel forces, embodied here in the omnipresence of death, and in later stories in the deadly forces of Eros. Human life is the victim of powers that Man cannot hope to control. At best, the artist can impose the semblance of order upon it, as in the deliberate rounding of this story. Many of the ideas underlying «Господин из Сан-Франциско» are echoed in such works as Thomas Mann's *Magic Mountain* and *Death in Venice*, and the story has a superficial similarity to Tolstoy's «Смерть Ивана Ильича», with which it has often been compared.

The extension back in time to the days of the Roman Empire and beyond was doubtless intended to give the story an 'eternal', timeless quality. This device may not have been entirely successful, while the introduction of the Devil, which strikes one now as a mawkish, unnecessary piece of mystification, is a distant echo of the Satanism that was a feature of the Russian Decadents of the beginning of the century, notably Leonid Andreyev and Fyodor Sologub.

In this story Bunin's language has reached a climax of powerful concentration. The rhythmic roll of his descriptive passages is highly evocative, though admittedly, his over-elaboration of physical effects results in a number of grossly involved sentences. A vindication of his technique is the fact that the philosophical theme of the story – the contrast between the illusory existence of the Individual and the real, yet uncanny, existence of the material world, of Man's mechanical creations and the forces of Nature – can be better conveyed in a constant, pounding appeal to the reader's sensory imagination than it could in terms of purely logical argument.

As the style and subject matter of «Господин из Сан-Франциско» are somewhat untypical of Bunin's art, it is surprising that outside Russia he is known primarily as the author of this work. This cogent expression of a decadent philosophy, together with a number of stories on biblical and mythological themes, form an interesting and original aspect of his work. In these a certain religious commitment, inherent in Bunin's work, is made explicit.

Bunin's writings were readily appreciated in English circles of the 1910s and 1920s, by Katherine Mansfield, D.H. Lawrence and Virginia and Leonard Woolf. It was D.H. Lawrence and S.S. Koteliansky who first translated «Господин из Сан-Франциско» into English.

6

After the revolution in 1917, Bunin adopted an unswervingly anti-Bolshevik stand. He left the country and settled in France, where he became the acknowledged leader of Russian emigré writers. In fact, he continued writing with undiminished vigour, chiefly stories based on his reminiscences of the old Russia, now lost to him for ever. But his remarkable faculty for recreating the physical scene and his astonishingly accurate rendering of peasant idiom give these stories a firmer texture and sharper outline than one associates with sentimental reminiscences. Stories like «Далёкое» (1924), «Солнечный удар» (1927) and «Тёмные аллеи» (1938) have lost none of the tangible reality of his earlier work. His autobiographical cycle «Жизнь Арсеньева» (translated into English under the title *The Well of Days*) is on a scale he had not attempted before.

Many of the stories Bunin wrote in emigration have as their theme the turbulent emotions of youth and the tragic impulses of passion. The most powerful of these is «Митина любовь» (1925), perhaps his most significant work. Set in pre-revolutionary Russia, it describes the tragic love of a young nobleman for a gay and attractive young girl, Katya, caught up in the decadent circles of actors and artists. The ambivalence of her feelings for him play havoc with his nerves and he is sent to his estate to recover. But as the weeks pass by without news from her, his love degenerates into an obsession of jealousy, doubt and morbid suspicion, which no distractions can dispel. When finally she sends him a letter telling him that she has abandoned him, there is only one way to give relief to the never-ending pain, and in a moment of blind despair Mitya shoots himself –'with delight' – through the mouth, and dies.

Here Bunin remains faithful to his artistic principles, and his dispassionate and meticulously observed record of frustrated love is as intense and overwhelming as any subjectively experienced treatment of a similar theme could be. Here one can see the difference between his approach to the pathological and Dostoyevsky's, as revealed, for example, in *Crime and Punishment*.

«Далёкое» is a moving evocation of the author's student days in Moscow. It concerns the inhabitants of the boarding-house where he stayed, people who are ordinary, pathetic and faintly ludicrous. But their complete disappearance as part of a vanished world gives the story a special poignancy, and in nostalgic retrospect these persons transcend their own relative insignificance.

There is a vivid description of commonplace, yet exhilarating spring days in Moscow, a striking example of Bunin's use of a rhythmic, musical idiom. The whole scene is conveyed in terms of growing animation and constantly accelerating movement, and the supple, perfectly balanced language gives an exquisite rendering of the romance and gaiety of re-awakening life.

Bunin's technique suggests comparison with that of Chekhov, the great short story writer. It is possibly from him that he learnt the art of brevity, which he developed to its extreme form in some of his later stories that he compressed into less than a page.

One such Chekhovian story is «Солнечный удар». This is the chance encounter on a Volga steamer, during a heat-wave, of an officer and a young married woman. On an unaccountable impulse they leave the steamer and spend the night together in a hotel, to part on the following morning; and the incident is closed as suddenly as it had begun. The effect is not so much of a sordid interlude, but of something that happened to two complete strangers, without them being fully aware of what they were doing, as if they both had had sunstroke. The unsentimental detachment with which the subject is treated contrasts sharply with Chekhov's «Дама с собачкой». The two writers had been on friendly terms, especially during Chekhov's last years, spent largely at Yalta in the Crimea, where Bunin was a frequent and welcome visitor. His book on Chekhov («О Чехове. Незаконченная рукопись», New York, 1955) is an important contribution to Chekhoviana.

«Тёмные аллеи», however, is more in the tradition of Turgenev. It describes the unexpected meeting, after many years, of lovers of unequal social background. The woman, now middle-aged, is the hostess of a coaching-house, where he, an officer of staff rank, intends to put up. The two are surprised and moved by this odd coincidence and talk like old friends about their lives, which they had lived apart. But the estrangement caused by their broken relationship remains. The woman has not, in the manner of the traditional sentimental heroine, forgiven him for having abandoned her; while he, deep down, has not regretted doing so. The romance of the encounter is dispelled in the officer's thoughts as he drives away.

> «Да, пеняй на себя. Да, конечно, лучшие минуты. И не лучшие, а истинно волшебные! «Кругом шиповник алый цвёл, стояли тёмных лип аллеи...» Но, Боже мой, что же было бы дальше? Что, если бы я не бросил её? Какой вздор! Эта самая Надежда не содержательница постоялой горницы, а моя жена, хозяйка моего петербургского дома, мать моих детей?»
>
> И, закрывая глаза, качал головой.

Our social origin and position in life, it is implied, have a greater hold over our actions than a youthful love ever could, or should, for that matter.

7

While Bunin is thus in the line of the great Russian realists, as an artist he is possibly nearer to the French Parnassians, to the Goncourt brothers, to Flaubert, and in some respects to Maupassant. His primary concern for his style and language and the controlled objectivity of his writing, combined with a deep insight into the intricate psychology of his characters, give him a special place in Russian twentieth-century literature.

Bunin's international fame was confirmed in 1933, when he was awarded the Nobel Prize for Literature, the only Russian before Boris Pasternak to have been thus honoured. In a brief, dignified speech he thanked the Swedish Academy for the honour accorded to him, which he accepted on behalf of the many homeless Russian writers whom he represented. (See Bibliography.)

He lived through the hard and humiliating years of the Nazi occupation of France, never compromising his integrity by collaborating with the enemies of civilisation.

Though his nostalgic longing for his native land was ever present in him through the long years of voluntary exile, he never returned, as Alexey Tolstoy, Alexander Kuprin and other writers did. He spoke of 'personal reasons' which made it impossible to come to terms with the Soviet system.

He felt unable to share in a life built, as he believed, on the graveyard of that Russia which he held so dear, and which remained his spiritual home to his death in 1953.

Significantly, Bunin's writings, both his prose and poetry, continue increasingly to be published in Russia and elsewhere in the former USSR. His style and his manner of portraying reality are held up as an outstanding model for young Russian writers. This is a posthumous tribute, in its way at least as significant as the Nobel Prize, to the enduring greatness of this lonely and exceptional writer, whose place among the masters of the Russian language is assured.

ГРАММАТИКА ЛЮБВИ

Не́кто И́влев[1] е́хал одна́жды в нача́ле ию́ня в да́льний край своего́ уе́зда.

Таранта́с с кривы́м пы́льным ве́рхом дал ему́ шу́рин, в име́нии кото́рого он проводи́л ле́то. Тро́йку лошаде́й, ме́лких, но спра́вных, с густы́ми сби́тыми гри́вами, на́нял он на дере́вне, у бога́того мужика́. Пра́вил и́ми сын э́того мужика́, ма́лый лет восемна́дцати, тупо́й, хозя́йственный. Он всё о чём-то недово́льно ду́мал, был как бу́дто че́м-то оби́жен, не понима́л шу́ток. И, убеди́вшись, что с ним не разговори́шься[2], И́влев отда́лся той споко́йной и бесце́льной наблюда́тельности, кото́рая так идёт к ла́ду копы́т и громыха́нию бубе́нчиков.

Е́хать снача́ла бы́ло прия́тно: тёплый, ту́склый день, хорошо́ нака́танная доро́га, в поля́х мно́жество цвето́в и жа́воронков; с хлебо́в, с невысо́ких си́зых ржей, простира́вшихся наско́лько глаз хва́тит, дул сла́дкий ветеро́к, нёс по их косяка́м цвето́чную пыль, места́ми дыми́л е́ю[3], и вдали́ от неё бы́ло да́же тума́нно. Ма́лый, в но́вом картузе́ и неуклю́жем люстри́новом пиджаке́, сиде́л пря́мо; то, что ло́шади бы́ли всеце́ло вве́рены ему́ и что он был наря́жен, де́лало его́ осо́бенно серьёзным. А ло́шади ка́шляли и не спеша́ бежа́ли, валёк ле́вой пристя́жки поро́ю скрёб по колесу́, поро́ю натя́гивался, и всё вре́мя мелька́ла под ним бе́лой ста́лью стёртая подко́ва [4].

— К гра́фу бу́дем заезжа́ть? — спроси́л ма́лый, не обора́чиваясь когда́ впереди́ показа́лась дере́вня, замыка́вшая горизо́нт свои́ми лози́нами и са́дом [5].

— А заче́м? — сказа́л И́влев.

Ма́лый помолча́л и, сбив кнуто́м прили́пшего к ло́шади кру́пного о́вода, су́мрачно отве́тил:

— Да чай пить...

— Не чай у тебя́ в голове́ [6], — сказа́л И́влев. — Всё лошаде́й жале́ешь.

— Ло́шадь езды́ не бои́тся, она́ ко́рму бои́тся [7], — отве́тил ма́лый настави́тельно.

Ивлев погляде́л круго́м: пого́да поскучне́ла, со всех сторо́н натяну́ло линю́чих туч [8] и уже́ накра́пывало — э́ти скро́мные деньки́ всегда́ ока́нчиваются окладны́ми дождя́ми... Стари́к, паха́вший во́зле дере́вни, сказа́л, что до́ма одна́ молода́я графи́ня, но всё-таки зае́хали. Ма́лый натяну́л на пле́чи армя́к и, дово́льный тем, что ло́шади отдыха́ют, споко́йно мок под дождём на ко́злах таранта́са, останови́вшегося среди́ гря́зного двора́, во́зле ка́менного коры́та, вро́сшего в зе́млю, исты́канную копы́тами скота́. Он огля́дывал свои́ сапоги́, поправля́л кнутови́щем шлею́ на кореннике́, а Ивлев сиде́л в темне́ющей от дождя́ гости́ной, болта́л с графи́ней и ждал ча́я; уже́ па́хло горя́щей лучи́ной [9], гу́сто плыл ми́мо откры́тых о́кон зелёный дым самова́ра, кото́рый боса́я де́вка набива́ла на крыльце́ пука́ми я́рко пыла́ющих кума́чным огнём ще́пок [10], облива́я их кероси́ном. Графи́ня была́ в широ́ком ро́зовом капо́те, с откры́той напу́дренной гру́дью; она́ кури́ла, глубоко́ затя́гиваясь, ча́сто поправля́ла во́лосы, до плече́й обнажа́я свои́ туги́е и кру́глые ру́ки; затя́гиваясь и смея́сь, она́ всё своди́ла разгово́р на любо́вь и ме́жду про́чим расска́зывала про своего́ бли́зкого сосе́да, поме́щика Хвощи́нского, кото́рый, как знал И́влев ещё с де́тства, всю жизнь был поме́шан на любви́ к свое́й го́рничной Лу́шке [11], уме́ршей в ра́нней мо́лодости. — «Ах, э́та л е г е н д а́ р н а я Лу́шка! — заме́тил И́влев шутли́во, слегка́ конфу́зясь своего́ призна́ния. — Оттого́, что э́тот чуда́к обоготвори́л её, всю жизнь посвяти́л сумасше́дшим мечта́м о ней, я в мо́лодости был почти́ влюблён в неё, вообража́л, ду́мая о ней, Бог зна́ет что, хотя́ она́, говоря́т, совсе́м нехороша́ была́ собо́й». — «Да? — сказа́ла графи́ня, не слу́шая. — Он у́мер ны́нешней зимо́й. И Пи́сарев, еди́нственный, кого́ он иногда́ допуска́л к себе́ по ста́рой дру́жбе [12], утвержда́ет, что во всём остально́м он нико́лько не́ был поме́шан, и я вполне́ ве́рю э́тому — про́сто он был не тепе́решним чета́...[13]» Наконе́ц, боса́я де́вка с необыкнове́нной осторо́жностью подала́ на ста́ром серебряном подно́се стака́н кре́пкого си́вого ча́я из пруда́вки и корзи́ночку с пече́ньем, заси́женным му́хами.

Когда́ пое́хали да́льше, дождь разошёлся уже́ по-настоя́щему. Пришло́сь подня́ть верх, закры́ться каля́ным, ссо́хшимся фа́ртуком, сиде́ть согну́вшись. Громыха́ли глухаря́ми ло́шади [14], по их тёмным и блестя́щим ля́жкам бежа́ли стру́йки, под колёсами шурша́ли тра́вы како́го-то рубежа́ среди́ хлебо́в, где ма́лый пое́хал в наде́жде сократи́ть путь, под ве́рхом собира́лся тёплый ржано́й дух, меша́вшийся с за́пахом ста́рого таранта́са... «Так вот оно́ что [15], Хвощи́нский у́мер, — ду́мал И́влев. — На́до непреме́нно зае́хать хоть взгляну́ть на э́то опусте́вшее святи́лище таи́нственной Лу́шки... Но что за челове́к был э́тот

Хвощи́нский? Сумасше́дший и́ли про́сто кака́я-то ошеломлённая, вся на одно́м сосредото́ченная душа́? [16]» По рассќазам старико́в поме́щиков све́рстников Хвощи́нского, он когда́-то слыл в уе́зде за ре́дкого у́мницу. И вдруг свали́лась на него́ э́та любо́вь, э́та Лу́шка, пото́м неожи́данная смерть её, — и всё пошло́ пра́хом: он затвори́лся в до́ме, в той ко́мнате, где жила́ и умерла́ Лу́шка, и бо́льше двадцати́ лет просиде́л на её крова́ти — не то́лько никуда́ не выезжа́л, а да́же у себя́ в уса́дьбе не пока́зывался никому́; наскво́зь просиде́л матра́ц на Лу́шкиной крова́ти и Лу́шкиному влия́нию припи́сывал буква́льно всё, что соверша́лось в ми́ре: гроза́ захо́дит — э́то Лу́шка насыла́ет грозу́, объя́влена война́ — зна́чит, так Лу́шка реши́ла, неурожа́й случи́лся — не угоди́ли мужики́ Лу́шке...

— Ты на Хвощи́нское [17], что ли, е́дешь? — кри́кнул И́влев, высо́вываясь под дождь.

— На Хвощи́нское, — невня́тно отозва́лся сквозь шум дождя́ ма́лый, с обви́сшего картуза́ кото́рого уже́ текла́ вода́. — На Пи́сарев верх...

Тако́го пути́ И́влев не знал. Места́ станови́лись всё бедне́е и глу́ше. Ко́нчился рубе́ж, ло́шади пошли́ ша́гом и спусти́ли покоси́вшийся таранта́с размы́той колдо́биной под го́рку [18], в каки́е-то ещё неко́шеные луга́, зелёные ска́ты кото́рых гру́стно выделя́лись на ни́зких ту́чах. Пото́м доро́га, то пропада́я, то возобновля́ясь, ста́ла переходи́ть с одного́ бо́ка на друго́й по дни́щам овра́гов, по буера́кам в ольхо́вых куста́х и верболо́зах... Была́ чья́-то ма́ленькая па́сека, не́сколько коло́док, стоя́вших на ска́те в высо́кой траве́, красне́ющей земляни́кой... [19] Объе́хали каку́ю-то ста́рую плоти́ну, потону́вшую в крапи́ве, и давно́ вы́сохший пруд — глубо́кую яру́гу заро́сшую бурья́ном вы́ше челове́ческого ро́ста... Па́ра чёрных куличко́в с пла́чем метну́лась из них в дождли́вое не́бо... А на плоти́не, среди́ крапи́вы, ме́лкими бле́дно-ро́зовыми цвето́чками цвёл большо́й ста́рый куст, то ми́лое деревцо́, кото́рое зову́т «Бо́жьим де́ревом», — и вдруг И́влев вспо́мнил места́, вспо́мнил, что не раз е́здил тут в мо́лодости верхо́м...

— Говоря́т, она́ тут утопи́лась-то[20], — неожи́данно сказа́л ма́лый.

— Ты про любо́вницу Хвощи́нского, что ли? — спроси́л И́влев. — Э́то непра́вда, она́ и не ду́мала топи́ться[21].

— Нет, утопи́лась[22], — сказа́л ма́лый. — Ну, то́лько ду́мается, он скоре́й всего́ от бе́дности от свое́й сшёл с ума́, а не от ней...[23]

И, помолча́в, гру́бо приба́вил:

— А нам опя́ть на́до заезжа́ть... в э́то, в Хво́щино-то...[24] Ишь, как ло́шади-то умори́лись!

— Сде́лай ми́лость, — сказа́л И́влев.

На бугре́, куда́ вела́ оловя́нная от дождево́й воды́ доро́га, на ме́сте сведённого ле́са, среди́ мо́крой, гнию́щей щепы́ и листвы́, среди́ пней и молодо́й оси́новой по́росли, го́рько и свежо́ па́хнущей, одино́ко стоя́ла изба́. Ни души́ не́ было круго́м, — то́лько овся́нки, си́дя под дождём на высо́ких цвета́х звене́ли на весь ре́дкий лес[25], поднима́вшийся за избо́ю, но, когда́ тро́йка, шлёпая по гря́зи, поравня́лась с её поро́гом, отку́да-то вы́рвалась це́лая ора́ва грома́дных соба́к, чёрных, шокола́дных, ды́мчатых, и с я́ростным ла́ем закипе́ла вокру́г лошаде́й, взвива́ясь к са́мым их мо́рдам, на лету́ перевёртываясь и пря́дая да́же под верх таранта́са. В то же вре́мя и столь же неожи́данно не́бо над таранта́сом расколо́лось от оглуши́тельного уда́ра гро́ма, ма́лый с остервене́нием ки́нулся драть соба́к кнуто́м, и ло́шади вскачь понесли́ [26] среди́ замелька́вших пе́ред глаза́ми оси́новых стволо́в...

За ле́сом уже́ ви́дно бы́ло Хвощи́нское. Соба́ки отста́ли и сра́зу смо́лкли, делови́то побежа́ли наза́д, лес расступи́лся, и впереди́ опя́ть откры́лись поля́. Вечере́ло, и ту́чи не то расходи́лись, не то заходи́ли [27] тепе́рь с трёх сторо́н: сле́ва почти́ чёрная, с голубы́ми просве́тами, спра́ва — седа́я, грохо́чущая непреры́вным гро́мом, а с за́пада, из-за хво́щинской уса́дьбы, из-за ко́сого́ров над речно́й доли́ной, — му́тно-си́няя, в пы́льных полоса́х дождя́ [28], сквозь кото́рые розове́ли го́ры да́льних облако́в. Но над таранта́сом дождь реде́л, и, приподня́вшись, И́влев, весь заки́данный гря́зью, с удово́льствием завали́л наза́д отяжеле́вший верх [29] и свобо́дно вздохну́л паху́чей сы́ростью по́ля.

Он гляде́л на приближа́ющуюся уса́дьбу, ви́дел, наконе́ц, то, о чём слы́шал так мно́го, но по-пре́жнему каза́лось, что жила́ и умерла́ Лу́шка не два́дцать лет тому́ наза́д, а чуть ли не во времена́ незапа́мятные. По доли́не теря́лся в куге́ след ме́лкой ре́чки, над ней лета́ла бе́лая рыба́лка. Да́льше, на полугоре́, лежа́ли ряды́ се́на, потемне́вшие от дождя́; среди́ них, далеко́ друг от дру́га, раски́дывались ста́рые серебри́стые то́поли. Дом, дово́льно большо́й, когда́-то белёный, с блестя́щей мо́крой кры́шей, стоя́л на соверше́нно го́лом ме́сте. Не́ было круго́м ни са́да, ни постро́ек, — то́лько два кирпи́чных столба́ на ме́сте воро́т да лопухи́ по кана́вам. Когда́ ло́шади вброд перешли́ ре́чку и подняли́сь на́ гору, кака́я-то же́нщина в ле́тнем мужско́м пальто́, с обви́сшими карма́нами, гнала́ по лопуха́м индю́шек. Фаса́д до́ма был необыкнове́нно ску́чен: о́кон в нём бы́ло ма́ло, и все они́ бы́ли невелики́, сиде́ли в то́лстых стена́х [30]. Зато́ огро́мны бы́ли мра́чные кры́льца. С одного́ из них удивлённо гляде́л на подъезжа́ющих молодо́й челове́к в се́рой гимнази́ческой блу́зе, подпоя́санной широ́ким ремнём, чёрный, с краси́выми глаза́ми и о́чень милови́дный, хотя́ лицо́ его́ бы́ло бле́дно и от весну́шек пёстро, как пти́чье яйцо́.

Ну́жно бы́ло че́м-нибудь объясни́ть свой зае́зд. Подня́вшись на крыльцо́ и назва́в себя́, Ивлев сказа́л, что хо́чет посмотре́ть и, мо́жет быть, купи́ть библиоте́ку, кото́рая, как говори́ла графи́ня, оста́лась от поко́йного [31], и молодо́й челове́к, гу́сто покрасне́в, то́тчас повёл его́ в дом. «Так вот э́то и есть сын знамени́той Лу́шки! [32]» — поду́мал Ивлев, оки́дывая глаза́ми всё, что бы́ло на пути́, и ча́сто огля́дываясь и говоря́ что попа́ло, лишь бы ли́шний раз взгляну́ть на хозя́ина [33], кото́рый каза́лся сли́шком моложа́в для свои́х лет. Тот отвеча́л поспе́шно, но односло́жно, пу́тался, ви́димо, и от засте́нчивости и от жа́дности; что он стра́шно обра́довался возмо́жности прода́ть кни́ги и вообрази́л, что сбу́дет их недёшево, сказа́лось в пе́рвых же его́ слова́х, в той нело́вкой торопли́вости, с кото́рой он заяви́л, что таки́х книг, как у него́, ни за каки́е де́ньги нельзя́ доста́ть. Че́рез полутёмные се́ни, где была́ на́стлана кра́сная от сы́рости соло́ма, он ввёл Ивлева в большу́ю пере́днюю.

— Тут вот и жил ваш ба́тюшка? — спроси́л Ивлев, входя́ и снима́я шля́пу.

— Да, да, тут, — поспеши́л отве́тить молодо́й

челове́к. — То есть, коне́чно, не тут... они́ ведь бо́льше всего́ в спа́льне сиде́ли...[34] но, коне́чно, и тут быва́ли...

— Да, я зна́ю, он ведь был бо́лен, — сказа́л Ивлев.

Молодо́й челове́к вспы́хнул.

— То есть чем бо́лен? [35] — сказа́л он, и в го́лосе его́ послы́шались бо́лее муже́ственные но́ты. — Э́то всё сплё́тни, они́ у́мственно ниско́лько не́ были больны́... Они́ то́лько всё чита́ли и никуда́ не выходи́ли, вот и всё... Да нет [36], вы, пожа́луйста, не снима́йте карту́з, тут хо́лодно, мы ведь не живём в э́той полови́не...

Пра́вда, в до́ме бы́ло гора́здо холодне́е, чем на во́здухе. В неприве́тливой пере́дней, окле́енной газе́тами, на подоко́ннике печа́льного от туч окна́ стоя́ла лубяна́я перепели́ная кле́тка. По́ полу сам собо́ю пры́гал се́рый мешо́чек. Наклони́вшись, молодо́й челове́к пойма́л его́ и положи́л на ла́вку, и Ивлев по́нял, что в мешо́чке сиди́т пе́репел; зате́м вошли́ в зал. Э́та ко́мната, о́кнами на за́пад и на се́вер [37], зани́мала чуть ли не полови́ну всего́ до́ма. В одно́ окно́, на зо́лоте расчища́ющейся за ту́чами зари́, видна́ была́ столе́тняя, вся чёрная плаку́чая берёза. Пере́дний у́гол весь был за́нят божни́цей без стёкол, уста́вленной и уве́шанной образа́ми; среди́ них выделя́лся и величино́й и дре́вностью о́браз в сере́бряной ри́зе [38], и на нём, желте́я во́ском, как мёртвым те́лом, лежа́ли венча́льные све́чи [39] в бле́дно-зелёных ба́нтах.

— Прости́те, пожа́луйста, — на́чал бы́ло Ивлев, превозмога́я стыд [40], — ра́зве ваш ба́тюшка...

— Нет, э́то так [41] — пробормота́л молодо́й челове́к, мгнове́нно поня́в его́. — Они́ уже́ по́сле её сме́рти купи́ли э́ти све́чи... и да́же обруча́льное кольцо́ всегда́ носи́ли...

Ме́бель в за́ле была́ топо́рная. Зато́ в просте́нках стоя́ли прекра́сные го́рки, по́лные ча́йной посу́дой и у́зкими, высо́кими бока́лами в золоты́х ободка́х. А пол весь был у́стлан сухи́ми пчёлами, кото́рые щёлкали под нога́ми. Пчёлами была́ усы́пана и гости́ная, соверше́нно пуста́я. Пройдя́ её и ещё каку́ю-то су́мрачную ко́мнату с лежа́нкой, молодо́й челове́к останови́лся во́зле ни́зенькой две́ри и вы́нул из карма́на брюк большо́й ключ. С трудо́м поверну́в его́ в ржа́вой замо́чной сква́жине, он распахну́л дверь, что́-то пробормота́л — и Ӣвлев увидел камо́рку в два окна́; у одно́й стены́ её стоя́ла желе́зная го́лая ко́йка, у друго́й — два кни́жных шка́пчика из каре́льской берёзы.

— Э́то и есть библиоте́ка? — спроси́л Ӣвлев, подходя́ к одному́ из них.

И молодо́й челове́к, поспеши́в отве́тить утверди́тельно, помо́г ему́ раствори́ть шка́пчик и жа́дно стал следи́ть за его́ рука́ми.

Престра́нные кни́ги составля́ли э́ту библиоте́ку! Раскрыва́л Ӣвлев то́лстые переплёты, отвора́чивал урше́ра́вую се́рую страни́цу и чита́л: «Закля́тое уро́чище [42]»... «У́тренняя звезда́ и ночны́е де́моны»... «Размышле́ния о та́инствах мирозда́ния»... «Чуде́сное путеше́ствие в волше́бный край»... «Нове́йший со́нник»... А ру́ки всё-таки слегка́ дрожа́ли. Так вот чем пита́лась та одино́кая душа́, что навсегда́ затвори́лась от ми́ра [43] в э́той камо́рке и ещё так неда́вно ушла́ из неё... Но, мо́жет быть, она́ э́та душа́, и впрямь не совсе́м была́ безу́мна? — «Есть бытие́, — вспо́мнил Ӣвлев стихи́ Бораты́нского [44], — есть бытие́, но и́менем каки́м его́ назва́ть? Ни сон оно́, ни бде́нье, — меж них оно́, и в челове́ке им с безу́мием грани́чит разуме́нье...» Расчи́стило на за́паде, зо́лото гляде́ло отту́да из-за краси́вых лилова́тых облако́в и стра́нно озаря́ло э́тот бе́дный прию́т любви́, любви́ непоня́тной, в како́е-то экстати́ческое житие́ [45] преврати́вшей це́лую челове́ческую жизнь, кото́рой, мо́жет, надлежа́ло быть са́мой обы́денной жи́знью, не случи́сь како́й-то зага́дочной в своём обая́нии Лу́шки...[46]

Взяв из-под ко́йки скаме́ечку, И́влев сел пе́ред шка́пом и вы́нул папиро́сы, незаме́тно огля́дывая и запомина́я ко́мнату.

— Вы ку́рите? — спроси́л он молодо́го челове́ка, стоя́вшего над ним.

Тот опя́ть покрасне́л.

— Курю́, — пробормота́л он и попыта́лся улыбну́ться. — То есть не то что курю́, скоре́е балу́юсь...[47] А впро́чем, позво́льте, о́чень благода́рен вам.

И, нело́вко взяв папиро́су, закури́л дрожа́щими рука́ми, отошёл к подоко́ннику и сел на него́, загора́живая жёлтый свет зари́.

— А э́то что? — спроси́л И́влев, наклоня́ясь к сре́дней по́лке, на кото́рой лежа́ла то́лько одна́ о́чень ма́ленькая кни́жечка, похо́жая на моли́твенник, и стоя́ла шкату́лка, углы́ кото́рой бы́ли обде́ланы в серебро́, потемне́вшее от вре́мени.

— Э́то так...[48] В э́той шкату́лке ожере́лье поко́йной ма́тушки, — запну́вшись, но стара́ясь говори́ть небре́жно, отве́тил молодо́й челове́к.

— Мо́жно взгляну́ть?

— Пожа́луйста... хотя́ оно́ ведь о́чень просто́е... вам не мо́жет быть интере́сно...

И откры́в шкату́лку, И́влев уви́дел зано́шенный шнуро́к, сни́зку дешёвеньких голубы́х ша́риков, похо́жих на ка́менные. И тако́е волне́ние овладе́ло им при взгля́де на э́ти ша́рики, не́когда лежа́вшие на ше́е той, кото́рой суждено́ бы́ло быть столь люби́мой и чей сму́тный о́браз уже́ не мог не быть прекра́сным, что заряби́ло в глаза́х от сердцеби́ения [49]. Насмотре́вшись, И́влев осторо́жно поста́вил шкату́лку на ме́сто; пото́м взя́лся за кни́жечку. Э́то была́ кро́хотная, преле́стно и́зданная сто лет тому́ наза́д «Грамма́тика любви́, и́ли иску́сство люби́ть и быть взаи́мно люби́мым».

— Э́ту кни́жку я, к сожале́нию, не могу́ прода́ть, — с трудо́м проговори́л молодо́й челове́к. — Она́ о́чень дорога́я... они́ да́же под поду́шку её себе́ кла́ли...

— Но, мо́жет быть, вы позво́лите хоть посмотре́ть её? — сказа́л И́влев.

— Пожа́луйста, — прошепта́л молодо́й челове́к.

И, превозмога́я нело́вкость, сму́тно томя́сь его́ при́стальным взгля́дом, И́влев стал ме́дленно перели́стывать «Грамма́тику любви́». Она́ вся дели́лась на ма́ленькие гла́вы: «О красоте́, о се́рдце, об уме́, о зна́ках любо́вных, о нападе́нии и защище́нии, о размо́лвке и примире́нии, о любви́ платони́ческой»... Ка́ждая глава́ состоя́ла из коро́теньких, изя́щных, поро́ю о́чень то́нких сенте́нций, и не́которые и́з них бы́ли делика́тно отме́чены перо́м, кра́сными черни́лами. — «Любо́вь не есть проста́я эпизо́да в на́шей жи́зни, — чита́л И́влев. — Ра́зум наш противоре́чит се́рдцу и не убежда́ет о́ного [50]. — Же́нщины никогда́ не быва́ют так си́льны, как когда́ они́ вооружа́ются сла́бостью. — Же́нщину мы обожа́ем за то, что она́ влады́чествует над на́шей мечто́й идеа́льной. — Тщесла́вие выбира́ет, и́стинная любо́вь не выбира́ет. — Же́нщина прекра́сная должна́ занима́ть втору́ю ступе́нь; пе́рвая принадлежи́т же́нщине ми́лой. Сия́-то[51] де́лается влады́чицей на́шего се́рдца: пре́жде не́жели[52] мы отдади́м о ней отчёт са́ми себе́, се́рдце на́ше де́лается нево́льником любви́ наве́ки...» Зате́м шло «изъясне́ние языка́ цвето́в», и опя́ть кое-что́ бы́ло отме́чено: «Ди́кий мак — печа́ль. — Верескле́д — твоя́ пре́лесть запечатлена́ в моём се́рдце. — Моги́льница — сла́достные воспомина́ния. — Печа́льный гера́ний — меланхо́лия. — Полы́нь — ве́чная го́ресть»... А на чи́стой страни́чке в са́мом конце́ бы́ло ме́лко, би́серно напи́сано те́ми же кра́сными черни́лами четверости́шие. Молодо́й челове́к вы́тянул ше́ю, загля́дывая в «Грамма́тику любви́», и сказа́л с де́ланной усме́шкой:

— Э́то они́ са́ми сочини́ли...

Че́рез полчаса́ И́влев с облегче́нием прости́лся с ним. Из всех книг он за дорогу́ю це́ну купи́л то́лько э́ту кни́жечку. Му́тно-золота́я заря́ блёкла в облака́х за поля́ми, жёлто отсве́чивала в лу́жах, мо́кро и зе́лено бы́ло на поля́х. Ма́лый не спеши́л, но И́влев не понука́л его́. Ма́лый расска́зывал, что та же́нщина, кото́роя да́веча гнала́ по лопуха́м индю́шек, — жена́ дья́кона, что молодо́й Хвощи́нский живёт с не́ю. И́влев не слу́шал. Он всё ду́мал о Лу́шке, о её ожере́лье, кото́рое оста́вило в нём чу́вство сло́жное, похо́жее на то, како́е испыта́л он когда́-то в одно́м италья́нском городке́ при взгля́де на рели́квии одно́й свято́й. «Вошла́ она́ навсегда́ в мою́ жизнь!» поду́мал он. И, вы́нув из карма́на «Грамма́тику любви́», ме́дленно перечита́л при све́те зари́ стихи́, напи́санные на её после́дней страни́це:

Тебе́ сердца́ люби́вших ска́жут:
«В преда́ньях сла́достных живи́!»[53]
И вну́кам, пра́внукам пока́жут
Сию́ Грамма́тику Любви́.

Москва́. Февра́ль. 1915

ГОСПОДИН ИЗ САН-ФРАНЦИСКО[1]

Господи́н из Сан-Франци́ско — и́мени его́ ни в Неа́поле, ни на Ка́при никто́ не запо́мнил — е́хал в Ста́рый Свет на це́лых два го́да, с жено́й и до́черью, еди́нственно ра́ди развлече́ния.

Он был твёрдо уве́рен, что име́ет по́лное пра́во на о́тдых, на удово́льствие, на путеше́ствие до́лгое и комфорта́бельное, и ма́ло ли ещё на что [2]. Для тако́й уве́ренности у него́ был тот резо́н, что, во-пе́рвых, он был бога́т, а во-вторы́х, то́лько что приступа́л к жи́зни, несмотря́ на свои́ пятьдеся́т во́семь лет. До э́той поры́ он не жил, а лишь существова́л, пра́вда о́чень неду́рно, но всё же возлага́я все наде́жды на бу́дущее. Он рабо́тал не поклада́я рук, — кита́йцы, кото́рых он выпи́сывал к себе́ на рабо́ты це́лыми ты́сячами, хорошо́ зна́ли, что́ э́то зна́чит! — и, наконе́ц, уви́дел, что сде́лано уже́ мно́го, что он почти́ сравня́лся с те́ми, кого́ не́когда взял себе́ за образе́ц, и реши́л передохну́ть. Лю́ди, к кото́рым принадлежа́л он, име́ли обы́чай начина́ть наслажде́ния жи́знью с пое́здки в Евро́пу, в И́ндию, в Еги́пет. Положи́л и он поступи́ть так же. Коне́чно, он хоте́л вознагради́ть за го́ды труда́ пре́жде всего́ себя́; одна́ко рад был и за жену́ с до́черью. Жена́ его́ никогда́ не отлича́лась осо́бой впечатли́тельностью, но ведь все пожилы́е америка́нки стра́стные путеше́ственницы. А что до до́чери, де́вушки на во́зрасте[3] и слегка́ боле́зненной, то для неё[4] путеше́ствие бы́ло пря́мо необходи́мо: не говоря́ уже́ о по́льзе для здоро́вья, ра́зве не быва́ет в путеше́ствиях счастли́вых встреч? Тут ино́й раз сиди́шь за столо́м и́ли рассма́триваешь фре́ски ря́дом с миллиарде́ром.

Маршру́т был вы́работан господи́ном из Сан-Франци́ско обши́рный. В декабре́ и январе́ он наде́ялся наслажда́ться со́лнцем Ю́жной Ита́лии, па́мятниками дре́вности, таранте́ллой, серена́дами бродя́чих певцо́в и тем, что лю́ди в его́ го́ды чу́вствуют осо́бенно то́нко, — любо́вью моло́деньких неаполита́нок, пусть да́же и не совсе́м бескоры́стной[5]; карнава́л он ду́мал провести́ в Ни́цце, в Мо́нте-Ка́рло, куда́ в э́ту по́ру стека́ется са́мое отбо́рное о́бщество, — то са́мое, от кото́рого зави́сят все бла́га цивилиза́ции: и фасо́н смо́кингов, и про́чность тро́нов, и объявле́ние войн, и благососто́яние оте́лей, — где одни́ с аза́ртом предаю́тся автомоби́льным и па́русным го́нкам, други́е руле́тке, тре́тьи тому́, что при́нято называ́ть фли́ртом, а четвёртые — стрельбе́ в голубе́й, кото́рые о́чень краси́во взвива́ются из садко́в над изумру́дным газо́ном, на фо́не мо́ря цве́та незабу́док, и то́тчас же сту́каются бе́лыми комо́чками о зе́млю[6]; нача́ло ма́рта он хоте́л посвяти́ть Флоре́нции, к Страстя́м Госпо́дним прие́хать в Рим, что́бы слу́жить там Miserere; входи́ли в его́ пла́ны и Вене́ция, и Пари́ж, и бой быко́в в Севи́лье, и купа́нье на англи́йских острова́х, и Афи́ны, и Константино́поль, и Палести́на, и Еги́пет, и да́же Япо́ния, — разуме́ется, уже́ на обра́тном пути́... И всё пошло́ сперва́ отли́чно.

Был коне́ц ноября́, до са́мого Гибралта́ра пришло́сь плыть то в ледяно́й мгле, то среди́ бу́ри с мо́крым сне́гом, но плы́ли вполне́ благополу́чно. Пассажи́ров бы́ло мно́го, парохо́д — знамени́тая «Атланти́да» — был похо́ж на грома́дный оте́ль со все́ми удо́бствами, — с ночны́м ба́ром, с восто́чными ба́нями, с со́бственной газе́той, — и жизнь на нём протека́ла весьма́ разме́ренно[7]: встава́ли ра́но, при тру́бных зву́ках, ре́зко раздава́вшихся по коридо́рам ещё в тот су́мрачный час, когда́ так ме́дленно и неприве́тливо света́ло над се́ро-зелёной водяно́й пусты́ней, тяжело́ волнова́вшейся в тума́не; наки́нув флане́левые пижа́мы, пи́ли ко́фе, шокола́д, кака́о; зате́м сади́лись в мра́морные ва́нны, де́лали гимна́стику, возбужда́я аппети́т и хоро́шее самочу́вствие, соверша́ли дневны́е туале́ты и шли к пе́рвому за́втраку[8]; до оди́ннадцати часо́в полага́лось бо́дро гуля́ть по па́лубам, дыша́ холо́дной све́жестью океа́на, и́ли игра́ть в шеффль-бо́рд и други́е и́гры для но́вого возбужде́ния аппети́та[9], а в оди́ннадцать — подкрепля́ться бутербро́дами с бульо́ном; подкрепи́вшись, с удово́льствием чита́ли газе́ту и споко́йно жда́ли второ́го за́втрака, ещё бо́лее пита́тельного и разнообра́зного, чем пе́рвый; сле́дующие два часа́ посвяща́лись о́тдыху; все па́лубы бы́ли заста́влены тогда́ лонгше́зами, на кото́рых путеше́ственники лежа́ли, укры́вшись пле́дами, гля́дя на о́блачное не́бо и на пе́нистые бугры́, мелька́вшие за бо́ртом, и́ли сла́дко задрёмывая; в пя́том часу́ их, освежённых и повеселе́вших, пои́ли кре́пким души́стым ча́ем с пече́ньями: в семь повеща́ли тру́бными сигна́лами о том, что составля́ло главне́йшую цель[10] всего́ э́того существова́ния, вене́ц его́... И тут господи́н из Сан-Франци́ско, потира́я от прили́ва жи́зненных сил ру́ки, спеши́л в свою́ бога́тую люкс-каби́ну — одева́ться.

По вечера́м этажи́ «Атланти́ды» зия́ли во мра́ке как бы о́гненными несме́тными глаза́ми, и вели́кое мно́жество слуг рабо́тало в поварски́х, судомо́йнях и ви́нных подва́лах. Океа́н, ходи́вший за стена́ми, был стра́шен, но о нём не ду́мали, твёрдо ве́ря во власть над ним команди́ра, ры́жего челове́ка чудо́вищной величины́ и гру́зности, всегда́ как бы со́нного, похо́жего в своём мунди́ре с широ́кими золоты́ми наши́вками на огро́много и́дола и о́чень ре́дко появля́вшегося на лю́ди [11] из свои́х таинственных поко́ев; на ба́ке помину́тно взвыва́ла с а́дской мра́чностью и взви́згивала с нейстовой зло́бой сире́на, но немно́гие из обе́дающих слы́шали сире́ну — её заглуша́ли зву́ки прекра́сного стру́нного орке́стра, изы́сканно и неуста́нно игра́вшего в мра́морной двусве́тной за́ле, у́стланной ба́рхатными ковра́ми, пра́зднично за́литой огня́ми, перепо́лненной декольтиро́ванными да́мами и мужчи́нами во фра́ках и смо́кингах, стро́йными лаке́ями и почти́тельными метрдоте́лями, среди́ кото́рых оди́н, тот, что принима́л зака́зы[12] то́лько на ви́на, ходи́л да́же с це́пью на ше́е, как како́й-нибудь лорд-мэ́р. Смо́кинг и крахма́льное бельё о́чень молоди́ли господи́на из Сан-Франци́ско. Сухо́й, невысо́кий, нела́дно скро́енный, но кре́пко сши́тый, расчи́щенный до гля́нца и в ме́ру оживлённый[13], он сиде́л в золоти́сто-жемчу́жном сия́нии э́того черто́га за буты́лкой янта́рного иоганисбе́рга, за бока́лами и бока́льчиками тонча́йшего стекла́, за кудря́вым буке́том гиаци́нтов. Не́что монго́льское бы́ло в его́ желтова́том лице́ с подстри́женными сере́бряными уса́ми, золоты́ми пло́мбами блесте́ли его́ кру́пные зу́бы, ста́рой слоно́вой ко́стью — кре́пкая лы́сая голова́ [14]. Бога́то, но по года́м была́ оде́та его́ жена́, же́нщина кру́пная, широ́кая и споко́йная; сло́жно, но легко́ и прозра́чно, с неви́нной открове́нностью — дочь, высо́кая, то́нкая, с великоле́пными волоса́ми, преле́стно у́бранными, с аромати́ческим от фиа́лковых лепёшечек дыха́нием и с нежне́йшими ро́зовыми пры́щиками во́зле губ и ме́жду лопа́ток, чуть припу́дренных... Обе́д дли́лся бо́льше ча́са, а по́сле обе́да открыва́лись в ба́льной за́ле та́нцы, во вре́мя кото́рых мужчи́ны, — в том числе́, коне́чно, и господи́н из Сан-Франци́ско, — задра́в но́ги, реша́ли на основа́нии после́дних биржевы́х новосте́й су́дьбы наро́дов, до мали́новой красноты́ [15] наку́ривались гава́нскими сига́рами и напива́лись ликёрами в ба́ре, где служи́ли не́гры в кра́сных камзо́лах, с белка́ми, похо́жими на облу́пленные круты́е я́йца. Океа́н с гу́лом ходи́л за стено́й чёрными гора́ми [16], вьюга кре́пко свиста́ла в отяжеле́вших снастя́х, парохо́д весь дрожа́л, одолева́я и её и э́ти го́ры, — то́чно плу́гом разва́ливая на сто́роны их зы́бкие, то и де́ло вскипа́вшие и высоко́ взвива́вшиеся пе́нистыми хвоста́ми грома́ды [17], — в сме́ртной тоске́ стена́ла удуша́емая тума́ном сире́на, мёрзли от сту́жи и шале́ли от непоси́льного напряже́ния внима́ния [18] ва́хтенные на своей вы́шке, мра́чным и зно́йным не́драм преиспо́дней, её после́днему, девя́тому кру́гу была́ подо́бна подво́дная утро́ба парохо́да [19], — та, где глу́хо гогота́ли исполи́нские то́пки, пожира́вшие свои́ми раскалёнными зе́вами гру́ды ка́менного у́гля, с гро́хотом вверга́емого в них обли́тыми е́дким, гря́зным по́том и по по́яс го́лыми людьми́ [20], багро́выми от пла́мени; а тут, в ба́ре, беззабо́тно заки́дывали но́ги на ру́чки кре́сел, цеди́ли конья́к и ликёры, пла́вали в волна́х пря́ного ды́ма, в танцева́льной за́ле всё сия́ло и излива́ло свет, тепло́ и ра́дость, па́ры то кру́тились в ва́льсах, то изгиба́лись в та́нго — и му́зыка насто́йчиво, в како́й-то сла́достно-бессты́дной печа́ли моли́ла всё об одно́м, всё о том же... Был среди́ э́той блестя́щей толпы́ не́кий вели́кий бога́ч, бри́тый, дли́нный, похо́жий на прела́та, в старомо́дном фра́ке, был знамени́тый испа́нский писа́тель, была́ всесве́тная красáвица, была́ изя́щная влюблённая па́ра, за кото́рой все с любопы́тством следи́ли и кото́рая не скрыва́ла своего́ сча́стья: он танцева́л то́лько с ней, и всё выходи́ло у них так то́нко[21], очарова́тельно, что то́лько оди́н команди́р знал, что э́та па́ра наня́та́ Ллойдом игра́ть в любо́вь за хоро́шие де́ньги и уже́ давно́ пла́вает то на одно́м, то на друго́м корабле́.

В Гибралта́ре всех обра́довало со́лнце, бы́ло похо́же на ра́ннюю весну́; на борту́ «Атланти́ды» появи́лся но́вый пассажи́р, возбуди́вший к себе́ о́бщий интере́с, — насле́дный принц одного́ азиа́тского госу́дарства, путеше́ствовавший инко́гнито, челове́к ма́ленький, весь деревя́нный, широколи́цый, узкогла́зый, в золоты́х очка́х, слегка́ неприя́тный — тем, что кру́пные чёрные усы́ сквози́ли у него́[22], как у мёртвого, в о́бщем же ми́лый, просто́й и скро́мный. В Средизе́мном мо́ре сно́ва пахну́ло зимо́й[23], шла кру́пная и цвети́стая, как хвост павли́на, волна́, кото́рую, при я́рком бле́ске и соверше́нно чи́стом не́бе, развела́ ве́село и бе́шено лете́вшая навстре́чу трамонта́на... Пото́м, на вторы́е су́тки, не́бо ста́ло бledне́ть, горизо́нт затума́нился: бли́зилась земля́, показа́лись

И́ския, Ка́при, в бино́кль уже́ виде́н был куска́ми са́хара насы́панный у подно́жия чего́-то си́зого Неа́поль... Мно́гие ле́ди и джентльме́ны уже́ наде́ли лёгкие, ме́хом вверх, шу́бки; безотве́тные, всегда́ шёпотом говоря́щие бо́и-кита́йцы, кривоно́гие подро́стки со смоляны́ми коса́ми до пят и с деви́чьими густы́ми ресни́цами [24], и́сподволь выта́скивали к ле́стницам пле́ды, тро́сти, чемода́ны, несессе́ры...

Дочь господи́на из Сан-Франци́ско стоя́ла на па́лубе ря́дом с при́нцем, вчера́ ве́чером, по счастли́вой случа́йности, предста́вленным ей, и де́лала вид, что при́стально смо́трит вдаль, куда́ он ука́зывал ей, что́-то объясня́я, что́-то торопли́во и негро́мко расска́зывая; он по ро́сту каза́лся среди́ други́х ма́льчиком, он был совсе́м не хоро́ш собо́й и стра́нен — очки́, котело́к, англи́йское пальто́, а во́лосы ре́дких усо́в то́чно ко́нские [25], сму́глая то́нкая ко́жа на пло́ском лице́ то́чно натя́нута и как бу́дто слегка́ лакиро́вана, — но де́вушка слу́шала его́ и от волне́ния не понима́ла, что он ей говори́т; се́рдце её би́лось от непоня́тного восто́рга пе́ред ним: всё, всё в нём бы́ло не тако́е, как у про́чих, — его́ сухи́е ру́ки, его́ чи́стая ко́жа, под кото́рой текла́ дре́вняя ца́рская кровь, да́же его́ европе́йская, совсе́м проста́я, но как бу́дто осо́бенно опря́тная оде́жда таи́ли в себе́ неизъясни́мое очарова́ние. А сам господи́н из Сан-Франци́ско, в се́рых ге́трах на лакиро́ванных боти́нках, всё погля́дывал на стоя́вшую во́зле него́ знамени́тую краса́вицу, высо́кую, удиви́тельного сложе́ния блонди́нку с разрисо́ванными по после́дней пари́жской мо́де глаза́ми, держа́вшую на серебряно́й цепо́чке кро́хотную, гну́тую, облёзлую соба́чку и всё разгова́ривавшую с не́ю. И дочь, в како́й-то сму́тной нело́вкости, стара́лась не замеча́ть его́.

Он был дово́льно щедр в пути́ и потому́ вполне́ ве́рил в забо́тливость всех[26] тех, что корми́ли и пои́ли его́, с утра́, до ве́чера служи́ли ему́, предупрежда́я его́ мале́йшее жела́ние, охраня́ли его́ чистоту́ и поко́й, таска́ли его́ ве́щи, зва́ли для него́ носи́льщиков, доставля́ли его́ сундуки́ в гости́ницы. Так бы́ло всю́ду, так бы́ло в пла́вании, так должно́ бы́ло быть и в Неа́поле. Неа́поль рос и приближа́лся; музыка́нты, блестя́ ме́дью духовы́х инструме́нтов[27], уже́ столпи́лись на па́лубе и вдруг оглуши́ли всех торжеству́ющими зву́ками ма́рша, гига́нт-команди́р[28], в пара́дной фо́рме, появи́лся на свои́х мостка́х и, как ми́лостивый язы́ческий бог, приве́тственно помота́л руко́й пассажи́рам — и господи́ну из Сан-Франци́ско, так же, как и всем про́чим, каза́лось, что э́то для него́ одного́ греми́т марш го́рдой Аме́рики, что э́то его́ приве́тствует команди́р с благополу́чным прибы́тием. А когда́ «Атланти́да» вошла́, наконе́ц, в га́вань, привали́ла к на́бережной свое́й многоэта́жной грома́дой, усе́янной людьми́, и загрохота́ли схо́дни, — ско́лько портье́ и их помо́щников в картуза́х с золоты́ми галуна́ми, ско́лько вся́ких комиссионе́ров, свистуно́в мальчи́шек и здорове́нных оборва́нцев с па́чками цветны́х откры́ток в рука́х ки́нулись к нему́ навстре́чу с предложе́нием услу́г! И он ухмыля́лся э́тим оборва́нцам, идя́ к автомоби́лю того́ са́мого оте́ля, где мог останови́ться и принц, и споко́йно говори́л сквозь зу́бы то по-англи́йски, то по-италья́нски:

— Go away! Via!

Жизнь в Неа́поле то́тчас же потекла́ по заведённому порядку: рано утром — завтрак в сумрачной столовой, облачное, мало обещающее небо и толпа гидов у дверей вестибюля; потом первые улыбки тёплого розоватого солнца, вид с высоко висящего балкона на Везувий, до подножия окутанный сияющими утренними парами, на серебристо-жемчужную рябь залива и тонкий очерк Капри на горизонте, на бегущих внизу, по липкой набережной, крохотных осликов в двуколках и на отряды мелких солдатиков, шагающих куда-то с бодрой и вызывающей музыкой; потом — выход к автомобилю и медленное движение по людным узким и серым коридорам улиц, среди высоких, многооконных домов, осмотр мертвенно-чистых и ровно, приятно, но скучно, точно снегом, освещённых музеев[29] или холодных, пахнущих воском церквей, в которых повсюду одно и то же: величавый вход, закрытый тяжкой кожаной завесой, а внутри — огромная пустота, молчание, тихие огоньки семисвечника, краснеющие в глубине на престоле, убранном кружевами, одинокая старуха среди тёмных деревянных парт, скользкие гробовые плиты под ногами и чьё-нибудь «Снятие со креста», непременно знаменитое; в час — второй завтрак на горе Сан-Мартино, куда съезжается к полудню немало людей самого первого сорта и где однажды дочери господина из Сан-Франциско чуть не сделалось дурно: ей показалось, что в зале сидит принц, хотя она уже знала из газет, что он в Риме; в пять — чай в отеле, в нарядном салоне, где так тепло от ковров и пылающих каминов; а там снова приготовления к обеду — снова мощный, властный гул гонга по всем этажам, снова вереницы шуршащих по лестницам шелками и отражающихся в зеркала́х декольтиро́ванных дам[30], сно́ва широко́ и гостеприи́мно откры́тый черто́г столо́вой[31], и кра́сные ку́ртки музыка́нтов на эстра́де, и чёрная толпа́ лаке́ев во́зле метрдоте́ля, с необыкнове́нным мастерство́м разлива́ющего по таре́лкам густо́й ро́зовый суп... Обе́ды опя́ть бы́ли так оби́льны и ку́шаньями, и ви́нами, и минера́льными во́дами, и сластя́ми, и фру́ктами, что к оди́ннадцати часа́м ве́чера по всем номера́м разноси́ли го́рничные каучу́ковые пузыри́ с горя́чей водо́й для согрева́ния желу́дков.

Одна́ко дека́брь вы́дался в тот год не совсе́м уда́чный[32]: портье́, когда́ с ни́ми говори́ли о пого́де, то́лько винова́то поднима́ли пле́чи, бормоча́, что тако́го го́да они́ и не запо́мнят[33], хотя́ уже́ не пе́рвый год приходи́лось им бормота́ть э́то и ссыла́ться на то, что «всю́ду происхо́дит что́-то ужа́сное»: на Ривье́ре небыва́лые ли́вни и бу́ри, в Афи́нах снег, Э́тна то́же вся занесена́ и по ноча́м све́тит, из Пале́рмо тури́сты, спаса́ясь от сту́жи, разбега́ются... У́треннее со́лнце ка́ждый день обма́нывало: с полу́дня неизме́нно сере́ло и начина́л се́ять дождь, да всё гу́ще и холодне́е: тогда́ па́льмы у подъе́зда оте́ля блесте́ли же́стью[34], го́род каза́лся осо́бенно гря́зным и те́сным, музе́и чересчу́р однообра́зными, сига́рные оку́рки толстяко́в-изво́зчиков в рези́новых, кры́льями развева́ющихся по ве́тру наки́дках[35], — нестерпи́мо воню́чими, энерги́чное хло́панье их биче́й над тонкоше́ими кля́чами — я́вно фальши́вым, о́бувь синьо́ров, размета́ющих трамва́йные ре́льсы, — ужа́сною, а же́нщины, шлёпающие по гря́зи, под дождём, с чёрными раскры́тыми голова́ми, — безобра́зно коротконо́гими; про сы́рость же и вонь гнило́й ры́бой от пе́нящегося у на́бережной мо́ря и говори́ть не́чего. Господи́н и госпожа́ из Сан-Франци́ско ста́ли по утра́м ссо́риться; дочь их то ходи́ла бле́дная, с головно́й бо́лью, то оживáла, всем восхищáлась и была́ тогда́ и мила́ и прекра́сна: прекра́сны бы́ли те не́жные, сло́жные чу́вства, что пробуди́ла в ней встре́ча с некраси́вым челове́ком, в кото́ром текла́ необы́чная кровь, и́бо ведь в конце́-то концо́в, мо́жет быть, и не ва́жно [36], что́ и́менно пробужда́ет де́вичью ду́шу — де́ньги ли, сла́ва ли, зна́тность ли ро́да [37]...

Все уверя́ли, что совсе́м не то в Сорре́нто [38], на Ка́при — там и тепле́й [39], и со́лнечней [39], и лимо́ны цвету́т, и нра́вы честне́е, и вино́ натура́льней [39]. И вот семья́ из Сан-Франци́ско реши́ла отпра́виться со все́ми свои́ми сундука́ми на Ка́при, с тем, что́бы, осмотре́в его́, походи́в по камня́м на ме́сте дворцо́в Тиве́рия [40], побыва́в в ска́зочных пеще́рах Лазу́рного гро́та и послу́шав абру́ццских волы́нщиков, це́лый ме́сяц бродя́щих пе́ред Рождество́м по о́строву и пою́щих хвалы́ де́ве Мари́и, посели́ться в Сорре́нто.

В день отъе́зда, — о́чень па́мятный для семьи́ из Сан-Франци́ско! — да́же и с утра́ не́ было со́лнца. Тяжёлый тума́н до са́мого основа́ния скрыва́л Везу́вий, ни́зко сере́л над свинцо́вой зы́бью мо́ря. Ка́при совсе́м не́ было ви́дно — то́чно его́ никогда́ и не существова́ло на све́те. И ма́ленький парохо́дик, напра́вившийся к нему́, так валя́ло со стороны́ на́ сторону [41], что семья́ из Сан-Франци́ско пласто́м лежа́ла на дива́нах в жа́лкой каю́т-компа́нии э́того парохо́дика, заку́тав но́ги пле́дами и закры́в от дурноты́ глаза́. Ми́ссис [42] страда́ла, как она́ ду́мала, бо́льше всех; её не́сколько раз одолева́ло [43], ей каза́лось, что она́ умира́ет, а го́рничная, прибега́вшая к ней с та́зиком, — уже́ мно́гие го́ды изо дня в день кача́вшаяся на э́тих волна́х и в зной и в сту́жу и всё-таки неутоми́мая, — то́лько смея́лась. Мисс [42] была́ ужа́сно бледна́ и держа́ла в зуба́х ло́мтик лимо́на. Ми́стер [42], лежа́вший на спине́, в широ́ком пальто́ и большо́м картузе́, не разжима́л че́люстей всю доро́гу; лицо́ его́ ста́ло тёмным, усы́ бе́лыми, голова́ тя́жко боле́ла: после́дние дни благодаря́ дурно́й пого́де он пил по вечера́м сли́шком мно́го и сли́шком мно́го любова́лся «живы́ми карти́нами» в не́которых прито́нах. А дождь сёк в дребезжа́щие стёкла, на дива́ны с них текло́ [44], ве́тер с во́ем ломи́л в ма́чты и поро́ю, вме́сте с налета́вшей волно́й, клал парохо́дик совсе́м на́бок, и тогда́ с гро́хотом кати́лось что́-то внизу́.

На остано́вках, в Кастеллама́ре, в Сорре́нто, бы́ло немно́го ле́гче; но и тут разма́хивало стра́шно [45], бе́рег со все́ми свои́ми обры́вами, сада́ми, пи́ниями, ро́зовыми и бе́лыми оте́лями и ды́мными, курча́во-зелёными гора́ми лета́л за окно́м вниз и вверх, как на каче́лях; в сте́ны сту́кались ло́дки, третьекла́сс-ники аза́ртно ора́ли, где́-то, то́чно разда́вленный, дави́лся кри́ком ребёнок [46], сыро́й ве́тер дул в две́ри, и, ни на мину́ту не смолка́я, пронзи́тельно вопи́л с кача́вшейся ба́рки под фла́гом гости́ницы «Royal» карта́вый мальчи́шка, зама́нивавший путеше́ственников: «Kgoya-al! Hôtel Kgoya-al!...» И господи́н из Сан-Франци́ско, чу́вствуя себя́, так, как и подоба́ло ему́, — совсе́м старико́м, — уже́ с тоско́й и зло́бой ду́мал обо всех э́тих «Royal», «Splendid», «Excelsior» и об э́тих жа́дных, воня́ющих чесноко́м люди́шках, называ́емых италья́нцами. Раз во вре́мя остано́вки, откры́в глаза́ и приподня́вшись с дива́на, он уви́дел под скали́стым отве́сом ку́чу таки́х жа́лких, наскво́зь проплесневе́вших ка́менных доми́шек, нале́пленных друг на дру́га у са́мой воды́, во́зле ло́док, во́зле каки́х-то тря́пок, жестя́нок и кори́чневых сете́й, что, вспо́мнив, что э́то и есть по́длинная Ита́лия [47], кото́рой он прие́хал наслажда́ться почу́вствовал отча́яние...

Наконе́ц, уже́ в су́мерках, стал надвига́ться свое́й черното́й о́стров [48], то́чно наскво́зь просверлённый у подно́жья кра́сными огонька́ми, ве́тер стал мя́гче, тепле́й, благово́нней [49], по смиря́ющимся волна́м, перелива́вшимся, как чёрное ма́сло, потекли́ золоты́е уда́вы от фонаре́й при́стани [50]... Пото́м вдруг загреме́л и с пле́ском шлёпнулся в во́ду я́корь, напере́бо́й понесли́сь отовсю́ду я́ростные кри́ки ло́дочников — и сра́зу ста́ло на душе́ ле́гче [51], я́рче засия́ла каю́т-компа́ния, захоте́лось есть, пить, кури́ть, дви́гаться... Че́рез де́сять мину́т семья́ из Сан-Франци́ско сошла́ в большу́ю ба́рку, че́рез пятна́дцать ступи́ла на ка́мни на́бережной, а зате́м се́ла в све́тлый ваго́нчик и с жужжа́нием потяну́лась вверх по отко́су, среди́ ко́льев на виногра́дниках, полуразвали́вшихся ка́менных огра́д и мо́крых, коря́вых, прикры́тых ко́е-где́ соло́менными наве́сами апельси́новых дере́вьев, с бле́ском ора́нжевых плодо́в и то́лстой глянцеви́той листвы́ скользи́вших вниз, по́д гору, ми́мо откры́тых о́кон ваго́нчика... Сла́дко па́хнет в Ита́лии земля́ по́сле дождя́, и свой, осо́бый за́пах есть у ка́ждого её о́строва!

О́стров Ка́при был сыр и те́мен в э́тот ве́чер. Но тут он на мину́ту о́жил, ко́е-где́ освети́лся. На верху́ горы́, на площа́дке фуникулёра, уже́ опя́ть стоя́ла толпа́ тех, на обя́занности кото́рых лежа́ло досто́йно при́нять господи́на из Сан-Франци́ско. Бы́ли и дру-ги́е прие́зжие, но не заслу́живающие внима́ния, — не́сколько ру́сских, посели́вшихся на Ка́при, неря́-шливых и рассе́янных, в очка́х, с борода́ми, с по́д-нятыми воротника́ми ста́реньких пальти́шек, и ком-па́ния длинноно́гих, круглоголо́вых неме́цких ю́но-шей в тиро́льских костю́мах и с холщо́выми су́м-ками за плеча́ми, не нужда́ющихся ни в чьих услу́-гах, всю́ду чу́вствующих себя́ как до́ма и совсе́м не ще́дрых на тра́ты [52]. Господи́н же из Сан-Франци́ско, споко́йно сторони́вшийся и от тех и от други́х, был сра́зу заме́чен. Ему́ и его́ да́мам торопли́во помогли́ вы́йти, пе́ред ним побежа́ли вперёд, ука́зывая до-ро́гу, его́ сно́ва окружи́ли мальчи́шки и те дю́жие капри́йские ба́бы, что [53] но́сят на голова́х чемода́ны и сундуки́ поря́дочных тури́стов. Застуча́ли по ма́-ленькой, то́чно о́перной пло́щади [54], над кото́рой ка-ча́лся от вла́жного ве́тра электри́ческий шар, их деревя́нные ножны́е скаме́ечки, по-пти́чьему засви-ста́ла и закувырка́лась че́рез го́лову ора́ва мальчи́-шек — и как по сце́не пошёл среди́ них господи́н из Сан-Франци́ско к како́й-то средневеко́вой а́рке под сли́тыми в одно́ дома́ми [55], за кото́рой пока́то вела́ к сия́ющему впереди́ подъе́зду оте́ля зво́нкая у́личка с вихро́м па́льмы над пло́скими кры́шами нале́во и си́ними звёздами на чёрном не́бе вверху́, впереди́. И опя́ть бы́ло похо́же, что э́то в честь госте́й из Сан-Франци́ско о́жил ка́менный сыро́й городо́к [56] на скали́стом островке́ в Средизе́мном мо́ре, что э́то они́ сде́лали таки́м счастли́вым и раду́шным хозя́ина оте́ля, что то́лько их ждал кита́йский гонг, завы́в-ший по всем этажа́м сбор к обе́ду [57], едва́ вступи́ли они́ в вестибю́ль.

Ве́жливо и изы́сканно поклони́вшийся хозя́ин, отме́нно элега́нтный молодо́й челове́к, встре́тивший их, на мгнове́ние порази́л господи́на из Сан-Франци́ско: взгляну́в на него́, господи́н из Сан-Франци́ско вдруг вспо́мнил, что ны́нче но́чью, среди́ про́чей пу́таницы, осажда́вшей его́ во сне, он ви́дел и́менно э́того джентльме́на, то́чь-в-то́чь тако́го же, как э́тот, в той же визи́тке с кру́глыми по́лами и с той же зерка́льно приче́санной голово́ю. Удивлённый, он да́же чуть бы́ло не приостанови́лся. Но как в душе́ его́ уже́ давны́м-давно́ не оста́лось ни да́же горчи́чного се́мени каки́х-ли́бо так называ́емых мисти́ческих чувств, то то́тчас же и поме́ркло его́ удивле́ние: шутя́ сказа́л он об э́том стра́нном совпаде́нии сна и действи́тельности жене́ и до́чери, проходя́ по коридо́ру оте́ля. Дочь, одна́ко, с трево́гой взгляну́ла на него́ в э́ту мину́ту: се́рдце её вдруг сжа́ла тоска́, чу́вство стра́шного одино́чества на э́том чужо́м, тёмном о́строве...

То́лько что отбыла́ гости́вшая на Ка́при высо́кая осо́ба — Рейс XVII [58]. И гостя́м из Сан-Франци́ско отвели́ те са́мые апартаме́нты, что занима́л он. К ним приста́вили са́мую краси́вую и уме́лую го́рничную, бельги́йку, с то́нкой и твёрдой от корсе́та та́лией и в крахма́льном че́пчике в ви́де ма́ленькой зубча́той коро́ны, са́мого ви́дного из лаке́ев, у́гольно-чёрного, огнегла́зого сицили́йца, и са́мого расторо́пного коридо́рного, ма́ленького и по́лного Луи́джи, мно́го перемени́вшего подо́бных мест на своём веку́ [59]. А че́рез мину́ту в дверь ко́мнаты господи́на из Сан-Франци́ско легóнько сту́кнул францу́з метрдоте́ль, яви́вшийся, что́бы узна́ть, бу́дут ли господа́ прие́зжие [60] обе́дать, и в слу́чае утверди́тельного отве́та, в кото́ром, впро́чем, не́ было сомне́ния, доложи́ть, что сего́дня лангу́ст, ро́стбиф, спа́ржа, фаза́ны и так да́лее. Пол ещё ходи́л под господи́ном из Сан-Франци́ско, — так закача́л его́ э́тот дрянно́й италья́нский парохо́дишко, — но он не спеша́, собственнору́чно, хотя́ с непривы́чки и не совсе́м ло́вко, закры́л хло́пнувшее при вхо́де метрдоте́ля окно́, из кото́рого пахну́ло за́пахом да́льней ку́хни и мо́крых цвето́в в саду́, и с неторопли́вой отчётливостью отве́тил, что обе́дать они́ бу́дут, что сто́лик [61] для них до́лжен быть поста́влен пода́льше от двере́й, в са́мой глубине́ за́лы, что пить они́ бу́дут вино́ ме́стное, и ка́ждому его́ сло́ву метрдоте́ль подда́кивал в са́мых разнообра́зных интона́циях, име́вших, одна́ко, то́лько тот смысл, что нет и не мо́жет быть сомне́ния в правоте́ жела́ний господи́на из Сан-Франци́ско и что всё бу́дет испо́лнено в то́чности. Напосле́док он склони́л го́лову и делика́тно спроси́л:

— Всё, сэр?

И, получи́в в отве́т медли́тельное «yes», приба́вил, что сего́дня у них в вестибю́ле таранте́лла — танцу́ют Карме́лла и Джузе́ппе, изве́стные всей Ита́лии и «всему́ ми́ру тури́стов».

— Я ви́дел её на откры́тках, — сказа́л господи́н из Сан-Франци́ско ничего́ не выража́ющим го́лосом. — А э́тот Джузе́ппе — её муж?

— Двою́родный брат, сэр, — отве́тил метрдоте́ль.

И поме́длив, что́-то поду́мав, но ничего́ не сказа́в, господи́н из Сан-Франци́ско отпусти́л его́ кивко́м головы́.

А зате́м он сно́ва стал то́чно к венцу́ гото́виться [62]: повсю́ду зажёг электри́чество, напо́лнил все зеркала́ отраже́нием све́та и бле́ска, ме́бели и раскры́тых сундуко́в, стал бри́ться, мы́ться и помину́тно звони́ть, в то вре́мя как по всему́ коридо́ру несли́сь и перебива́ли его́ други́е нетерпели́вые звонки́ — из ко́мнат его́ жены́ и до́чери. И Луи́джи, в своём кра́сном пере́днике, с лёгкостью, сво́йственной мно́гим толстяка́м, де́лая грима́сы у́жаса, до слёз смеши́вшие го́рничных, пробега́вших ми́мо с ка́фельными вёдрами в рука́х, ку́барем кати́лся на звоно́к и, сту́кнув в дверь костя́шками, с притво́рной ро́бостью, с доведённой до идиоти́зма почти́тельностью спра́шивал [63]:

— Ha sonato, signore [64]?

И из-за две́ри слы́шался неспе́шный и скрипу́чий, оби́дно ве́жливый го́лос:

— Yes, come in...

Что чу́вствовал, что ду́мал господи́н из Сан-Франци́ско в э́тот столь знамена́тельный для него́ ве́чер? Он, как вся́кий испыта́вший ка́чку, то́лько о́чень хоте́л есть, с наслажде́нием мечта́л о пе́рвой ло́жке су́па, о пе́рвом глотке́ вина́ и соверша́л привы́чное де́ло туале́та да́же в не́котором возбужде́нии, не оставля́вшем вре́мени для чувств и размышле́ний.

Вы́брившись, вы́мывшись, ла́дно вста́вив не́сколько зубо́в, он, сто́я пе́ред зеркала́ми, смочи́л и придра́л щётками в сере́бряной опра́ве оста́тки жемчу́жных воло́с вокру́г сму́гло-жёлтого че́репа, натяну́л на кре́пкое ста́рческое те́ло с полне́ющей от уси́ленного пита́ния та́лией кре́мовое шёлковое трико́, а на сухи́е но́ги с пло́скими ступня́ми — чёрные шёлковые чулки́ и ба́льные ту́фли, приседа́я, привёл в поря́док высоко́ подтя́нутые шёлковыми помоча́ми чёрные брю́ки и белосне́жную, с выпятившейся гру́дью руба́шку, впра́вил в блестя́щие манже́ты за́понки и стал му́читься с ло́влей под твёрдым воротничко́м за́понки ше́йной [65]. Пол ещё кача́лся под ним, ко́нчикам па́льцев бы́ло о́чень бо́льно, за́понка поро́й кре́пко куса́ла дря́блую ко́жицу в углубле́нии под кадыко́м, но он был насто́йчив и наконе́ц, с сия́ющими от напряже́ния глаза́ми, весь си́зый от сдави́вшего ему́ го́рло не в ме́ру туго́го воротничка́, таки́ доде́лал де́ло [66] — и в изнеможе́нии присе́л пе́ред трюмо́, весь отража́ясь в нём и повторя́ясь в други́х зеркала́х.

— О, э́то ужа́сно! — пробормота́л, он, опуска́я кре́пкую лы́сую го́лову и не стара́ясь поня́ть, не ду́мая, что и́менно ужа́сно; пото́м привы́чно и внима́тельно огляде́л свои́ коро́ткие, с подагри́ческими затверде́ниями на суста́вах па́льцы, их кру́пные и вы́пуклые но́гти минда́льного цве́та и повтори́л с убежде́нием: — Э́то ужа́сно...

Но тут зы́чно, то́чно в язы́ческом хра́ме, загуде́л по всему́ до́му второ́й го́нг. И, поспе́шно встав с ме́ста, господи́н из Сан-Франци́ско ещё бо́льше стяну́л воротничо́к га́лстуком, а живо́т откры́тым жиле́том, наде́л смо́кинг, вы́правил манже́ты, ещё раз огляде́л себя́ в зе́ркале... «Э́та Карме́лла, сму́глая, с наи́гранными глаза́ми, похо́жая на мула́тку, в цвети́стом наря́де, где преоблада́ет ора́нжевый цвет, пля́шет, должно́, быть, необыкнове́нно», — поду́мал он. И, бо́дро вы́йдя из свое́й ко́мнаты и подойдя́ по ковру́ к сосе́дней, же́ниной, гро́мко спроси́л, ско́ро ли они́ [67]?

— Че́рез пять мину́т! — зво́нко и уже́ ве́село [68] отозва́лся из-за две́ри деви́чий го́лос.

— Отли́чно, — сказа́л господи́н из Сан-Франци́ско.

И не спеша́ пошёл по коридо́рам и по ле́стницам, у́стланным кра́сными ковра́ми, вниз, оты́скивая чита́льню. Встре́чные слу́ги жа́лись от него́ к стене́, а он шёл, как бы не замеча́я их. Запозда́вшая к обе́ду стару́ха, уже́ суту́лая, с моло́чными волоса́ми, но декольтиро́ванная, в светлосе́ром шёлковом пла́тье, поспеша́ла изо всех сил, но смешно́, по-кури́ному, и он легко́ обогна́л её. Во́зле стекля́нных двере́й столо́вой, где уже́ все бы́ли в сбо́ре и на́чали есть, он останови́лся пе́ред сто́ликом, загромождённым коро́бками сига́р и еги́петских папиро́с, взял большу́ю мани́ллу и ки́нул на сто́лик три ли́ры; на зи́мней вера́нде мимохо́дом гля́нул в откры́тое окно́: из темноты́ пове́яло на него́ не́жным во́здухом [69], помере́щилась верху́шка ста́рой па́льмы, раски́нувшая по звёздам свои́ ва́йи, каза́вшиеся гига́нтскими, донёсся отдалённый ро́вный шум мо́ря... В чита́льне, ую́тной, ти́хой и све́тлой то́лько над стола́ми, сто́я шурша́л газе́тами како́й-то седо́й не́мец, похо́жий на И́бсена, в сере́бряных кру́глых очка́х и с сумасше́дшими, изумлёнными глаза́ми. Хо́лодно осмотре́в его́, господи́н из Сан-Франци́ско сел в глубо́кое ко́жаное кре́сло в углу́, во́зле ла́мпы под зелёным колпако́м, наде́л пенсне́ и, дёрнув голово́й от души́вшего его́ воротничка́, весь закры́лся газе́тным листо́м. Он бы́стро пробежа́л загла́вие не́которых стате́й, прочёл не́сколько строк о никогда́ не прекраща́ющейся балка́нской войне́, привы́чным же́стом переверну́л газе́ту, — как вдруг стро́чки вспы́хнули пе́ред ним стекля́нным бле́ском, ше́я его́ напру́жилась, глаза́ вы́пучились, пенсне́ слете́ло с но́са... Он рвану́лся вперёд, хоте́л глотну́ть во́здуха — и ди́ко захрипе́л; ни́жняя че́люсть его́ отпа́ла, освети́в весь рот зо́лотом пломб [70], голова́ завали́лась на плечо́ и замота́лась, грудь руба́шки вы́пятилась ко́робом — и всё те́ло, извива́ясь, задира́я ковёр каблука́ми, поползло́ на́ пол, отча́янно боря́сь с ке́м-то.

Не будь в чита́льне не́мца [71], бы́стро и ло́вко суме́ли бы в гости́нице замя́ть э́то ужа́сное происше́ствие, мгнове́нно, за́дними хо́дами, умча́ли бы за́ ноги и за́ голову [72] господи́на из Сан-Франци́ско куда́ пода́льше — и ни еди́ная душа́ из госте́й не узна́ла бы, что́ натвори́л он [73]. Но не́мец вы́рвался из чита́льни с кри́ком, он всполоши́л весь дом, всю столо́вую. И мно́гие вска́кивали из-за еды́ [74], опроки́дывая сту́лья, мно́гие, бледне́я, бежа́ли к чита́льне, на всех языка́х раздава́лось: «Что, что случи́лось?» — и никто́ не отвеча́л то́лком, никто́ не понима́л ничего́, так как лю́ди и до сих пор ещё бо́льше всего́ дивя́тся и ни за что не хотя́т ве́рить сме́рти. Хозя́ин мета́лся от одного́ го́стя к друго́му, пыта́ясь задержа́ть бегу́щих и успоко́ить их поспе́шными увере́ниями, что э́то так, пустя́к, ма́ленький о́бморок с одни́м господи́ном из Сан-Франци́ско [75]... Но никто́ его́ не слу́шал, мно́гие ви́дели, как лаке́и и коридо́рные срыва́ли с э́того господи́на га́лстук, жиле́т, изм́ятый смо́кинг и да́же заче́м-то ба́льные башмаки́ с чёрных шёлковых ног с пло́скими ступня́ми. А он ещё би́лся. Он насто́йчиво боро́лся со сме́ртью, ни за что не хоте́л подда́ться ей, так неожи́данно и гру́бо навали́вшейся на него́. Он мота́л голово́й, хрипе́л, как заре́занный, закати́л глаза́, как пья́ный... Когда́ его́ торопли́во внесли́ и положи́ли на крова́ть в со́рок тре́тий но́мер, — са́мый ма́ленький, са́мый плохо́й, са́мый сыро́й и холо́дный, в конце́ ни́жнего коридо́ра, — прибежа́ла его́ дочь, с распу́щенными волоса́ми, в распахну́вшемся капо́тике, с обнажённой гру́дью, по́днятой корсе́том, пото́м больша́я, тяжёлая и уже́ совсе́м наря́женная к обе́ду жена́, у кото́рой рот был кру́глый от у́жаса... Но тут он уже́ и голово́й переста́л мота́ть.

Че́рез че́тверть часа́ в оте́ле всё ко́е-как пришло́ в поря́док. Но ве́чер был непоправи́мо испо́рчен. Не́которые, возвратя́сь в столо́вую, дообе́дали, но мо́лча, с оби́женными ли́цами, меж тем как хозя́ин подходи́л то к тому́, то к друго́му, в бесси́льном и прили́чном раздраже́нии пожима́я плеча́ми, чу́вствуя себя́ без вины́ винова́тым, всех уверя́я, что он отли́чно понима́ет, «как э́то неприя́тно», и дава́я сло́во, что он при́мет «все зави́сящие от него́ ме́ры[76]» к устране́нию неприя́тности; таранте́ллу пришло́сь отмени́ть, ли́шнее электри́чество потуши́ли, большинство́ госте́й ушло́ в пивну́ю, и ста́ло так ти́хо, что чётко слы́шался стук часо́в в вестибю́ле, где то́лько оди́н попуга́й деревя́нно бормота́л что́-то, возя́сь пе́ред сном в свое́й кле́тке, ухитря́ясь засну́ть с неле́по за́дранной на ве́рхний шесто́к ла́пой... Господи́н из Сан-Франци́ско лежа́л на дешёвой желе́зной крова́ти, под гру́быми шерстяны́ми одея́лами, на кото́рые с потолка́ ту́скло свети́л оди́н рожо́к. Пузы́рь со льдом свиса́л на его́ мо́крый и холо́дный лоб. Си́зое, уже́ мёртвое лицо́ постепе́нно сты́ло, хри́плое клокота́нье, вырыва́вшееся из откры́того рта, освещённого о́тблеском зо́лота, слабе́ло. Э́то хрипе́л уже́ не господи́н из Сан-Франци́ско — его́ бо́льше не́ было, — а кто́-то друго́й. Жена́, дочь, до́ктор, прислу́га стоя́ли и глядéли на негó. Вдруг то, чегó они́ ждáли и боя́лись, соверши́лось — хрип оборвáлся. И мéдленно, мéдленно, на глазáх у всех, потеклá блéдность [77] по лицу́ умéршего, и черты́ егó стáли утончáться, светлéть, — красотóй, ужé давнó подобáвшей ему́.

Вошёл хозя́ин. «Già é morto [78]», — сказáл ему́ шёпотом дóктор. Хозя́ин с бесстрáстным лицóм пожáл плечáми. Ми́ссис, у котóрой ти́хо кати́лись по щекáм слёзы, подошлá к нему́ и рóбко сказáла, что тепéрь нáдо перенести́ покóйного в егó кóмнату.

— О нет, мадáм, — поспéшно, коррéктно, но ужé без вся́кой любéзности и не по-англи́йски, а по-францу́зски возрази́л хозя́ин, котóрому совсéм не интерéсны бы́ли те пустяки́, что могли́ остáвить тепéрь в егó кáссе приéзжие из Сан-Франци́ско. — Э́то совершéнно невозмóжно, мадáм, — сказáл он и прибáвил в пояснéние, что он óчень цéнит э́ти апартамéнты, что éсли бы он испóлнил её желáние, то всему́ Кáпри стáло бы извéстно об э́том и тури́сты нáчали бы избегáть их.

Мисс, всё врéмя стрáнно смотрéвшая на негó, сéла на стул и, зажáв рот платкóм, зарыдáла. У ми́ссис слёзы срáзу вы́сохли, лицó вспы́хнуло. Онá подня́ла тон, стáла трéбовать, говоря́ на своём языкé и всё ещё не вéря, что уважéние к ним окончáтельно потéряно. Хозя́ин с вéжливым достóинством осади́л её: éсли мадáм не нрáвятся [79] поря́дки отéля, он не смéет её задéрживать; и твёрдо заяви́л, что тéло должнó быть вы́везено сегóдня же на рассвéте, что поли́ции ужé данó знать, что представи́тель её сейчáс я́вится и испóлнит необходи́мые формáльности... Мóжно ли достáть на Кáпри хотя́ бы простóй готóвый гроб, спрáшивает мадáм? К сожалéнию, нет, ни в какóм слýчае, а сдéлать никтó не успéет. Придётся поступи́ть кáк-нибудь инáче... Сóдовую англи́йскую вóду, наприме́р, он получáет в больши́х и дли́нных я́щиках... перегорóдки из такóго я́щика мóжно вы́нуть...

Нóчью весь отéль спал. Откры́ли окнó в сóрок трéтьем нóмере, — онó выходи́ло в ýгол сáда, где под высóкой кáменной стенóй, уты́канной по грéбню би́тым стеклóм, рос чáхлый банáн, — потуши́ли электри́чество, зáперли дверь на ключ и ушли́. Мёртвый остáлся в темнотé, си́ние звёзды глядéли на негó с нéба, сверчóк с грýстной беззабóтностью запéл в стенé... В тýскло освещённом коридóре сидéли на подокóннике две гóрничные, чтó-то штóпая. Вошёл Луи́джи с кýчей плáтья на рукé, в тýфлях.

— Pronto? (Готóво?) — озабóченно спроси́л он звóнким шёпотом, укáзывая глазáми на стрáшную дверь в концé коридóра. И легóнько помотáл свобóдной рукóй в ту стóрону. — Partenza [80]! — шёпотом кри́кнул он, как бы провожáя пóезд, то, что обы́чно кричáт в Итáлии на стáнциях при отправлéнии поездóв, — и гóрничные, давя́сь беззвýчным смéхом, упáли головáми на плéчи друг дрýгу[81].

Потóм он, мя́гко подпры́гивая, подбежáл к сáмой двéри, чуть стýкнул в неё и, склони́в гóлову нáбок, вполгóлоса, почти́тельнейше спроси́л:

— Ha sonato, signore?

И, сдави́в гóрло, вы́двинув ни́жнюю чéлюсть, скрипýче, медли́тельно и печáльно отвéтил сам себé, как бы из-за двéри:

— Yes, come in...

А на рассвéте, когдá побелéло за окнóм сорóк трéтьего нóмера и влáжный вéтер зашуршáл рвáной листвóй банáна, когдá поднялóсь и раскúнулось над óстровом Кáпри голубóе ýтреннее нéбо и озолотúлась прóтив сóлнца, восходя́щего за далёкими сúними горáми Итáлии, чúстая и чёткая вершúна Мóнте-Соля́ро, когдá пошлú на рабóту кáменщики, поправля́вшие на óстрове тропúнки для турúстов, — принеслú к сóрок трéтьему нóмеру длúнный я́щик из-под сóдовой воды́. Вскóре он стал óчень тяжёл — и крéпко давúл колéни млáдшего портьé, котóрый шúбко повёз егó на однокóнном извóзчике по бéлому шоссé, взад и вперёд извивáвшемуся по склóнам Кáпри, средú кáменных огрáд и виногрáдников, всё вниз и вниз, до сáмого мóря. Извóзчик, квóлый человéк с крáсными глазáми, в стáром пиджачкé с корóткими рукавáми и в сбúтых башмакáх, был с похмéлья, — цéлую ночь игрáл в кóсти в траттóрии, — и всё хлестáл свóю крéпкую лошáдку, по-сицилиáнски разря́женную, спéшно громыхáющую вся́ческими бубéнчиками[82] на уздéчке в цветны́х шерстяны́х помпóнах и на острия́х высóкой мéдной седёлки, с аршúнным, трясýщимся на бегý птúчьим перóм, торчáщим из подстрúженной чёлки. Извóзчик молчáл, был подáвлен своéй беспýтностью, своúми порóками, — тем, что он до послéдней полýшки проигрáл нóчью все те медякú, котóрыми бы́ли пóлны егó кармáны. Но ýтро бы́ло свéжее, на такóм вóздухе, средú мóря, под ýтренним нéбом, хмель скóро улетýчивается и скóро возвращáется беззабóтность к человéку, да утешáл извóзчика и тот неожúданный зáработок, что дал емý какóй-то господúн из Сан-Францúско, мотáвший своéй мёртвой головóй в ящике за его спиною... Пароходик, жуком лежавший далеко внизу, на нежной и яркой синеве которой так густо и полно налит Неаполитанский залив, уже давал последние гудки — и они бодро отзывались по всему острову, каждый изгиб которого, каждый гребень, каждый камень был так явственно виден отовсюду, точно воздуха совсем не было. Возле пристани младшего портье догнал старший, мчавший в автомобиле мисс и миссис, бледных, с провалившимися от слёз и бессонной ночи глазами. И через десять минут пароходик снова зашумел водой и снова побежал к Сорренто, к Кастелламаре, навсегда увозя от Капри семью из Сан-Франциско... И на острове снова водворились мир и покой.

На этом острове, две тысячи лет тому назад, жил человек, совершенно запутавшийся в своих жестоких и грязных поступках, который почему-то забрал власть над миллионами людей и который, сам растерявшись от бессмысленности этой власти и от страха, что кто-нибудь убьёт его из-за угла, наделал жестокостей [83] сверх всякой меры, — и человечество навеки запомнило его, и те, что в совокупности своей, столь же непонятно и, по существу, столь же жестоко, как и он, властвуют теперь в мире, со всего света съезжаются смотреть на остатки того каменного дома, где жил он на одном из самых крутых подъёмов острова. В это чудесное утро все, приехавшие на Капри именно с этой целью, ещё спали по гостиницам, хотя к подъездам гостиниц уже вели маленьких мышастых осликов под красными сёдлами, на которые опять должны были нынче, проснувшись и наевшись, взгромоздиться молодые и старые американцы и американки, немцы и немки и за кото́рыми опя́ть должны́ бы́ли бежа́ть по каменистым тропи́нкам, и всё в го́ру, вплоть до са́мой верши́ны Мо́нте-Тибе́рио, ни́щие каприйские старухи с па́лками в жи́листых рука́х.

Успоко́енные тем, что мёртвого старика́ из Сан-Франци́ско, то́же собира́вшегося е́хать с ни́ми, но вме́сто того́ то́лько напуга́вшего их напомина́нием о сме́рти, уже́ отпра́вили в Неа́поль, путеше́ственники спа́ли кре́пким сном, и на о́строве бы́ло ещё ти́хо, магази́ны в го́роде бы́ли ещё закры́ты. Торгова́л то́лько ры́нок на ма́ленькой пло́щади — ры́бой и зе́ленью, и бы́ли на нём одни́ просты́е лю́ди, среди́ кото́рых, как всегда́ без вся́кого де́ла, стоя́л Лоре́нцо, высо́кий стари́к ло́дочник, беззабо́тный гуля́ка и краса́вец, знаме́нитый по всей Ита́лии, не раз служи́вший моде́лью мно́гим живопи́сцам: он принёс и уже́ про́дал за бесце́нок двух по́йманных им но́чью ома́ров, шурша́вших в пере́днике по́вара того́ са́мого оте́ля, где ночева́ла семья́ из Сан-Франци́ско, и тепе́рь, мог споко́йно стоя́ть хоть до ве́чера, с ца́рственной пова́дкой погля́дывая вокру́г, рису́ясь свои́ми лохмо́тьями, гли́няной тру́бкой и кра́сным шерстяны́м бере́том, спу́щенным на одно́ у́хо.

А по обры́вам Мо́нте-Соля́ро, по дре́вней финики́йской доро́ге, вы́рубленной в ска́лах, по её ка́менным ступе́нькам, спуска́лись от Анака́при два абру́ццких го́рца. У одного́ под ко́жаным плащо́м была́ волы́нка — большо́й ко́зий мех с двумя́ ду́дками, у друго́го — не́что вро́де деревя́нной цевни́цы. Шли они́ — и це́лая страна́, ра́достная, прекра́сная, со́лнечная, простира́лась под ни́ми: и камени́стые горбы́ о́строва, кото́рый почти́ весь лежа́л у их ног, и та ска́зочная синева́, в кото́рой пла́вал он, и сия́ющие у́тренние пары́ над мо́рем к восто́ку, под ослепи́тельным со́лнцем, кото́рое уже́ жа́рко гре́ло, поднима́ясь всё вы́ше и вы́ше и тума́нно-лазу́рные, ещё поу́треннему зы́бкие масси́вы Ита́лии [84], её бли́зких и далёких гор, красоту́ кото́рых бесси́льно вы́разить челове́ческое сло́во. На полпути́ они́ заме́длили шаг: над доро́гой, в гро́те скали́стой стены́ Мо́нте-Соля́ро, вся озарённая со́лнцем, вся в тепле́ и бле́ске его́, стоя́ла в белосне́жных, ги́псовых оде́ждах и в ца́рском венце́, золоти́сто-ржа́вом от непого́д, Ма́терь Бо́жия, кро́ткая и ми́лостивая, с оча́ми, по́днятыми к не́бу, к ве́чным и блаже́нным оби́телям три́жды благослове́нного Сы́на её. Они́ обнажи́ли го́ловы, приложи́ли к губа́м свои́ цевни́цы — и полили́сь наи́вные и смире́нно-ра́достные хвалы́ их со́лнцу, у́тру, ей, непоро́чной засту́пнице всех стра́ждущих в э́том злом и прекра́сном ми́ре, и рождённому от чре́ва её в пеще́ре Вифлее́мской, в бе́дном пасту́шеском прию́те, в далёкой земле́ Иу́диной...

Те́ло же мёртвого старика́ из Сан-Франци́ско возвраща́лось домо́й, в моги́лу, на берега́ Но́вого Све́та. Испыта́в мно́го униже́ний, мно́го челове́ческого невнима́ния, с неде́лю простра́нствовав из одного́ порто́вого пакга́уза в друго́й, оно́ сно́ва попа́ло наконе́ц, на тот же са́мый знамени́тый кора́бль, на кото́ром так ещё неда́вно, с таки́м почётом везли́ его́ в Ста́рый Свет. Но тепе́рь уже́ скрыва́ли его́ от живы́х — глубоко́ спусти́ли в просмолённом гро́бе в чёрный трюм. И опя́ть, опя́ть пошёл кора́бль в свой далёкий морско́й путь. Но́чью плыл он ми́мо о́строва Ка́при, и печа́льны бы́ли его́ огни́, ме́дленно скрыва́вшиеся в тёмном мо́ре, для того́, кто смотре́л на них с о́строва [85]. Но там, на корабле́, в све́тлых, сияющих лю́страми и мра́мором за́лах, был, как обы́чно, лю́дный бал в э́ту ночь.

Был он и на другу́ю и на тре́тью ночь — опя́ть среди́ бе́шеной вью́ги, проноси́вшейся над гуде́вшим, как погреба́льная ме́сса, и ходи́вшим тра́урными от серебряной пе́ны гора́ми океа́ном [86]. Бесчи́сленные о́гненные глаза́ корабля́ бы́ли за сне́гом едва́ ви́дны Дья́волу, следи́вшему со скал Гибралта́ра, с каме-ни́стых воро́т двух миро́в, за уходи́вшим в ночь и вью́гу кораблём. Дья́вол был грома́ден, как утёс, но ещё грома́днее его́ был кора́бль, многоя́русный, многотру́бный, со́зданный горды́ней Но́вого Челове́ка со ста́рым се́рдцем. Вью́га би́лась в его́ сна́сти и широкого́рлые тру́бы, побеле́вшие от сне́га, но он был сто́ек, твёрд, велича́в — и стра́шен. На са́мой ве́рхней кры́ше его́ одино́ко вы́сились среди́ сне́жных ви́хрей те ую́тные, сла́бо освещённые поко́и, где, погружённый в чу́ткую и трево́жную дремо́ту, надо всем кораблём восседа́л его́ гру́зный води́тель, похо́жий на язы́ческого и́дола. Он слы́шал тя́жкие завыва́ния и я́ростные взви́згивания сире́ны, удуша́емой бу́рей, но успока́ивал себя́ бли́зостью того́, в коне́чном ито́ге для него́ самого́ непоня́тного, что бы́ло за его́ стено́ю: той большо́й как бы брониро́ванной каю́ты, что то и де́ло наполня́лась таи́нственным гу́лом, тре́петом и сухи́м тре́ском си́них огне́й, вспы́хивавших и разрыва́вшихся вокру́г бледноли́цего телеграфи́ста с металли́ческим полуо́бручем на голове́. В са́мом низу́ в подво́дной утро́бе «Атланти́ды», ту́скло блиста́ли ста́лью, сипе́ли па́ром и сочи́лись кипятко́м и ма́слом тысячепудо́вые грома́ды котло́в [87] и вся́ческих други́х маши́н, той ку́хни, раскаля́емой испо́ду а́дскими то́пками, в кото́рой вари́-

ло́сь движе́ние корабля́, — клокота́ли стра́шные в свое́й сосредото́ченности си́лы, передава́вшиеся в са́мый киль его́, в бесконе́чно дли́нное подземе́лье, в кру́глый тунне́ль, сла́бо озарённый электри́чеством, где ме́дленно, с подавля́ющей челове́ческую ду́шу неукосни́тельностью, враща́лся в своём маслени́стом ло́же исполи́нский вал, то́чно живо́е чудо́вище, протяну́вшееся в э́том тунне́ле, похо́жем на жерло́. А среди́на «Атланти́ды», столо́вые и ба́льные за́лы её излива́ли свет и ра́дость, гуде́ли го́вором наря́дной толпы́, благоуха́ли све́жими цвета́ми, пе́ли стру́нным орке́стром. И опя́ть мучи́тельно извива́лась и поро́ю су́дорожно ста́лкивалась среди́ э́той толпы́, среди́ бле́ска огне́й, шелко́в, бриллиа́нтов и обнажённых же́нских плеч, то́нкая и ги́бкая па́ра на́нятых влюблённых: гре́шно-скро́мная, хоро́шенькая де́вушка с опу́щенными ресни́цами, с неви́нной причёской и ро́слый молодо́й челове́к с чёрными, как бы прикле́енными волоса́ми, бле́дный от пу́дры, в изя́щнейшей лакиро́ванной о́буви, в у́зком, с дли́нными фа́лдами, фра́ке — краса́вец, похо́жий на огро́мную пия́вку. И никто́ не знал ни того́, что уже́ давно́ наску́чило э́той па́ре притво́рно му́читься свое́й блаже́нной му́кой под бессты́дно-гру́стную му́зыку, ни того́, что стои́т гроб глубоко́, глубоко́ под ни́ми, на дне тёмного трю́ма, в сосе́дстве с мра́чными и зно́йными не́драми корабля́, тя́жко одолева́ющего мрак, океа́н, вью́гу...

Октябрь. 1915

ДАЛЁКОЕ

Давны́м-давно́, ты́сячу лет тому́ наза́д, жил да был [1] вме́сте со мно́ю на Арба́те [2], в гости́нице «Се́верный по́люс», не́кий неслы́шный, незаме́тный, скромне́йший в ми́ре Ива́н Ива́ныч [3], челове́к уже́ ста́ренький и дово́льно потрёпанный.

Из го́ду в год жила́, де́лала своё огро́мное де́ло Москва́. Что́-то де́лал, заче́м-то жил на све́те и он. Часо́в в де́вять он уходи́л, в пя́том возвраща́лся. О чём-то ти́хо, но ничу́ть не печа́льно ду́мая, он снима́л с гвоздя́ в швейца́рской свой ключ, поднима́лся во второ́й эта́ж, шёл по колéнчатому коридо́ру. В коридо́ре о́чень сло́жно и о́чень ду́рно па́хло и осо́бенно че́м-то тем, ду́шным и ре́зким, чем натира́ют полы́ [4] в дрянны́х гости́ницах. Коридо́р был тёмный и злове́щий (номера́ выходи́ли о́кнами во двор, а стёкла над их дверя́ми дава́ли ма́ло све́та), и весь день горе́ла в конце́ ка́ждого его́ коле́на ла́мпочка с рефле́ктором. Но каза́лось, что Ива́н Ива́ныч не испы́тывал ни малейшей до́ли тех тя́жких чувств, кото́рые возника́ли насчёт коридо́ра у люде́й, не привы́кших к «Се́верному по́люсу». Он шёл по коридо́ру споко́йно и про́сто. Встреча́лись ему́ его́ сожи́тели: бо́дро спеша́щий, с молодо́й бородо́й и я́рким взгля́дом, студе́нт, на ходу́ надева́вший шине́ль в рукава́ [5]; незави́симого ви́да стенографи́стка, ро́слая, маня́щая, несмотря́ на своё схо́дство с бе́лым не́гром; ста́рая ма́ленькая да́ма на высо́ких каблучка́х, всегда́ наря́женная, нарумя́ненная, с кори́чневыми волоса́ми, с ве́чным клокота́нием мокро́ты в груди́, о встре́че с каково́й да́мой предупрежда́л бы́стро бегу́щий по коридо́ру ле́пет бубе́нчиков на её курно́сом мо́псе с вы́двинутой ни́жней че́люстью, с я́ростно и бессмы́сленно вы́лупленными глаза́ми... Ива́н Ива́ныч ве́жливо со все́ми встре́чными раскла́нивался и ничу́ть не претендова́л на то, что ему́ едва́ кива́ли в отве́т [6]. Он проходи́л одно́ коле́но, завора́чивал в друго́е, ещё бо́лее дли́нное и чёрное, где ещё да́льше красне́ла и блиста́ла впереди́ стенна́я ла́мпочка, сова́л ключ в свою́ дверь — и уединя́лся за не́ю до сле́дующего утра́.

Чем он у себя́ занима́лся, как корота́л свой досу́г? А Бог его́ зна́ет. Дома́шняя его́ жизнь, ниче́м вне́шним не проявля́емая, никому́ не ну́жная [7], была́ то́же никому́ неве́дома — да́же го́рничной и коридо́рному, наруша́вшим его́ затво́рничество то́лько пода́чей самова́ра, убо́ркой посте́ли [8] и гну́сного умыва́льника, из кото́рого струя́ воды́ би́ла всегда́ неожи́данно и не на лицо́, не на ру́ки, а о́чень высоко́ и в сто́рону, вкось. С ре́дкой, повторя́ю, незаме́тностью, с ре́дким однообра́зием существова́л Ива́н Ива́ныч. Проходи́ла зима́, наступа́ла весна́. Несли́сь, грохота́ли, звене́ли ко́нки по Арба́ту, непреры́вно спеши́ли куда́-то, навстре́чу друг дру́гу, лю́ди, треща́ли изво́зчичьи пролётки, крича́ли разно́счики с лотка́ми на голова́х, к ве́черу в далёком пролёте у́лицы сия́ло золоти́сто-све́тлое не́бо зака́та, музыка́льно разлива́лся над все́ми шу́мами и зву́ками баси́стый звон с шатро́вой, дре́вней колоко́льни [9] — Ива́н Ива́ныч как бу́дто да́же и не ви́дел, не слы́шал ничего́ э́того. Ни зима́, ни весна́, ни ле́то, ни о́сень не ока́зывали ни мале́йшего ви́димого влия́ния ни на него́, ни на о́браз его́ жи́зни. Но вот, одна́жды весно́й, прие́хал отку́да-то, взял но́мер в «Се́верном по́люсе» и стал ближа́йшим сосе́дом Ива́н Ива́ныча како́й-то князь. И произошло́ с Ива́ном Ива́нычем не́что соверше́нно нежда́нное, нега́данное.

Чем мог порази́ть его́ князь? Коне́чно, не ти́тулом, — была́ же старе́йшая сожи́тельница Ива́на Ива́ныча, ма́ленькая да́ма с мо́псом, то́же осо́бой титуло́ванной, и, однако, не чу́вствовал он к ней ро́вно ничего́. Чем мог плени́ть? Коне́чно, не бога́тством и не вне́шностью, — князь был о́чень прожи́вшийся челове́к, а на вид о́чень запу́щенный, нескла́дно огро́мный, с мешка́ми под глаза́ми, с шу́мной, тя́жкой оды́шкой. И всё-таки был Ива́н Ива́ныч и поражён и пленён, а гла́вное, совсе́м вон вы́бит из свое́й долголе́тней коле́и [10]. Он преврати́л своё существова́ние в како́е-то непреста́нное волне́ние. Он пове́рг себя́ в трево́жное, ме́лкое и посты́дное обезья́нство.

Князь прие́хал, посели́лся, стал уходи́ть и приходи́ть, с ке́м-то ви́деться, о чём-то хлопота́ть, — соверше́нно так же, разуме́ется, как де́лали э́то все, кото́рые остана́вливались в «Се́верном по́люсе», кото́рых перебыва́ло на па́мяти Ива́н Ива́ныча вели́кое мно́жество [11] и навя́зываться на знако́мство с кото́рыми Ива́ну Ива́нычу и в го́лову не приходи́ло. Но князя он почему́-то из всех отличи́л. Пе́ред князем он, при второ́й же и́ли тре́тьей встре́че в коридо́ре, почему́-то расша́ркался, предста́вился и со всяческими любе́знейшими извине́ниями попроси́л сказа́ть как мо́жно точне́е, кото́рый час. А завяза́в таки́м ло́вким о́бразом знако́мство, про́сто влюби́лся в кня́зя, привёл в по́лное расстро́йство весь свой обы́чный жи́зненный укла́д и ра́бски стал подража́ть кня́зю чуть не на ка́ждом шагу́.

Князь, наприме́р, ложи́лся спать по́здно. Он возвраща́лся домо́й часа́ в два но́чи (и всегда́ на изво́зчике). Ста́ла и у Ива́на Ива́ныча горе́ть до двух часо́в ла́мпа. Он заче́м-то ждал возвраще́ния кня́зя, его́ гру́зных шаго́в по коридо́ру, его́ свистя́щей оды́шки. Он ждал с ра́достью, чуть не с тре́петом и поро́ю да́же высо́вывался из своего́ номерка́, что́бы ви́деть подходя́щего кня́зя, поговори́ть с ним. Князь шёл не спеша́, как бы не ви́дя его́, и всегда́ спра́шивал одно́ и то же глубоко́ безразли́чным то́ном:

— А, а вы ещё не спи́те?

И Ива́н Ива́ныч, замира́я от восто́рга, хотя́, впро́чем, без вся́кой ро́бости и без вся́кого подобостра́стия, отвеча́л:

— Нет, князь, не сплю ещё. Вре́мя де́тское [12], всего́ де́сять мину́т тре́тьего... Гуля́ли, развлека́лись?

— Да, — говори́л князь, сопя́ и не попада́я ключо́м в дверну́ю сква́жину [13], — встре́тил ста́рого знако́мого, зашли́, посиде́ли в тракти́ре... Поко́йной но́чи...

Тем всё де́ло и конча́лось, так хо́лодно, хотя́ и ве́жливо, обрыва́л князь свою́ ночну́ю бесе́ду с Ива́н Ива́нычем, но с Ива́н Ива́ныча и э́того бы́ло доста́точно. На цы́почках возвраща́лся он к себе́, привы́чно де́лал всё то, что полага́ется пе́ред сном, немно́жко крести́лся и кива́л в у́гол [14], неслы́шно укла́дывался в посте́ль за перегоро́дкой и то́тчас же засыпа́л, совершённо счастли́вый и совершённо бескоры́стный в дальне́йших наме́рениях свои́х насчёт кня́зя, е́сли не счита́ть неви́ннейшего вранья́ коридо́рному у́тром:

— А я вчера́ опя́ть засиде́лся... Опя́ть заговори́лись с кня́зем до тре́тьих петухо́в...

Князь с ве́чера выставля́л за дверь свои́ больши́е расто́птанные башмаки́ и выве́шивал широча́йшие серебри́стые пантало́ны. Стал и Ива́н Ива́ныч выставля́ть свои́ смо́рщенные сапо́жки, кото́рые чи́стились пре́жде в двунадеся́тые пра́здники [15], и выве́шивать брю́чки с обо́рванными пу́говицами, кото́рые пре́жде не выве́шивались никогда́ да́же под Рождество́, под Па́сху.

Князь просыпа́лся ра́но, стра́шно ка́шлял, с жа́дностью заку́ривал то́лстую папиро́су, крича́л, отвори́в дверь в коридо́р, на весь дом [16]: «Коридо́рный! Ча́ю!» — и, шлёпая ту́флями, в хала́те, надо́лго уходи́л за нуждо́й. Стал и Ива́н Ива́ныч де́лать то же — крича́л в коридо́р о самова́ре и, в кало́шах на босу́ но́гу, в лётнем пальти́шке на зано́шенном белье́, бежа́л и себе́ [17] за нуждо́й, хотя́ пре́жде бе́гал он туда́ всегда́ ве́чером.

Князь одна́жды сказа́л, что он о́чень лю́бит цирк и ча́сто быва́ет в нём. Реши́л сходи́ть в цирк и Ива́н Ива́ныч, никогда́ ци́рка не люби́вший, бы́вший в ци́рке не ме́нее сорока́ лет наза́д, и одна́жды сходи́л таки́ и с восхище́нием рассказа́л но́чью кня́зю, како́е он получи́л огро́мное наслажде́ние...

Ах, весна́, весна́! Всё де́ло бы́ло, ве́рно, в том, что происходи́л весь э́тот вздор весно́ю.

Ка́ждая весна́ есть как бы коне́ц чего́-то изжи́того и нача́ло чего́-то но́вого. Той далёкой моско́вской весно́й э́тот обма́н был осо́бенно сла́док и си́лен — для меня́ по мое́й мо́лодости и потому́, то конча́лись мои́ студе́нческие го́ды, а для мно́гих про́чих про́сто по причи́не весны́, на ре́дкость чуде́сной. Ка́ждая весна́ пра́здник, а та весна́ была́, осо́бенно пра́здинична.

Москва́ прожила́ свою́ сло́жную и утоми́тельную зи́му. А пото́м прожила́ Вели́кий пост, Па́сху и опя́ть почу́вствовала, бу́дто она́ что́-то ко́нчила, что́-то свали́ла с плеч, дождала́сь чего́-то настоя́щего. И бы́ло мно́жество москвиче́й, кото́рые уже́ меня́ли и́ли гото́вились измени́ть свою́ жизнь, нача́ть её как бы снача́ла и уже́ по-ино́му, чем пре́жде, зажи́ть разу́мнее, пра́вильнее, моло́же и спеши́ли убира́ть кварти́ры, зака́зывать ле́тние костю́мы, де́лать поку́пки — а ведь покупа́ть (да́же нафтали́н) ве́село! — гото́вились, одни́м сло́вом, к отъе́зду из Москвы́, к о́тдыху на да́чах, на Кавка́зе, в Крыму́, за грани́цей, вообще́ к ле́ту, кото́рое, как всегда́ ка́жется, непреме́нно должно́ быть счастли́вым и до́лгим, до́лгим.

Ско́лько прекра́сных, ра́дующих ду́шу чемода́нов и но́веньких, скрипя́щих корзи́н бы́ло ку́плено тогда́ в Лео́нтьевском переу́лке и у Мю́ра-Мерили́за! [18] Ско́лько наро́ду стри́глось, бри́лось у Бази́ля и Теодо́ра! [19] И оди́н за други́м шли со́лнечные, возбужда́ющие дни, дни с но́выми за́пахами, с но́вой чистото́й у́лиц, с но́вым бле́ском церко́вных ма́ковок на я́рком не́бе, с но́вым Страстны́м, с но́вой Петро́вкой [20], с но́выми све́тлыми наря́дами на щеголи́хах и краса́вицах, пролета́вших на лёгких лихача́х по Кузне́цкому [21], с но́вой светлосе́рой шля́пой знамени́того актёра, то́же бы́стро пролета́вшего куда́-то на «ду́тых». Все конча́ли каку́ю-то полосу́ свое́й пре́жней, не той, какóй нýжно бы́ло, жи́зни [22], и чуть не для всей Москвы́ был канýн жи́зни нóвой, непремéнно счастли́вой, — был он и у меня́, у меня́ дáже осóбенно, горáздо бóльше други́х, как казáлось мне тогдá. И всё бли́зился и бли́зился срок моéй разлýки с «Сéверным пóлюсом», со всем тем, чем жил я в нём по-студéнчески, и с утрá до вéчера был я в хлóпотах, в разъéздах по Москвé, во вся́ческих рáдостных забóтах [23]. А что же дéлал мой сосéд по номерáм, скромнéйший совремéнник наш? Да приблизи́тельно то же, что и мы. С ним случи́лось в концé концóв то же сáмое, что и со всéми нáми.

Шли апрéльские и мáйские дни, несли́сь, звенéли кóнки, непреры́вно спеши́ли лю́ди, трещáли извóзчичьи пролётки, нéжно и грýстно (хотя́ дéло шло лишь о спáрже) кричáли разнóсчики с лоткáми на головáх, слáдко и теплó пáхло из конди́терской Скачкóва [24], стоя́ли кáдки с лáврами у подъéзда «Прáги» [25], где хорóшие господá ужé кýшали молодóй картóфель в сметáне, день незамéтно клони́лся к вéчеру, и вот ужé сия́ло золоти́сто-свéтлое предзакáтное нéбо на зáпаде и музыкáльно разливáлся над счастли́вой, лю́дной ýлицей баси́стый звон с шатрóвой колокóльни... День за днём жил весéнний гóрод своéй огрóмной, разнообрáзной жи́знью, и я был одни́м из сáмых счастли́вых учáстников её, жил всéми её зáпахами, звýками, всей её суетóй, встрéчами, делáми, покýпками, брал извóзчиков, входи́л с прия́телями в кафé Трамблé [26], закáзывал в «Прáге» ботви́нью, закýсывал рю́мку холóдной вóдки свéжим огýрчиком... А Ивáн Ивáныч? А Ивáн Ивáныч тóже кудá-то ходи́л, тóже гдé-то бывáл, дéлал чтó-то своё, мáленькое, чрезвычáйно мáленькое, приобретáя за э́то пра́во на дальне́йшее существова́ние [27] среди́ нас, то есть на обе́д за три́дцать копе́ек в кухми́стерской напро́тив «Се́верного по́люса» и на но́мер в «Се́верном по́люсе». Он то́лько э́то скро́мное пра́во зараба́тывал себе́ где́-то и че́м-то и, каза́лось, был соверше́нно чужд всем на́шим наде́ждам на каку́ю-то но́вую жизнь, на но́вый костю́м, но́вую шля́пу, но́вую стри́жку, на то, что́бы с ке́м-то в че́м-то сравня́ться, завести́ знако́мство, дру́жбу... Но вот прие́хал князь.

Чем мог он очарова́ть, порази́ть Ива́на Ива́ныча? Но ведь не ва́жен предме́т очарова́ния, важна́ жа́жда быть очаро́ванным. Был, кро́ме того́, князь челове́ком с оста́тками широ́ких зама́шек [28], челове́ком глубоко́ прожи́вшимся, но, зна́чит, и пожи́вшим в своё вре́мя как сле́дует. Ну вот и возмечта́л бе́дный Ива́н Ива́ныч зажи́ть и себе́ по-но́вому, по-весе́ннему, с не́которыми зама́шками и да́же развлече́ниями. Что ж, ра́зве э́то пло́хо — не зава́ливаться спать в де́сять часо́в, выве́шивать для чи́стки штаны́, ходи́ть за нужд́ой до умыва́ния? Ра́зве э́то не молоди́т — зайти́ постри́чься, подравня́ть, укороти́ть бо́роду, купи́ть молодя́щую се́ренькую шля́пу и вороти́ться домо́й с како́й-нибудь поку́почкой, хоть с че́твертью фу́нта каки́х-нибудь пустяко́в, краси́во перевя́занных рука́ми хоро́шенькой прика́зчицы? И Ива́н Ива́ныч, постепе́нно и всё бо́льше входя́ в искуше́ние, всё э́то по-сво́ему и проде́лал, то есть испо́лнил в ме́ру свои́х сил и возмо́жностей почти́ всё, что исполня́ли и про́чие: и знако́мство завёл, и обезья́нничать стал, — пра́во, не бо́льше други́х! — и весе́нних наде́жд набра́лся [29], и не́которую до́лю весе́ннего беспу́тства внёс в свою́ жизнь, и к зама́шкам приобщи́лся, и бо́роду подстри́г, и с каки́ми-то свёрточками в рука́х стал возвраща́ться в «Се́верный по́люс» в предвече́рний час, и да́же бо́льше того́: купи́л и себе́ се́ренькую шля́пу, и не́что доро́жное, — чемода́нчик за рубль се́мьдесят пять, весь в блестя́щих жестяны́х гвоздя́х [30], — возмечта́в непреме́нно съе́здить ле́том к Тро́ице и́ли в Но́вый Иерусали́м [31]...

Сбыла́сь ли э́та мечта́ и чем вообще́ ко́нчился поры́в Ива́на Ива́ныча к но́вой жи́зни, пра́во, не зна́ю. Ду́маю, что ко́нчился он, как и большинство́ на́ших поры́вов, нева́жно, но, повторя́ю, ничего́ определённого сказа́ть не могу́. А не могу́ потому́, что вско́ре мы все, то есть князь, Ива́н Ива́ныч и я, в оди́н прекра́сный день расста́лись, и расста́лись не на ле́то, не на год, не на два, а наве́ки. Да, не бо́льше не ме́ньше как наве́ки, то есть что́бы уж никогда́, ни в каки́е времена́ до сконча́ния ми́ра не встре́титься, какова́я мысль мне сейча́с, невзира́я на всю её ви́димую стра́нность про́сто ужа́сна: поду́мать то́лько, — никогда́! В су́щности все мы, в изве́стный срок живу́щие на земле́ вме́сте и вме́сте испы́тывающие все земны́е ра́дости и го́рести, ви́дящие одно́ и то же не́бо, лю́бящие и ненави́дящие в конце́ концо́в одина́ковое и все поголо́вно обречённые одно́й и той же ка́зни, одному́ и тому́ же исчезнове́нию с лица́ земли́, должны́ бы́ли бы пита́ть друг к дру́гу велича́йшую не́жность, чу́вство до слёз умиля́ющей бли́зости и про́сто крича́ть должны́ бы́ли бы от стра́ха и бо́ли, когда́ судьба́ разлуча́ет нас, вся́кий раз име́я по́лную возмо́жность преврати́ть вся́кую на́шу разлу́ку, да́же десятимину́тную, в ве́чную. Но, как изве́стно, мы в о́бщем весьма́ далеки́ от подо́бных чувств и ча́сто разлуча́емся да́же с са́мыми бли́зкими как нельзя́ бо́лее легкомы́сленно. Так, коне́чно, расста́лись и мы, — князь, Ива́н Ива́ныч и я. Привели́ одна́жды пе́ред ве́чером кня́зю изво́зчика на Смоле́нский вокза́л [32], — пло́хонького, за шесть гри́вен, — а мне на Ку́рский, за полтора́ целко́вых, на се́рой ре́звой кобы́ле [32], — и мы расста́лись, да́же и не попроща́вшись друг с дру́гом. И оста́лся Ива́н Ива́ныч в своём мра́чном коридо́ре, в свое́й кле́тке с ту́склым стекло́м над две́рью, и разъе́хались мы с кня́зем в соверше́нно ра́зные сто́роны, рассова́в во все ру́ки чаевы́е и се́вши ка́ждый на сво́ю пролётку, — князь, ка́жется, дово́льно равноду́шный, а я бо́дрый, во всём но́веньком [33], сму́тно жду́щий како́й-то чуде́сной встре́чи в ваго́не, в пути́... И по́мню как сейча́с: е́хал я к Кремлю́, а Кремль был озарён вече́рним со́лнцем, е́хал че́рез Кремль, ми́мо собо́ров, — ах, как хороши́ они́ бы́ли, Бо́же мой! — пото́м по паху́чей от вся́кой москате́ли Ильи́нке [34], где уже́ была́ ве́черняя тень, пото́м по Покро́вке [34], уже́ осеня́емой зво́ном и гу́лом колоколо́в, благословля́ющих счастли́во ко́нчившийся су́етный день, — е́хал и не про́сто ра́довался и самому́ себе́ и всему́ ми́ру, а и́стинно тону́л в ра́дости существова́ния, ка́к-то мгнове́нно, ещё на Арба́тской пло́щади, позабы́в [35] и «Се́верный по́люс», и кня́зя, и Ива́н Ива́ныча, и был бы, вероя́тно, о́чень удивлён, е́сли бы мне сказа́ли тогда́, что навсегда́ сохраня́тся и они́ в том сла́дком и го́рьком сне про́шлого, кото́рым до моги́лы бу́дет жить моя́ душа́, и что бу́дет не́кий день, когда́ бу́ду я тще́тно взыва́ть и к ним:

ДАЛЁКОЕ

— Ми́лый князь, ми́лый Ива́н Ива́ныч, где́-то гнию́т тепе́рь ва́ши ко́сти? [36] И где ва́ши о́бщие глу́пые наде́жды и ра́дости, на́ша далёкая моско́вская весна́?

Амбуа́з. 1922

ТЁМНЫЕ АЛЛЕИ

В холо́дное осе́ннее нена́стье на одно́й из больши́х ту́льских доро́г [1], за́литой дождя́ми и изре́занной мно́гими чёрными колея́ми, к дли́нной избе́, в одно́й свя́зи кото́рой была́ казённая почто́вая ста́нция [2], а в друго́й ча́стная го́рница, где мо́жно бы́ло отдохну́ть и́ли переночева́ть, пообе́дать и́ли спроси́ть самова́р, подкати́л заки́данный гря́зью таранта́с с полупо́днятым ве́рхом, тро́йка дово́льно просты́х лошаде́й с подвя́занными от сля́коти хвоста́ми [3]. На ко́злах таранта́са сиде́л кре́пкий мужи́к в ту́го подпоя́санном армяке́, серьёзный и темноли́кий, с ре́дкой смоляно́й бородо́й, похо́жий на стари́нного разбо́йника, а в таранта́се стро́йный стари́к вое́нный [4] в большо́м картузе́ и в никола́евской се́рой шине́ли [5] с бобро́вым стоя́чим воротнико́м, ещё чернобро́вый, но с бе́лыми уса́ми, кото́рые соединя́лись с таки́ми же бакенба́рдами; подборо́док у него́ был пробри́т и вся нару́жность име́ла то схо́дство с Алекса́ндром II [6], кото́рое столь распространено́ бы́ло среди́ вое́нных в по́ру его́ ца́рствования; взгляд был то́же вопроша́ющий, стро́гий и вме́сте с тем уста́лый.

Когда́ ло́шади ста́ли, он вы́кинул из таранта́са но́гу в вое́нном сапоге́ с ро́вным голени́щем и, приде́рживая рука́ми в за́мшевых перча́тках по́лы шине́ли, взбежа́л на крыльцо́ избы́.

— Налéво, вáше превосходи́тельство [7], — грýбо кри́кнул с кóзел кýчер, и он, слегкá нагнýвшись на порóге от своегó высóкого рóста, вошёл в сéнцы, потóм в гóрницу налéво.

В гóрнице бы́ло тепло́, сýхо и опря́тно: нóвый золоти́стый óбраз в лéвом углý, под ним покры́тый чи́стой сурóвой скáтертью стол, за столóм чи́сто вы́мытые лáвки; кýхонная печь, занимáвшая дáльний прáвый ýгол, нóво белéла мéлом [8]; бли́же стоя́ло нéчто врóде тахты́, покры́той пéгими попóнами, упирáвшейся отвáлом в бок пéчи; из-за печнóй заслóнки слáдко пáхло щáми — развари́вшейся капýстой, говя́диной и лаврóвым листóм.

Приéзжий сбрóсил на лáвку шинéль и оказáлся ещё стройнée в однóм мунди́ре и в сапогáх, потóм снял перчáтки и картýз и с устáлым ви́дом провёл блéдной худóй рукóй по головé — седы́е вóлосы егó с начёсами на вискáх к углáм глаз [9] слегкá курчáвились, краси́вое удлинённое лицó с тёмными глазáми храни́ло кóе-гдé мéлкие следы́ óспы. В гóрнице никогó нé было, и он неприя́зненно кри́кнул, приотвори́в дверь в сéнцы:

— Эй, кто там!

Тóтчас вслед за тем в гóрницу вошлá темноволóсая, тóже чернобрóвая и тóже ещё краси́вая не по вóзрасту жéнщина [10], похóжая на пожилýю цыгáнку, с тёмным пушкóм на вéрхней губé и вдоль щёк, лёгкая на ходý, но пóлная, с больши́ми грудя́ми под крáсной кóфточкой, с треугóльным, как у гусы́ни живóтом под чёрной шерстянóй ю́бкой.

— Добрó пожáловать, вáше превосходи́тельство, — сказáла онá. — Покýшать извóлите и́ли самовáр прикáжете [11]?

Приéзжий мéльком глянул на её округлые плéчи и на лёгкие нóги в крáсных понóшенных татáрских тýфлях и отры́висто, невнимáтельно отвéтил:

— Самовáр. Хозяйка тут и́ли слýжишь [12]?

— Хозяйка, вáше превосходи́тельство.

— Самá, знáчит дéржишь?

— Так тóчно. Самá.

— Что ж так? Вдовá, что ли, что самá ведёшь дéло [13]?

— Не вдовá, вáше превосходи́тельство, а нáдо же чéм-нибудь жить. И хозяйствовать я люблю́.

— Так, так. Э́то хорошó. И как чи́сто, прия́тно у тебя́.

Жéнщина всё врéмя пытли́во смотрéла на негó, слегкá щýрясь.

— И чистотý люблю́, — отвéтила онá. — Ведь при господáх вы́росла, как не умéть прили́чно себя́ держáть [14], Николáй Алексéевич.

Он быстро вы́прямился, раскры́л глазá и покраснéл.

— Надéжда! Ты? — сказáл он тороплúво.

— Я, Николáй Алексéевич, — отвéтила онá.

— Бóже мой, Бóже мой, — сказáл он, садя́сь на лáвку и в упóр глядя на неё. — Кто бы мог подýмать! Скóлько лет мы не видáлись? Лет три́дцать пять?

— Три́дцать, Николáй Алексéевич. Мне сейчáс сóрок вóсемь, а вам под шестьдеся́т, дýмаю?

— Врóде э́того... Бóже мой, как стрáнно!

— Что стрáнно, сýдарь?

— Но всё, всё... Как ты не понимáешь!

Устáлость и рассéянность егó исчéзли, он встал и решúтельно заходи́л по гóрнице, глядя в пол. Пото́м останови́лся и, красне́я сквозь седину́, стал говори́ть:

— Ничего́ не зна́ю о тебе́ с тех са́мых пор. Как ты сюда́ попа́ла? Почему́ не оста́лась при господа́х?

— Мне господа́ вско́ре по́сле вас во́льную да́ли [15].

— А где жила́ пото́м?

— До́лго расска́зывать, су́дарь [16].

— За́мужем, говори́шь, не была́?

— Нет, не была́.

— Почему́? При тако́й красоте́, кото́рую ты име́ла?

— Не могла́ я э́того сде́лать.

— Отчего́ не могла́? Что ты хо́чешь сказа́ть?

— Что ж тут объясня́ть. Небо́сь по́мните, как я вас люби́ла.

Он покрасне́л до слёз и, нахму́рясь, опя́ть зашага́л.

— Всё прохо́дит, мой друг, — забормота́л он. — Любо́вь, мо́лодость — всё, всё. Исто́рия по́шлая, обыкнове́нная. С года́ми всё прохо́дит. Как э́то ска́зано в кни́ге Ио́ва? «Как о воде́ проте́кшей бу́дешь вспомина́ть» [17].

— Что кому́ Бог даёт [18], Никола́й Алексе́евич. Мо́лодость у вся́кого прохо́дит, а любо́вь — друго́е де́ло.

Он по́днял го́лову и, остановя́сь, боле́зненно усмехну́лся:

— Ведь не могла́ же ты люби́ть меня́ весь век [19]!

— Зна́чит, могла́ [19]. Ско́лько ни проходи́ло вре́мени, всё одни́м жила́ [20]. Зна́ла, что давно́ вас нет пре́жнего [21], что для вас сло́вно ничего́ и не́ было, а вот... По́здно тепе́рь укоря́ть, а ведь пра́вда, о́чень бессерде́чно вы меня́ бро́сили, ско́лько раз я хоте́ла ру́ки на себя́ наложи́ть от оби́ды от одно́й [22], уж не говоря́ обо всём про́чем. Ведь бы́ло вре́мя, Никола́й Алексе́евич, когда́ я вас Нико́ленькой звала́, а вы меня́ — по́мните как? И всё стихи́ мне изво́лили чита́ть [23] про вся́кие «тёмные алле́и», — приба́вила она́ с недо́брой улы́бкой.

— Ах, как хороша́ ты была́! — сказа́л он, кача́я голово́й. — Как горяча́, как прекра́сна! Како́й стан, каки́е глаза́! По́мнишь, как на тебя́ все загля́дывались?

— По́мню, су́дарь. Бы́ли и вы отме́нно хороши́. И ведь э́то вам отдала́ я свою́ красоту́ [24], свою́ горя́чку. Как же мо́жно тако́е забы́ть.

— А! Всё прохо́дит. Всё забыва́ется.

— Всё прохо́дит, да не всё забыва́ется.

— Уходи́, — сказа́л он, отвора́чиваясь и подходя́ к окну́. — Уходи́, пожа́луйста.

И, вы́нув плато́к и прижа́в его́ к глаза́м, скорогово́ркой приба́вил:

— Лишь бы Бог меня́ прости́л. А ты, ви́дно, прости́ла.

Она́ подошла́ к две́ри и приостанови́лась:

— Нет, Никола́й Алексе́евич, не прости́ла. Раз разгово́р наш косну́лся до на́ших чувств, скажу́ пря́мо: прости́ть я вас никогда́ не могла́. Как не́ было у меня́ ничего́ доро́же вас на све́те в ту по́ру, так и пото́м не́ было. Оттого́-то и прости́ть мне вас нельзя́. Ну на что́ вспомина́ть, мёртвых с пого́ста не но́сят [25].

— Да, да, не́ к чему, прикажи́ подава́ть лошаде́й, — отве́тил он, отходя́ от окна́ уже́ со стро́гим лицóм [26]. — Однó тебé скажý: никогдá я нé был счáстлив в жи́зни, не дýмай, пожáлуйста. Извини́, что, мóжет быть, задевáю твоё самолю́бие, но скажý откровéнно, — женý я без пáмяти люби́л. А измени́ла, брóсила меня́ ещё оскорби́тельней [27], чем я тебя́. Сы́на обожáл, — покá рос, каки́х тóлько надéжд на негó не возлагáл! А вы́шел негодя́й, мот, наглéц, без сéрдца, без чéсти, без сóвести... Впрóчем, всё э́то тóже сáмая обыкновéнная, пóшлая истóрия. Будь здорóва, ми́лый друг. Дýмаю, что и я потеря́л в тебé сáмое дорогóе, что имéл в жи́зни.

Онá подошлá и поцеловáла у негó рýку, он поцеловáл у неё.

— Прикажи́ подавáть...

Когдá поéхали дáльше, он хмýро дýмал: «Да, как прелéстна былá! Волшéбно прекрáсна!» Со стыдóм вспоминáл свои́ послéдние словá и то, что поцеловáл у ней [28] рýку, и тóтчас стыди́лся своегó стыдá. «Рáзве непрáвда, что онá далá мне лýчшие минýты жи́зни?»

К закáту прогляну́ло блéдное сóлнце. Кýчер гнал рысцóй, всё меня́я чёрные колеи́ [29], выбирáя мéнее гря́зные, и тóже чтó-то дýмал. Наконéц, сказáл с серьёзной грýбостью:

— А онá, вáше превосходи́тельство, всё глядéла в окнó, как мы уезжáли. Вéрно, давнó извóлите знать её [30]?

— Давнó, Клим [31].

— Бáба — умá палáта [32]. И всё, говоря́т, богатéет. Дéньги в рост даёт.

— Э́то ничегó не знáчит.

— Как не знáчит! [33] Комý ж не хóчется полýчше пожи́ть! Éсли с сóвестью давáть, худóго мáло[34]. И она́, говоря́т, справедли́ва на э́то. Но крута́! Не о́тдал во́время — пеня́й на себя́.

— Да, да, пеня́й на себя́... Погоня́й, пожа́луйста, как бы не опозда́ть нам к по́езду... [35]

Ни́зкое со́лнце жёлто свети́ло на пусты́е поля́, ло́шади ро́вно шлёпали по лу́жам. Он глядéл на мелька́вшие подко́вы[36], сдви́нув чёрные бро́ви, и ду́мал:

«Да, пеня́й на себя́. Да, коне́чно, лу́чшие мину́ты. И не лу́чшие, а и́стинно волше́бные!» «Круго́м шипо́вник а́лый цвёл, стоя́ли тёмных лип алле́и...» [37] Но, Бо́же мой, что же бы́ло бы да́льше? Что, е́сли бы я не бро́сил её? Како́й вздор! Э́та са́мая Наде́жда не содержа́тельница постоя́лой го́рницы[38], а моя́ жена́, хозя́йка моего́ петербу́ргского до́ма, мать мои́х детéй?»

И, закрыва́я глаза́, кача́л головóй.

20 октября 1938

NOTES

ГРАММАТИКА ЛЮБВИ

Альманах «Клич». Сборник на помощь жертвам войны (под редакцией И.А. Бунина, В.В. Вересаева, Н.Д. Телешова). Москва, 1915. (*Собрание сочинений в девяти томах.* Том четвертый. Повести и рассказы 1912-16. М., 1966, с. 298-307.)

1. *Йвлев.* In origin, this is a truncated form of a surname given to the illegitimate branch of a family, as Пнин < Черепни́н. Йвлев might thus be a truncated form of e.g. Пути́влев. However, Bunin stated that he formed the name from his own forename and patronymic: *Ива́н Алексе́евич.*

2. *что с ним не разговори́шься*, 'that there was no likelihood of a lively conversation with him'. Разговори́ться means 'to get deep into/be carried away in conversation'. The perfective future with the negative expresses utter impossibility of doing something. Cf. Я не найду́ его́, 'I just cannot find him'.

3. *нёс по их косяка́м цвето́чную пыль.* Кося́к is a regional term for a field under cultivation, often of an irregular form, wedge-shaped; *места́ми дыми́л е́ю*, 'here and there blew up dust clouds of it (the pollen)'.

4. *и всё вре́мя мелька́ла под ним бе́лой ста́лью стёртая подко́ва*, 'and all the time the gleaming steel of a worn horseshoe flashed beneath it'. Such descriptive uses of the instrumental (бе́лой ста́лью) occur frequently in these stories; lit. 'a worn horseshoe flashed with its white steel'.

5. *замыка́вшая горизо́нт свои́ми лози́нами и са́дом*, 'its willow branches and an orchard blocking out the horizon'. For construction, cf. preceding Note.

6. *Не чай у тебя́ в голове́*, 'It isn't the tea you are thinking about'.

7. *Ло́шадь езды́ не бои́тся, она́ ко́рму бои́тся.* 'A horse isn't afraid of a long journey, what it's afraid of is having too much to eat' – a gruffly humorous remark by the peasant lad. Ко́рму is a colloquial genitive of корм.

8. *со всех сторо́н натяну́ло линю́чих туч*, 'faded-looking clouds had gathered on all sides'. This amounts to a passive construction; линю́чих туч, the grammatical object after the impersonal натяну́ло is in the genitive on analogy with набра́ть, наде́лать etc., where на- followed by a genitive emphasises the large number or quanitity of the direct object: набра́ть уро́ков, 'take on (too many) lessons', надéлать ошúбок, 'make a lot of mistakes'.

9. *ужé пáхло горя́щей лучúной*, 'one could already smell the burning of the wooden spill'. Long wooden spills were used in peasant homes to provide light; they were inserted into a crevice in the wall and lit. Лучúна also describes thin sticks of wood used for heating the samovar, but as this operation is described below, the first meaning is the more likely here.

10. *пукáми я́рко пылáющих кумáчным огнём щéпок*, 'with bundles of wood chips burning brightly in a scarlet blaze'. Кумáч literally means 'red calico', commonly used in peasant dress.

11. *всю жизнь был помéшан на любвú к своéй гóрничной Лýшке*, 'all his life he had been madly in love with his maid-servant, Lushka. Помéшан is used below meaning 'deranged' (во всём остальнóм он нискóлько нé был [помéшан]). Лýшка is a form of Лукéрья in peasant idiom, familiar and somewhat off-hand in tone.

12. *по стáрой дрýжбе*, 'on account of their long-standing friendship'.

13. *прóсто он был не тепéрешним четá*, lit. 'he was a match for [was as good as] people not of nowadays', i.e. was better than people nowadays, belonged to another age. Не четá + *dat.* means 'be a match for, be better than': вы емý не четá. This is a form of inversion, не being linked with четá (not with тепéрешним), i.e. he was superior to people nowadays.

14. *Громыхáли глухаря́ми лóшади*, 'the horses' bells were rattling'. Cf. Note 4, above. Глухáрь, so called from its hollow sound, is a bell, sealed up at the bottom and containing some pebbles.

15. *Так вот онó что*, 'So that's how it is'.

16. *вся на однóм сосредотóченная душá*, 'a mind (lit. "soul") focused exclusively on one object'.

17. *Хвощúнское*, the estate (cum village, селó) belonging to Khvoshchinsky. His neighbour's estate would be called Пúсарево, and Пúсарев верх was a brow or hill top situated in his grounds.

18. *и спустúли...тарантáс размы́той колдóбиной под гóрку*, 'and pulled (lit. "lowered") the tarantass down the hill through an eroded gulley'. The instrumental can be used meaning 'by way of': онú шли лéсом, 'they went by way of (through) the wood'.

19. *в высóкой травé, краснéющей землянúкой*; краснéющей agrees with в...травé: 'in the tall grass, aglow (red) with wild strawberries'.

20. *Говоря́т, онá тут утопúлась-то*. -то here gives the statement a slightly familiar and casual intonation: 'they say it's here she drowned herself, you know'.

21. *онá и не дýмала топúться*. Emphatic use of и: 'it never so much as entered her head to drown herself'.

22. *Нет, утопúлась*. Нет is used because the speaker contradicts the preceding remark. Cf. Вы не чита́ли э́ту кни́гу? – Нет, чита́л (*but* Да, не чита́л: 'No, I didn't').

23. *он скоре́й всего́ от бе́дности от свое́й сшёл с ума́, а не от неё.* This repetition of the preposition, a feature of popular speech, is a survival from Old Russian syntax. Cf. in the song «Катю́ша»: Выходи́ла на́ берег Катю́ша/На высо́кий на́ берег круто́й. Сшёл is a dialect form of сошёл.

24. *в э́то, в Хво́щино-то*, 'to this, what's it called, Khvoshchino or something'. He continues in this casual tone. Cf. Note 20, above.

25. *звене́ли на весь ре́дкий лес*, 'rang out throughout the widely-spaced trees of the forest'. For this use of ре́дкий, cf. ре́дкий (ча́стый) дождь.

26. *и ло́шади вскачь понесли́*, 'and the horses went off at a gallop'. Нести́/понести́ can be used intransitively meaning 'to go off at speed', particularly of horses, as here, e.g. ло́шадь испуга́лась и понесла́, 'the horse took fright and bolted'.

27. *не то расходи́лись, не то заходи́ли.* Не то…не то implies a set of alternatives with an element of vagueness or uncertainty: они́ пришли́ не то из любопы́тства, не то из настоя́щего интере́са, 'they came, whether out of curiosity or genuine interest'. Translate here, 'you could not tell whether they were dispersing or coming towards them'.

28. *в пы́льных полоса́х дождя́*, 'trailing powdery (dusty) streaks of rain'. Cf. в слеза́х, 'in tears', в весну́шках, 'covered in freckles', etc.

29. *отяжеле́вший верх*, i.e. отяжеле́вший *от дождя́* верх.

30. [*о́кна*] *сиде́ли в то́лстых стена́х*, 'the windows were sunk in the thick walls'.

31. *кото́рая…оста́лась от поко́йного*, 'which the deceased had left'.

32. *Так вот э́то и есть сын знамени́той Лу́шки!* 'This, then, really is the son of the famous Lushka!'

33. *лишь бы ли́шний раз взгляну́ть на хозя́ина*, 'if only to have another look at the owner'. Ли́шний, in addition to meaning 'superfluous', 'unnecessary', can also mean 'one more', 'extra'.

34. *они́ ведь бо́льше всего́ в спа́льне сиде́ли.* The plural was used by inferiors when speaking of their master or members of his family. Ведь, 'after all', 'I mean', here conveys the diffident and apologetic manner of the speaker.

35. *То есть чем бо́лен?* 'How do you mean, ill?' The choice of words and the intonation suggest a fairly sharp objection to the implication that has been made. Чем бо́лен?, lit. 'ill with what?'

36. *Да нет*; да is used emphatically: 'Oh no!'

37. *Э́та ко́мната, о́кнами на за́пад и на се́вер*, i.e. выходи́вшая о́кнами на за́пад..., 'this room, its windows facing west and north'.

38. *о́браз в сере́бряной ри́зе*. Icons were generally enclosed in a silver casing, revealing only feet, hands and face. Ри́за also means 'chasuble'.

39. *желте́я во́ском, как мёртвым те́лом, лежа́ли венча́льные све́чи*, 'there lay the wedding candles, their wax looking as yellow as a corpse'.

40. *превозмога́я стыд*, 'trying to overcome his inhibitions' (lit. 'his shame').

41. *Нет, э́то так*. This phrase is used to evade a point or minimise its importance, 'that's nothing much, nothing of importance'.

42. *«Закля́тое уро́чище»*. Уро́чище literally means a 'landmark', topographical rather than architectural, something that stands out from the surrounding scene, a river or a forest among fields, a lonely tree, etc. Translate, 'The Enchanted Land'.

43. *Так вот чем пита́лась та одино́кая душа́, что навсегда́ затвори́лась от ми́ра*, 'so that is what that lonely soul drew nourishment from'. Что is a slightly colloquial equivalent for the more usual кото́рая: 'which had shut itself off forever from the world'.

44. E.A. Baratynsky, a major poet of the early nineteenth century (1800-44). These are the first four lines of one of his most famous poems, «После́дняя смерть» (1827).

45. *в како́е-то экстати́ческое житие́*. Житие́ originally means 'life' of a saint, i.e. his witness and often his martyrdom. Lives of the Saints formed a major part of Orthodox devotional reading. Житие́ is also used secularly, as here.

46. *не случи́сь како́й-то зага́дочной в своём обая́нии Лу́шки*, 'had there not chanced to be a Lushka with her enigmatic fascination'. Here the imperative не случи́сь followed by a genitive is used conditionally; cf. не будь его́, etc.

47. *То есть не то что курю́, скоре́е балу́юсь*, 'It isn't really that I smoke, if anything I just treat myself (to a smoke) now and then'. The circumstantial qualification of this statement brings out the diffidence and embarrassment of the speaker. It is maintained in his subsequent words. *Позво́льте*, lit. 'allow me', i.e. 'yes, please'.

48. *Э́то так*, cf. Note 41, above.

49. *что заря́било в глаза́х от сердцебие́ния*, 'that the beating of his heart made everything swim (lit. "ripple") before his eyes'.

50. *о́ного*, *arch.* for его́.

51. *Сия́-то*, *arch.* for э́та(-то), meaning here 'the latter'.

52. *пре́жде не́жели*, *arch.* for пре́жде чем.

53. *«В преда́ньях сла́достных живи́!»* 'Live on in sweet remembrance!' Преда́нье (- ие) literally means 'tradition', 'what is handed down'.

ГОСПОДИН ИЗ САН-ФРАНЦИСКО

Сборник «Слово». Москва, 1915, № 5. (*Собрание сочинений в девяти томах.* Том четвертый. Повести и рассказы 1912-16. М., 1966, с. 308-28.)

1. In early editions, the story opened with this epigraph – a quotation from Revelations 18:10: *Го́ре тебе́, Вавило́н, го́род кре́пкий!* Bunin has slightly abbreviated the original: «Го́ре, го́ре тебе́, вели́кий го́род Вавило́н, го́род кре́пкий!» ('Alas, alas, that great city, Babylon, that mighty city'). The epigraph was removed in the final redaction of the story in 1951.

2. *и ма́ло ли ещё на что*, 'and to not a little else besides'.

3. *что до до́чери*, 'as for his daughter'; что каса́ется до́чери is the more common expression; *де́вушки на во́зрасте*, 'a grown-up girl, of marriageable age'.

4. *то для неё*, etc. 'To' is here used as in main clauses preceded by temporal and conditional clauses (когда́/е́сли..., то); omit in translation.

5. *пусть да́же и не совсе́м бескоры́стной*, 'even though it be given for not entirely unselfish reasons'.

6. *сту́каются бе́лыми комо́чками о зе́млю*, 'thud against the ground, (as) little clumps of white'. This descriptive use of the instrumental occurs frequently in these stories.

7. *весьма́ разме́ренно*, 'in a carefully measured routine'.

8. *и шли к пе́рвому за́втраку*. Note that here шли is used (and not ходи́ли), even though this is a description of a recurring scene. The reason is that here only the going *to* the dining-room is meant, and the 'return journey' is not implied. Cf. Ка́ждое у́тро я иду́ ми́мо ва́шего до́ма на рабо́ту, 'I pass your house every morning on my way to work'.

9. *для но́вого возбужде́ния аппети́та*, 'to have their appetites stimulated anew'.

10. *повеща́ли тру́бными сигна́лами о том, что составля́ло главне́йшую цель*, 'blaring sounds proclaimed what was the main purpose...'. Главне́йший is used as a colloquial superlative of гла́вный.

11. *о́чень ре́дко появля́вшегося на лю́ди*, 'who appeared in public only very rarely'. Compare this use of the inanimate accusative plural with вы́йти в лю́ди, поступи́ть в учителя́, произвести́ в офице́ры (go into the world, become a teacher, promote to the rank of officer) etc., and with на лю́дях, as in На лю́дях и смерть красна́, lit. 'among people even dying is beautiful', i.e. 'two in distress make sorrow less'.

12. *тот, что принима́л зака́зы*, 'the one who took the orders'. Что is a slightly colloquial equivalent for the more usual кто or кото́рый. Cf. «Грамма́тика любви́», Note 43 and *passim*.

13. *Сухо́й, невысо́кий, нела́дно скро́енный, но кре́пко сши́тый, расчи́щенный до гля́нца и в ме́ру оживлённый.* Notice that epithets describing the person are interspersed with those seemingly referring to his clothing; cf. the saying «Нела́дно скро́ен, да кре́пко сшит», 'he is not too prepossessing, but basically "he is all right" '.

14. *золоты́ми пло́мбами блесте́ли его́ кру́пные зу́бы, ста́рой слоно́вой ко́стью – кре́пкая лы́сая голова́.* Золоты́ми пло́мбами is a descriptive use of the instrumental, ста́рой слоно́вой ко́стью – a comparative. Translate, 'the gold fillings of his large teeth gleamed and his firm, bald head shone like old ivory'. Cf. «Грамма́тика любви́», Notes 5, 10, 14, 19, 39 and *passim*.

15. *до мали́новой красноты́*, 'till their faces were crimson'.

16. *Океа́н с гу́лом ходи́л за стено́й чёрными гора́ми*, 'there was the roar of the ocean and its mountainous black waves heaving outside'. Ходи́ть is later used in this sense of the floor: пол ещё ходи́л под господи́ном из С-Ф.

17. *то и де́ло вскипа́вшие и высоко́ взвива́вшиеся пе́нистыми хвоста́ми грома́ды*, 'those enormous masses that seethed up again and again and reared up high with their tails of foam'.

18. *и шале́ли от непоси́льного напряже́ния внима́ния*, 'and became dazed from straining their attention beyond their strength'.

19. *мра́чным и зно́йным не́драм преиспо́дней, её после́днему, девя́тому кру́гу была́ подо́бна подво́дная утро́ба парохо́да.* The imagery of the 'ninth circle of hell' is taken from Dante's *Inferno*.

20. *с гро́хотом вверга́емого в них obли́тыми е́дким, гря́зным по́том и по по́яс го́лыми людьми́.* Such a word order, with participle phrases preceding their noun, frequently occurs in written Russian. For purposes of comprehension, rearrange to: с гро́хотом вверга́емого в них людьми́, обли́тыми е́дким, грязным по́том и по по́яс го́лыми.

21. *всё выходи́ло у них так то́нко*, 'with them everything they did turned out so delicately'.

22. *кру́пные чёрные усы́ сквози́ли у него́.* Сквози́ть means 'to let through', e.g. wind or light (Здесь сквози́т, 'there is a draught'). Here it means that his skin showed between the sparse hairs of his moustache.

23. *сно́ва пахну́ло зимо́й*, 'there was another breath of winter'.

24. *с деви́чьими густы́ми ресни́цами*, 'with eyelashes as thick as those of a young girl'.

25. *во́лосы ре́дких усо́в то́чно ко́нские*, 'his scanty moustache seemed to be made of horsehair'.

26. *и потому́ вполне́ ве́рил в забо́тливость всех.* As here, ве́рить can mean 'to accept as sincere, genuine'.

27. *музыка́нты, блестя́ ме́дью духовы́х инструме́нтов....* This is best rendered by a nominative absolute: 'the musicians, the brass of their instruments gleaming...'. Cf. Note 14, above and *passim*.

28. *гига́нт-команди́р*, translate 'the giant of a captain'. While this type of compound noun is not particularly common in Russian, such forms exist in folklore (краса́вица-душа́) and occur with increasing frequency in modern usage: го́род-геро́й, 'heroic city', ваго́н-рестора́н, 'dining-car', телефо́н-автома́т, 'public telephone', etc. Note in this story толстя́к-изво́зчик and the unhyphenated forms свисту́н мальчи́шка, стари́к ло́дочник and others.

29. *осмо́тр ме́ртвенно-чи́стых и ро́вно, прия́тно, но ску́чно, то́чно сне́гом, освещённых музе́ев.* For purposes of comprehension rearrange to: осмо́тр ме́ртвенно-чи́стых музе́ев, ро́вно и прия́тно, но ску́чно освещённых, то́чно сне́гом.

30. *верени́цы шурша́щих по ле́стницам шелка́ми и отража́ющихся в зеркала́х декольтиро́ванных дам.* For word order, cf. preceding Note.

31. *гостеприи́мно откры́тый черто́г столо́вой.* Черто́г is an archaic word meaning 'hall', 'palace' etc. Translate, 'the palatial dining-hall, hospitably opened'.

32. *дека́брь...вы́дался...не совсе́м уда́чный*, 'December proved to be not entirely successful'.

33. *что тако́го го́да они́ и не запо́мнят*, 'that they could not even remember a year like this one'. И is here an emphatic particle. For the use of the future perfective with the negative, cf. «Грамма́тика любви́», Note 2.

34. *па́льмы у подъе́зда оте́ля блесте́ли же́стью*, 'the palms at the hotel doorway shone as if they were made of tin'. Cf. Note 14, above. – Оте́ль is less common than гости́ница and would not be suitable in a Russian context.

35. *в рези́новых, кры́льями развева́ющихся по ве́тру наки́дках*; cf. Note 14, above.

36. *и́бо ведь в конце́-то концо́в, мо́жет быть, и не ва́жно*, 'for, when all is said and done, it is perhaps not all that important'. И́бо is archaic, but has reappeared particularly in journalistic writings with rhetorical overtones. For -то, see «Грамма́тика любви́», Note 19.

37. *зна́тность ли ро́да*. Зна́тность means 'belonging to the aristocracy' (знать) and род means 'family', 'tribe', 'stock'. Translate, 'illustrious ancestry'.

38. *что совсе́м не то в Сорре́нто*, 'that things were quite different in Sorrento'.

39. *теплéй...со́лнечней...натура́льней*, alternative forms of the more common теплée, со́лнечнее, натура́льнее.

40. *на ме́сте дворцо́в Тибе́рия*. Tiberius, second emperor of Rome, successor of Augustus, reigned from 14 AD to 37 AD; a man of morbid and suspicious temperament, whose initially beneficial rule degenerated into a reign of terror. In 27 AD he retired to Capri, where he remained until his death, leading a life of brutish sensuality.

41. *ма́ленький парохо́дик...так валя́ло со стороны́ на́ сторону*. Валя́ло is used as an impersonal verb, corresponding to a passive construction. Translate, 'the little steamer...was tossed from side to side so much...'. Cf. «Грамма́тика любви́», Note 8.

42. *Ми́ссис, мисс, ми́стер*. These words are used colloquially of English and American persons, even without the surname. Ми́ссис and мисс are indeclinable.

43. *её не́сколько раз одолева́ло*, lit. 'she was overcome several times', i.e. by sea-sickness.

44. *на дива́ны с них текло́*, another impersonal construction. Translate, 'water dripped from them on to the settees'.

45. *но и тут разма́хивало стра́шно*, 'but here, too, the rolling was frightful'. Cf. Note 41, above.

46. *дави́лся кри́ком ребёнок*, 'a child was crying and choking'.

47. *что, вспо́мнив, что э́то и есть по́длинная Ита́лия...*. The first что is linked with таки́х above (ку́чу таки́х жа́лких...доми́шек). For the force of э́то и есть see «Грамма́тика любви́», Note 32.

48. *стал надвига́ться свое́й чернотóй о́стров*, 'the dark mass of the island began to draw near'. Cf. Note 14, above.

49. *теплéй, благово́нней*, see Note 39, above.

50. *потекли́ золоты́е уда́вы от фонаре́й при́стани*; in this somewhat startling metaphor потекли́ gives the impression of movement, 'began to flow, spread'.

51. *и сра́зу ста́ло на душе́ ле́гче*, 'relief was felt at once'.

52. *совсе́м не ще́дрых на тра́ты*, 'who were not at all keen on flinging their money about'.

53. *те дю́жие капри́йские ба́бы, что...*. For the construction, cf. Note 12, above.

54. *по ма́ленькой, то́чно о́перной пло́щади*, 'across a small square that seemed to belong in an opera'.

55. *под слитыми в одно домами*, 'under houses that seemed to merge into one another'.

56. *что это в честь гостей из Сан-Франциско ожил...городок*, etc., emphatic use of это: 'that it was in honour of the visitors from San Francisco that the little town had come to life'.

57. *гонг, завывший по всем этажам сбор к обеду*, 'the gong, wailing out on all the floors its summons to dinner'.

58. *Рейс XVII*. A prince of the diminutive German principalities of Reuss, Reuss-Greiz (the older line) and Reuss-Schleiz-Gera (the younger line), incorporated into Thuringia in 1918.

59. *много переменившего подобных мест на своём веку*, 'who had held many similar posts in his time'. Переменить, lit. '(ex-)change'.

60. *господа приезжие*, deferential form of address, 'the esteemed visitors'.

61. *столик*, not necessarily a diminutive in meaning, this form is generally used of restaurant tables and the like.

62. *он снова стал точно к венцу готовиться*, 'he once more began getting ready, as though for his wedding', from the fact that during the Orthodox marriage ceremony silver crowns were held above the heads of bride and bridegroom.

63. *с доведённой до идиотизма почтительностью спрашивал*, 'asked with a deference that bordered on imbecility'. For word order, cf. Note 20, above.

64. *Ha sonato, signore?* 'Did you ring, Sir?'

65. *стал мучиться с ловлей...запонки шейной*, 'began the painful chase after his collar stud'.

66. *таки доделал дело*, 'did after all succeed in accomplishing the task'.

67. *скоро ли они?* 'whether they would be ready soon'.

68. *и уже весело*; here уже is similar in force to даже, 'even'; also suggests 'by now', 'actually'.

69. *из темноты повеяло на него нежным воздухом*, 'a breath of scent-laden air blew in to him out of the darkness'.

70. *нижняя челюсть его отпала, осветив весь рот золотом пломб*. The two actions (отпала, осветив) are simultaneous, and both are 'perfective'. Осветив (normal meaning 'having illuminated') is therefore used rather than освещая, 'continually, repeatedly, illuminating'.

71. *не будь в читальне немца*, 'had the German not been in the reading-room'. Cf. «Грамматика любви», Note 46.

72. *за ноги и за голову*, 'seizing him by the legs and the head'.

73. *что натворил он*, 'what dreadful thing he had done', 'what he had been up to'. Cf. «Грамма́тика любви́», Note 8.

74. *вска́кивали из-за еды́*, on analogy with из-за стола́, 'from their meal'.

75. *что э́то так, пустя́к, ма́ленький о́бморок с одни́м господи́ном из Сан-Франци́ско*, 'that it was a mere trifle, a slight attack a gentleman from San Francisco had had'. For э́то так, cf. «Грамма́тика любви́», Note 41. С + *instr.* as after случи́лся, произошёл: ма́ленький о́бморок случи́лся с одни́м господи́ном.

76. *что он при́мет «все зави́сящие от него́ ме́ры»*, 'that he will do all that is incumbent upon him'.

77. *ме́дленно...потекла́ бле́дность*, 'slowly a pallor began to spread'.

78. *Già é morto*, 'he is already dead'.

79. *мада́м не нра́вятся*; like мисс, мада́м is indeclinable. Here it is in the dative.

80. *Partenza!*, lit. 'departure'.

81. *упа́ли голова́ми на пле́чи друг дру́гу*, 'let their heads fall on each other's shoulders'.

82. *лоша́дку...спе́шно громыха́ющую вся́ческими бубе́нчиками.* Cf. Note 27, above and «Грамма́тика любви́», Note 14.

83. *наде́лал жесто́костей*, 'committed so many cruelties'. Cf. «Грамма́тика любви́», Note 8.

84. *ещё по-у́треннему зы́бкие масси́вы Ита́лии*, 'the massive outline of Italy still shimmering in the morning light'. По-у́треннему literally means 'the way it does in the morning'.

85. *для того́, кто смотре́л на них с о́строва*, 'for someone watching them from the island'.

86. *над гуде́вшим, как погреба́льная ме́сса, и ходи́вшим тра́урными от сере́бряной пе́ны гора́ми океа́ном*, 'over the ocean that boomed like a funeral mass, its waves heaving like mountains decked in mourning by the silver foam'.

87. *ту́скло блиста́ли ста́лью, сипе́ли па́ром и сочи́лись кипятко́м и ма́слом тысячепудо́вые грома́ды котло́в*, 'their steel dully aglow, the thousand-*pood* boilers were hissing out vapours and exuding steam and oil'. A *pood* is approx. 37 lbs.

ДАЛЁКОЕ

Газета «Руль». Берлин, 1924. №№ 1153 и 1154, 18 и 19 сентября. (*Собрание сочинений в девяти томах.* Том пятый. Повести и рассказы 1912-16. М., 1966, с. 81-8.)

1. *Давны́м-давно́, ты́сячу лет тому́ наза́д, жил да был….* These are the words with which many Russian fairy tales begin.

2. The Arbat is an old, picturesque district in the centre of Moscow, north-west of the Kremlin. Consisting mainly of small, graceful aristocratic houses, it was no longer 'fashionable' by the end of the century. As a result of recent replanning of the city centre, most of this district has been demolished. As on several occasions in this story, Арба́т can refer to the main street of that district.

3. *Ива́н Ива́ныч.* This is the name and patronymic of the archetypal Russian; which, together with the absence of a surname, virtually makes the character anonymous. Ива́ныч is an abbreviation of Ива́нович; cf. Алексе́ич for Алексе́евич, etc. Note that the first name may be declined or not, e.g. Ива́на Ива́ныча or Ива́н Ива́ныча.

4. *В коридо́ре о́чень сло́жно и о́чень ду́рно па́хло и осо́бенно че́м-то тем…, чем натира́ют полы́,* 'in the corridor there was a very intricate and unpleasant smell, especially of that substance with which they polish the floors'.

5. *на ходу́ надева́вший шине́ль в рукава́,* 'putting his arms through the sleeves of his coat as he went'.

6. *и ничу́ть не претендова́л на то, что ему́ едва́ кива́ли в отве́т.* Претендова́ть normally means 'to lay claim to', but translate here, 'and did not feel the slightest offence, when he barely received a nod in reply'.

7. *ниче́м вне́шним не проявля́емая,* 'which was not manifested in any outward way'; *никому́ не ну́жная,* 'of no interest to anybody'.

8. *пода́чей самова́ра, убо́ркой посте́ли,* verbal nouns from пода́ть самова́р, 'bring the samovar' and убра́ть посте́ль, 'tidy the bed'.

9. *с шатро́вой, дре́вней колоко́льни.* The belltower is separate from the church itself. Here it is described as 'tent-shaped', as many towers were conical, usually octagonal, a style originating in North Russian timber architecture.

10. *совсе́м вон вы́бит из свое́й долголе́тней коле́и,* 'completely knocked out of his normal routine of many years' standing'.

11. *кото́рых перебыва́ло на па́мяти Ива́н Ива́ныча вели́кое мно́жество,* 'of whom there had been a great number in Ivan Ivanich' time'. Перебыва́ть is used of many people coming and going at various times.

12. *Вре́мя де́тское,* 'this is the time when children go to bed'.

13. *не попада́я ключо́м в дверну́ю сква́жину,* 'not getting (trying in vain to get) the key into the keyhole'.

14. *немно́жко крести́лся и кива́л в у́гол,* 'crossed himself a few times and nodded into the corner' (where an icon would hang; cf. кра́сный у́гол in old Russian houses).

15. *в двунадеся́тые пра́здники*, lit. 'on the twelve major festival days' (of the Orthodox calendar), i.e. very rarely, once in a blue moon. Двунадеся́тый is an archaic form of двена́дцатый.

16. *крича́л...на весь дом*. Cf. «Грамма́тика любви́», Note 25.

17. *и себе́*, 'for his part, too'.

18. *в Лео́нтьевском переу́лке*. Now у́лица Станисла́вского, this road leads from Тверска́я (formerly у́лица Го́рького) to Больша́я Ники́тская (now у́лица Ге́рцена); и у *Мю́ра-Мерили́за*, a large and fashionable department store off Театра́льная пло́щадь (formerly пло́щадь Свердло́ва), close by the Большо́й теа́тр. A great number of the better shops were owned by foreigners, in this case by a Scottish firm (Muir & Mirrieless).

19. *Ско́лько наро́ду стри́глось, бри́лось у Бази́ля и Теодо́ра!* Fashionable hairdressers' salons abounded in pre-revolutionary Moscow. They were usually run by Frenchmen, such as 'Théodore'. Some, however, were operated by Russians, often with assumed French names. Thus 'Basile' in Газе́тный переу́лок (now у́лица Огарёва), whose very successul proprietor in the 1890s, when this story is set, was a Muscovite by name of Васи́лий Ива́нович Я́ковлев.

20. *с но́вым Страстны́м, с но́вой Петро́вкой*. Страстно́й бульва́р is a section of the inner, boulevard-style ring road. This section received its name from the Страстно́й монасты́рь on пло́щадь Пу́шкина, where it begins. This monastery was demolished in the 1930s and the publishing house of Изве́стия now stands on this site. Петро́вка is, like Тверска́я, one of the major radial roads leading from the centre of the city. It begins at the rear of Большо́й теа́тр and crosses Кузне́цкий мост as it leads off in a northerly direction. It, too, is an old and very busy shopping centre.

21. *пролета́вших на лёгких лихача́х по Кузне́цкому*. Кузне́цкий мост was (and is) one of the best-known thoroughfares of Moscow. Most of the best shops and hotels were on it. It extends from Больша́я Дими́тровка (now у́лица Пу́шкина) behind the Большо́й теа́тр to the Больша́я Лубя́нка (formerly у́лица Дзержи́нского).

Лиха́ч, 'a smart cabman' (or his vehicle). Their cabs were normally drawn by trotters (рысаки́) and were given right of way by other vehicles. Some of them had fitted inflated rubber tyres (ду́тики or ду́тые ши́ны), a novelty at that time.

22. *не той, како́й ну́жно бы́ло, жи́зни*, 'a life that had not been right, not as it should have been'.

23. *был я в хло́потах в разъе́здах по Москве́, во вся́ческих ра́достных забо́тах*, 'I had been engaged in bustling about, in travelling all over Moscow, absorbed in all manner of happy preoccupations'.

24. *из кондитерской Скачкова*, on Тверская.

25. *у подъезда «Праги»*, a large restaurant on Арбатская площадь, at the far end of Воздвиженка (formerly проспект Калинина).

26. *в кафе Трамблé*, Tremblay's on Кузнецкий мост.

27. *приобретая за это право на дальнейшее существование*, 'gaining in return for this the right to his continued existence'.

28. *человеком с остатками широких замашек*, 'a man with the remnants of the grand manner about him'.

29. *и весенних надежд набрался*, cf. «Грамматика любви», Note 8.

30. *чемоданчик за рубль семьдесят пять* [*копеек*]. At the turn of the century a ruble was worth two shillings; *весь в блестящих жестяных гвоздях*, 'studded with shining tin tacks'. For this use of весь followed by в + prepositional, cf. весь в веснушках, 'covered with freckles', весь в грязи, 'covered in mud', etc.

31. *к Троице или в Новый Иерусалим.* Троице-Сергиева лавра, after Печерская лавра in Kiev the most celebrated monastery of Russian Orthodoxy. It is situated in Сергиев Посад (formerly known as Загорск), some forty miles north-east of Moscow. Founded in 1338 by St Sergius, this monastery became something like a monastic city, its walls enclosing twelve churches and chapels, eight belltowers, a seminary, hostels for pilgrims, etc. Новый Иерусалим, a monastery some forty miles west of Moscow, on the river Istra. It was founded by Patriarch Nikon in 1656.

32. *Привели...извозчика на Смоленский вокзал*, 'they brought a cab to take me to the Smolensk Station'. Cf. Note 21, above. Смоленский вокзал (now Белорусский вокзал) is situated at the northern end of Тверская. From it, trains depart for Byelorussia, Poland and Western Europe. *Курский вокзал* is off the Земляной вал (formerly Чкаловская улица), a section of the outer ring road (Садовая-кольцовая), east of the centre of Moscow. From here trains depart for the Oryol area (the author's home region), for the Donbass and the South and South-West generally. ...*на серой резвой кобыле*, 'with a frisky grey mare'.

33. *во всём новеньком*, 'rigged up in a brand-new set of clothes'. The diminutive is used half-facetiously, as of a schoolboy; cf. мальчик в новеньком костюмчике.

34. *по пахучей от всякой москатели Ильинке.* The Ильинка (formerly улица Куйбышева) is the main road of Китай-город, the old merchant quarter of Moscow. It leads from Верхние ряды (now ГУМ) on Red Square north-east under Ильинские ворота (now demolished) and changes into Маросейка (now ул. Богдана Хмельницкого), which in turn becomes Покровка (now ул. Чернышевского) between the inner and outer ring roads, here Чистопру́дный бульва́р and Садо́вая Черногря́зская respectively.

35. *ка́к-то мгнове́нно, ещё на Арба́тской пло́щади, позабы́в*, 'forgetting in an instant, as it were, when I'd only got as far as Arbat Square'.

36. *где́-то гниют тепе́рь ва́ши ко́сти?* Где́-то is here clearly an emphatic interrogative, 'just where?' Cf. «Грамма́тика любви́», Note 20.

ТЁМНЫЕ АЛЛЕИ

«Темные аллеи». Нью-Йорк, 1943. (*Собрание сочинений в девяти томах.* Том седьмой. Темные аллеи. Рассказы 1931-52. М., 1966, с. 81-8.)

1. *на одно́й из больши́х ту́льских доро́г*, 'on one of the larger highways in the Province of Tula'. Ту́льская губе́рния (now Ту́льская о́бласть) lies in Central Russia, south of Moscow.

2. *в одно́й свя́зи кото́рой была́ казённая почто́вая ста́нция.* Связь here means a section, or wing, of the *izba* under the same roof as the living quarters (го́рница). Post-stages formed an essential aspect of road travel. They were run either by a postmaster (станцио́нный смотри́тель), who was a government employee, or an innkeeper (содержа́тель постоя́лого двора́) who had secured a contract from the fiscal authorities. Their main function was to provide changes of horses and drivers (ямщики́), in the first place for persons travelling on government business, whether in military or civil service, but also for private travellers. The provision of food and lodgings, usually demanded by the travellers as a matter of course, were an added source of income for the postmasters. In this story, strong emphasis is laid on the efficiency and neatness of the post-stage, which was the exception rather than the rule. Thus Baedeker in *Russia* (1893) warns intending travellers that 'postmasters do all they can, by their indolence, by giving wrong information etc., to vex travellers. Politeness and willingness to serve are rare among them'. It should be added that the postmasters were very much at the mercy of the travellers, normally of noble birth, and often in a bad temper after experiencing the discomforts of travelling along Russian roads, and the post was rarely lucrative.

3. *с подвя́занными от сля́коти хвоста́ми*, 'their tails tied up to keep them out of the mire'.

4. *стари́к вое́нный.* «Господи́н из Сан-Франци́ско», Note 28.

5. *в никола́евской се́рой шине́ли*; the long military greatcoat introduced during the reign of Nicolas I (1825-55), often worn by that emperor himself.

6. Alexander II, son and successor of Nicholas I, reigned from 1855 till 1881. It was during his reign, in 1861, that the Emancipation of the serfs took place.

7. *ва́ше превосходи́тельство*, 'Your Excellency'. The use of this form of address indicates that the person addressed held, or was presumed to hold, the rank of general.

8. *ку́хонная печь…но́во беле́ла ме́лом*, 'the kitchen stove looked new in the whiteness of its chalk (or whitewash)', i.e. it looked as if it had been recently whitewashed.

9. *седы́е во́лосы его́ с начёсами на виска́х к угла́м глаз*, 'his grey hair brushed forward from the temples towards the corners of his eyes'.

10. *краси́вая не по во́зрасту же́нщина*, 'a woman who was good-looking for her age'.

11. *Добро́ пожа́ловать!* The traditional words of welcome. *Поку́шать изво́лите?* is the respectful equivalent of Вы хоти́те поку́шать? *…или самова́р прика́жете?* 'or will you want the samovar to be heated?'

12. *Хозя́йка тут и́ли слу́жишь?* Note by contrast with the respectful manner of the innkeeper, the automatic use of ты by the officer in addressing her, and later, his driver.

13. *Вдова́, что ли, что сама́ ведёшь де́ло?* 'Are you a widow, then, seeing you are running the place on your own?'

14. *Ведь при господа́х вы́росла*, 'after all, I grew up in service to gentlefolk'. Господа́ is here used as equivalent to ба́ре, 'landowners'; *как не уме́ть прили́чно себя́ держа́ть*, 'why shouldn't I know how to look after myself properly?'

15. *Мне господа́ вско́ре по́сле вас во́льную да́ли.* 'My masters gave me my freedom soon after you (had left me)'. Во́льная (за́пись) was the letter of enfranchisement which conferred an independent status on the holder, in this case a private arrangement between master and serf that was permitted before general emancipation in 1861.

16. *До́лго расска́зывать, су́дарь*, 'it would take too long to tell now, Sir'.

17. *«Как о воде́ проте́кшей бу́дешь вспомина́ть»*: ['Because thou shalt forget thy misery], and remember it as waters that pass away.' (Job, Ch. 11, V. 16).

18. *Что кому́ Бог даёт*, 'as to each God gives something (different)', i.e. 'that varies from person to person'.

19. *Ведь не могла́ же ты люби́ть меня́ весь век!* Emphatic use of ведь and же, underlining the surprise of the speaker: 'But you just *couldn't* have loved me *all* your life!' *Зна́чит, могла́*, 'And yet I could (did)'.

20. *всё одни́м жила́*, 'that was the only thing that kept me alive'. Всё (вре́мя), 'all the time', 'continually'.

21. *Зна́ла, что давно́ вас нет пре́жнего,* 'I knew that you had long ceased to be the way you had been' (lit. 'the former you').

22. *от оби́ды от одно́й,* 'because of the wrong of it alone'. Cf. «Грамма́тика любви́», Note 21.

23. *И всё стихи́ мне изво́лили чита́ть,* 'and all the time you were pleased to read poems to me'. Cf. Note 11, above.

24. *И ведь э́то вам отдала́ я свою́ красоту́.* For this use of э́то, cf. «Господи́н из Сан-Франци́ско», Note 56.

25. *Ну на что́ вспомина́ть,* 'Oh well, what's the use of reminiscing'. *Мёртвых с пого́ста не но́сят,* 'they don't bring the dead back from the graveyard', i.e. 'there's no point in hankering after that now'.

26. *уже́ со стро́гим лицо́м.* Уже́ suggests (in addition to 'already') 'by now', 'actually'. Cf. «Господи́н из Сан-Франци́ско», Note 68.

27. *оскорби́тельней,* alternative form of оскорби́тельнее.

28. *у ней,* alternative form of у неё.

29. *Ку́чер гнал рысцо́й, всё меня́я чёрные колеи́,* 'the driver urged on the horses at a jogtrot, continually changing from one set of black wheel-ruts to another'.

30. *давно́ изво́лите знать её?* Cf. Note 11, above.

31. *Клим,* popular form of Климе́нт, Clement.

32. *Ба́ба – ума́ пала́та.* 'Ума́ пала́та' is a saying equivalent to 'has any amount of sense'; i.e. 'that woman has all her wits about her'.

33. *Э́то ничего́ не зна́чит. – Как не зна́чит!* 'There's nothing wrong with that'. – 'Of course there is!'

34. *Е́сли с со́вестью дава́ть, худо́го ма́ло,* 'if you lend it out fairly, within reason, there's little harm in it'.

35. *Погоня́й, пожа́луйста, как бы не опозда́ть нам к по́езду,* 'urge them on, keep them going, please, I am afraid we may be late for the train'. Как бы не suggests both anxiety and the intention of avoiding that which causes it.

36. *Он глядéл на мелька́вшие подко́вы,* 'he was watching the horse-shoes glinting as they rose and fell'. Cf. «Грамма́тика любви́», Note 4.

37. *«Круго́м шипо́вник а́лый цвёл, стоя́ли тёмных лип алле́и».* This couplet is taken from the poem «Обыкнове́нная по́весть» by N.P. Ogaryov 1813-77). Bunin quoted from memory; the two lines actually read: «Вблизи́ шипо́вник а́лый цвёл,/Стоя́ла тёмных лип алле́я».

38. *содержа́тельница постоя́лой го́рницы* (for the more common постоя́лого двора́). Cf. Note 2, above.

BIBLIOGRAPHY

I. Editions of Bunin's works

Собрание сочинений тт. I-V. Пб., «Знание», 1902-9.

Полное собрание сочинений, тт. I-VI. Пб., А.Ф. Маркс, 1915.

Господин из Сан-Франциско. Произведения 1915-16 гг. М., 1916.

Собрание сочинений, тт. I-XII. Берлин, «Петроплис», 1934-9.

Темные аллеи. New York, 1943; Paris, La Presse Française et Etrangère, 1946.

Избранные произведения. Вситупит. статья А.К.Тарасенкова. М., Гослитиздат, 1956.

Собрание сочинений, тт. I-V. Под ред. Л.В. Никулина. Подготовка текста и примеч. П.Л. Вячеслславова. М., «Правда», 1956.

Стихотворения. Библиотека Поэта. Вступит. статья А.К. Тарасенкова. Л., «Советский писатель», 1956.

Повести, рассказы, воспоминания. Вступит. статья К.Г. Паустовского. М., «Моковский рабочий», 1961.

Рассказы. Selected Stories. Edited by P. Henry. London, 1962. Second edition, 1970.

Собрание сочинений в девяти томах. Москва, 1965-7.

Литературное наследство. Том восемьдесят четвертый. В двух книгах. Иван Бунин. Книга первая. Москва: Наука, 1973.

Господин нз Сан-Франциско. Рассказ. Вступит. статья В.И. Кулешова. М., «Детская литература», 1982.

Стихотворения. Библиотека XX век: Поэт в время. М., «Молодая гвардия», 1990.

Жизнь Арсеньева. Роман и рассказы. М., «Советская Россия», 1991.

II. Memoirs, biographical and other primary sources

Автобиография. – В кн.: Фидлер Ф. Ф., сост. Первые литературные шаги. М., 1911.

Автобиографическая заметка. – В кн.: Русская литература XX века. т. II. вып. 7. Под ред. С.А. Венгерова. М., «Мир», 1915.

Автобиографические заметки. 1927. – В кн.: Собрание сочинений, т. I. Берлин, «Петрополис», 1936.

Бабореко А. И.А. Бунин. Материалы для биографии (с 1870 по 1917). Москва, 1967.

Ivan Bunin. 'Acceptance Speech.' *Nobel Prize Library. Samuel Beckett. Björnstjerne Björnson. Pearl Buck. Ivan Bunin.* Alexis Gregory, New York, and CRM Publishing, Del Mar, Calif., 1971, pp. 291-3. The volume also contains the Presentation Speech by Per Hallström; articles on Ivan Bunin by Georges Adamovitch and Kjell Strömberg; and *The Gentleman from San Francisco* and *The Elaghin* [sic] *Affair*, both translated by Bernard Guilbert Guerney.

Катаев В. «Трава забвенья». – В кн.: В. Катаев. Собрание сочинений в девяти томах. Москва, 1968-72. Т. IX, с. 249-346. English translation by R. Daglish, *The Grass of Oblivion*. London, 1968.

Литературное наследство. Т. 84 [в 2-х тт.]. Иван Бунин. Т. II. Москва: Наука, 1973.

Муромцева-Бунина В.Н. Жизнь Бунина 1870-1906. Париж, 1958.

Паустовский К. «Иван Бунин». – В. сб.: Тарусские страницы. Литературно-художественный иллюстрированный журнал. Калуга, 1961. Также в кн.: И.А. Бунин. Повести. Рассказы. Воспоминания. Москва, 1961, с. 3-18.

Устами Буниных. Дневники Ивана Алексеевича и Веры Николаевны и другие архивные материалы, под ред. Милицы Грин [Greene]. В трез томах. Frankfurt/Main: Possev-Verlag, V. Gorachek K.G. I: 1977; II: 1981; III: 1982.

III. Criticism

Афанасьев В. И.А. Бунин. Очерк творчества. Москва, 1966.

Гречнев В.Я. «Проза Ивана бунина». Русская литература, № 13 (4), 1970, с. 221-6.

Линков В.Я. Мир и человек в творчестве Л. Толстого и И. Бунина. Москва, 1989.

Литературное наследство. Т. 84 [в 2-х тт.]. Иван Бунин. Т. II. Москва, 1973.

Михайлов О. «И.А. Бунин». – В кн.: И.А. Бунин. Господин из Сан-Франциско. Москва, 1959, с. 3-12.

——— И.А. Бунин. Очерк творчества. Москва, 1967.

Твардовский А. «О Бунине». – В кн.: И.А. Бунин. Собрание сочинений в девяти томах. Т. I. Москва, 1965, с. 7-49.

Conolly, J.W., *Ivan Bunin*. Boston, 1982.

Gross, S.L., 'Nature, Man, and God in Bunin's "The Gentleman from San Francisco" '. *Modern Fiction Studies*, № 6 (2), 1960, pp. 153-63.

Poggioli, R. 'The Art of Ivan Bunin'. *The Phoenix and the Spider*. Harvard University Press, 1977, pp. 131-57.

Richards, D.J., 'Memory and Time Past: A Theme in the Works of Ivan Bunin'. *Forum in Modern Language Studies*, № 7 (2) (1971), pp. 158-69.

——— 'Bunin's Conception of the Meaning of Life'. *Slavonic and East European Review*, № 50 (119), 1972, pp. 153-72.

——— 'Comprehending the Beauty of the World: Bunin's Philosophy of Travel'. *Slavonic and East European Review*, № 52 (129), 1974, pp. 514-32.

Struve, G. 'The Art of Ivan Bunin'. *Slavonic and East European Studies*, № 11 (1932-3), pp. 423-36.

Winner, T. 'Some Remarks about the Style of Bunin's Early Prose'. *American Contributions to the Sixth International Congress of Slavists*, vol. 1, The Hague/Paris, 1968, pp. 369-81.

Woodward, J.B. 'Eros and Nirvana in the Art of Bunin'. *Modern Language Review*, № 65 (3), 1970, pp. 576-86.

——— 'The Evolution of Bunin's Narrative Technique'. *Scando-Slavica*, № 16 (1970), pp. 5-21.

——— 'Narrative Tempo in the Later Stories of Bunin'. *Die Welt der Slaven*, № 16 (4), 1971, pp. 383-96.

——— *Ivan Bunin: A Study of His Fiction*. University of North Carolina Press, 1980.

IV. Translations

The Gentleman from San Francisco and Other Stories. Translated by D.H. Lawrence, S.S. Koteliansky and Leonard Woolf. London, 1922. Second edition, 1934.

Fifteen Tales. Translated by Isabel F. Hapgood. London, 1924.

The Gentleman from San Francisco and Other Stories. Translated by B.G. Guerney. New York, 1933.

Grammar of Love. Translated by J. Cournos. London, 1935.

Dark Avenues and Other Stories. Translated by R. Hare. London, 1949.

The Gentleman from San Francisco and Other Stories. With an introduction by William Sansom. London, 1975.

Shadowed Paths. Translated by Olga Shartse. Moscow, *n.d.*

VOCABULARY

NOTE

Verbs are given with the imperfective aspect first and the perfective second. If a verb is shown in one aspect only, it is imperfective, unless otherwise stated. Stem changes in the present tense are shown for the 1st and 2nd persons singular and for the 3rd person plural for verbs with infinitive stem in **-чь** (as well as **бежáть** and its compounds); the present future of verbs like **есть, дать** and their compounds is given fully; irregular past tenses, e.g. of verbs of motion and verbs in **-нуть**, are also shown.

With masculine nouns, the genitive singular ending is shown if a vowel is elided or some other change in the stem has occurred. Irregular plurals, including masculines with nominative plural in **-á**, are given, for either the nominative and the genitive plural, or, where necessary, both.

The short forms of adjectives are indicated, where they exist or are in common use. Thus **слáдкий** *sht.fm.* **-док, -дкá, -дко** means that the masculine short form is **слáдок**, the feminine **сладкá**, and the neuter (and the adverb) **слáдко**.

Common uses of prepositions and conjunctions are not given; nor are most of the other words occurring in the High Frequency List in *The Russian Word Count* (Harry H. Josselson, Wayne University Press, 1958); cardinal numerals and easily recognised words e.g. **тáнго, рефлéктор**, are also omitted.

Abbreviations used:

adj.	adjective	*neut.*	neuter
adv.	adverb	*n.pl.*	nominative plural
affect.	affectionate	*pass.*	passive
arch.	archaic	*pf.*	perfective
coll.	colloquial	*pf.ger.*	perfective gerund
comp.	comparative	*pl*	plural
conj.	conjunction	*poet.*	poetic
dat.	dative	*pop.*	popular
derog.	derogatory	*posn.*	position
dim.	diminutive	*p.p.a.*	past participle active
fam.	familiar		
f., fem.	feminine	*pres.p.a.*	present participle active
frequ.	frequentative		
fut.	future	*pres.p.p.*	present participle passive
gen.	genitive		
g.pl.	genitive plural	*recipr.*	reciprocal
g.sg.	genitive singular	*refl.*	reflexive
imp.	impersonal	*reg.*	regional
indecl.	indeclinable	*sht.fm.*	short form
instr.	instrumental	*sing.*	singular
inter.	interrogative	*sup.*	superlative
interj.	interjection	*theatr.*	theatrical
intr.	intransitive	*tr.*	transitive
ipf.	imperfective	*usu.*	usually
m., masc.	masculine	*vb.*	verb
mtn.	motion	*vulg.*	vulgar
n.	noun		

А

абру́ццкий Abruzzian *adj.*
автомоби́ль *m.* (motor-)car; **автомоби́льный** *adj.*; **автомоби́льная го́нка** car race
а́дский hellish, infernal
аза́рт excitement, fervour
аза́ртный excitable, venturesome; **аза́ртная игра́** game of chance; **аза́ртно** passionately, lustily
азиа́тский Asiatic *adj.*
актёр actor
алле́я avenue, lane
а́лый *sht.fm.* **ал, -а́, -о** *poet.* scarlet, crimson
америка́нец, -нца American *n.*
америка́нка, *g.pl.* **-нок** American woman
апарта́мент *arch.* and **апартаме́нт** apartment
апельси́новый *adj.* from **апельси́н** orange(-tree)
аппети́т appetite
апре́льский April *adj.*
а́рка, *g.pl.* **а́рок** arch
армя́к armyak (peasant's cloth coat)
ароматический aromatic, scented
арши́нный *adj.* from **арши́н** (= 28 inches)
Афи́ны Athens

Б

ба́ба (peasant) woman
багро́вый *sht.fm.* **-о́в, -а, -о** crimson, purple
бак forecastle
бакенба́рды side whiskers
бал ball, dance; **ба́льный** *adj.*
балка́нский Balkan *adj.*
балко́н balcony; **craftsman вися́щий балко́н** overhanging balcony
балова́ться, -у́юсь, -у́ешься/по- play pranks; indulge, treat oneself
бана́н banana(-tree)
бант bow; **в ба́нтах** with bows
ба́ня both house; **восто́чная ба́ня** Turkish bath
бар bar, refreshment room
ба́рка, *g.pl.* **-рок** barge
ба́рхатный velvety
баси́стый *sht.fm.* **-и́ст, -а, -о** bass, deep sounding
ба́тюшка *pop.* and *arch.* father
башма́к shoe, boot
бде́нье (-ие) *arch.* vigil; wakefulness
бег run, running; **на бегу́** while running
бе́гать—бежа́ть, -гу́, -жи́шь...-гу́т/побежа́ть run
бе́дность *f.* poverty

бе́дный *sht.fm.* **-ден, -дна́, -дно** poor
беззабо́тный *sht.fm.* **-тен, -тна, -тно** carefree, light-hearted
беззву́чный *sht.fm.* **-чен, -чна, -чно** soundless, silent
безобра́зный *sht.fm.* **-зен, -зна, -зно** ugly; deformed
безотве́тный *sht.fm.* **-тен, -тна, -тно** meek, dumb; never contradictory
безразли́чный *sht.fm.* **-чен, -чна, -чно** indifferent
безу́мие folly; insanity
безу́мный *sht.fm.* **-мен, -мна, -мно** senseless; insane; wild-looking
белёный bleached; white-washed
беле́ть, -е́ю, -е́ешь/по- show, gleam, white
бело́к, -лка́ white (of eye)
белосне́жный *sht.fm.* **-жен, -жна, -жно** snowy white
бе́лый *sht.fm.* **бел, -а́, -о** white
бельги́йка, *g.pl.* **-и́ек** Belgian woman
бельё linen; underwear
бе́рег, *n.pl.* **-а́** bank, shore; **на берегу́**
берёза birch tree; **плаку́чая берёза** weeping birch
бере́т beret
бесе́да chat, conversation
бесконе́чно infinitely, without end
бескоры́стный *sht.fm.* **-тен, -тна, -тно** disinterested, unselfish
беспу́тность and **беспу́тство** dissipation, debauchery
бессерде́чный *sht.fm.* **-чен, -чна, -чно** heartless, callous
бесси́льный *sht.fm.* **-лен, -льна, -льно** impotent; helpless
бессмы́сленность *f.* senselessness; inanity
бессо́нный sleepless
бесстра́стный *sht.fm.* **-тен, -тна, -тно** impassive; passionless
бессты́дно-гру́стный shamelessly melancholy
бесце́льный *sht.fm.* **-льна, -льно** (*masc. sht.fm.* not used) aimless
бесчи́сленный *sht.fm.* **-лен, -нна, -нно** innumerable
бе́шеный mad; furious
библиоте́ка library
бино́кль *m* binoculars
биржево́й *adj.* from **би́ржа** stock exchange
би́серный pearly; **би́серный по́черк** minute handwriting
бить, бью, бьёшь/по- beat, hit; break; **би́ться/по-** *intr.*; **его́ се́рдце би́лось** his heart was beating; **выо́га била́сь** the blizzard was raging; with **с** + *instr.* fight, struggle with; **би́тое стекло́** broken glass
бич whip
бла́го blessing, boon; well-being
благово́нный *arch.* fragrant
благода́рный *sht.fm.* **-рен, -рна, -рно** grateful
благодаря́ + *dat.* due to, because of
благополу́чный *sht.fm.* **-чен, -чна, -чно** happy, satisfactory; safe
благослове́нный *sht.fm.* **-вен, -нна, -нно** *poet.* blessed
благословля́ть/благослови́ть, -влю́, -ви́шь bless
благосостоя́ние welfare, prosperity
благоуха́ть be fragrant, smell sweetly
блаже́нный *sht.fm.* **-жен,**

-нна, -нно blissful, beatific
бледне́ть, -е́ю, -е́ешь/по- become pale
бле́дно-зелёный pale green
бледноли́цый palefaced
бле́дно-ро́зовый pale pink
бле́дность *f.* pallor, paleness
бле́дный *sht.fm.* **-ден, -дна́, -дно** pale
блёкнуть, past **блёкнул, блёкла/по-** fade, wither, grow dim
блеск lustre, brilliance, glitter
блесте́ть, -щу́, -сти́шь and **-щешь/по-, блесну́ть** and **блиста́ть/по-** shine, glitter; **блестя́щий** *pres, p.a.,* brilliant
бли́зиться, -жусь, -зишься approach, come near
бли́зкий *sht.fm.* **-зок, -зка́, -зко** near; **бли́же** *comp.*; **ближа́йший** *sup.*
бли́зость *f.* nearness, proximity
блиста́ть see **блесте́ть**
блонди́нка, *g.pl.* **-нок** blonde woman
блу́за blouse, tunic
бобро́вый *adj.* from **бобёр** beaver fur
бог (a) god; **Бо́же мой!** Good Heavens! **А Бог его́ зна́ет** Heaven only knows
богате́ть, -е́ю, -е́ешь/раз- become rich
бога́тство wealth
бога́тый *sht.fm.* **-а́т, -а, -о** rich, wealthy
бога́ч wealthy man
бо́дрый *sht.fm.* **бодр, -а́, -о** lively, brisk, alert
Бо́же see **бог**
бо́жий, -ья, -ье divine, God's; **Бо́жье де́рево** southernwood (Artemisia abrotarum)
божни́ца icon shrine
бой fight, struggle; **бой быко́в** bullfight
бой-кита́ец, *pl.* **бой-кита́йцы** Chinese boy (servant)
бок, *n.pl.* **-а́** side; **на́бок** on to its side
бока́л cup, goblet; **бока́льчик** *dim.*
бо́лее more (than)
боле́зненный *sht.fm.* **-знен, -нна, -нно** sickly, morbid; painful
боле́ть, 3rd pers. only **боли́т, боля́т/за-** ache, hurt; **голова́ тя́жко боле́ла** he had a severe headache
болта́ть/по- chat, gossip
боль *f.* ache, pain; **головна́я боль** headache
бо́льно painful; **ко́нчикам па́льцев бы́ло бо́льно** his finger tips were sore
больно́й *sht.fm.* **-лен, -льна́, -льно** sick, diseased
бо́льше more (than); **бо́льше не** no more; **не бо́льше, не ме́ньше, как** no more or less than
большинство́ majority, most
бормота́ть, -чу́, -чешь/про-, за- mutter
борода́ beard
боро́ться, -рю́сь, -решься/по- struggle, fight
борт *n.pl.* **-а́** side (of ship); **на борту́** on board; **за бо́ртом** over board, beyond the side
босо́й *sht.fm.* **бос, боса́, бо́со** bare-footed; **на босу́ но́гу** on his bare feet
ботви́нья *botvinnia* (fish and beetroot leaf soup)
боти́нок, -нка boot
боя́ться, -ю́сь, -и́шься/по- + *gen.* be afraid of; be spoilt by
брать, беру́, берёшь/взять,

возьму́, возьмёшь take; **бра́ться/взя́ться** with **за** + *acc.* undertake; seize
бриллиа́нт diamond
бри́ться, бре́юсь, -е́ешься/по-, вы́- shave; **бри́тый, вы́-, по-, про-,** *p.p.p.*
бровь *f.* (eye-)brow
броди́ть, -жу́, -дишь/по- roam, wander
бродя́чий, -ая, -ее strolling, vagrant
бронирова́ть, -ую, -уешь, *ipf.* and *pf.* armour; **брониро́ванный** *p.p.p.*
броса́ть/бро́сить, -шу, -сишь throw; abandon, give up
бры́згать/за-, бры́знуть + *inst.* splash, sprinkle
брю́ки *pl.* only, **брюк** trousers; **брю́чки, -чек** *dim.*
бубе́нчик little bell (on horses' harness etc.)
бугóр, -гра́ hillock, mound
бу́дущее, -его future *n.* and *adj.*
буера́к gully
буква́льно literally
буке́т bouquet
бульо́н broth
бурья́н tall weeds
бу́ря ,gale; **бу́ря с мо́крым сне́гом** blizzard of wet snow
бутербро́д sandwich
буты́лка, *g.pl.* **-лок** bottle
бы particle used with past tense and infinitive to form subjunctive, unfulfilled conditions etc.
быва́ть, be, exist, happen; **быва́ть/по-** visit, frequent
было + past *pf. vb.* be about to
бы́стрый *sht.fm.* **быстр, -а́, -о** quick, rapid
бытие́ being, existence

В

Вавило́н Babylon
ваго́н (railway) carriage; **ваго́нчик** *dim.*
ва́жный *sht.fm.* **-жен, -жна́, -жно** important; self-important
ва́йя frond
вал shaft
валёк, -лька́ swingle tree
вальс waltz
валя́ть/по- drag along
ва́нна bath
вари́ться/по- be boiling, stewing, brewing
ва́хтенный, -ого watchman
вброд e.g. **переходи́ть вброд** wade, ford
вверга́ть/вве́ргнуть, past **вверг, вве́ргла** throw, plunge into; **вверга́емый** *pres. p.p.*
вверх upwards
вверху́ above, overhead
вверя́ть/-ить + *dat.* entrust to
вводи́ть, -жу́, -дишь/ввести́, -веду́, -ведёшь; -вёл, -а́ lead, bring in; introduce
вдаль far away, into the distance
вдова́ widow
вдоль + *gen.* along
вдруг suddenly
ведро́ *pl.* **вёдра, вёдер** bucket
ведь you see, after all
ве́жливый *sht.fm.* **-лив, -а, -о** polite
везти́ see **вози́ть**
век *n.pl.* **-а́** age, century; **на своём веку́** in his time
вели́кий *sht.fm.* **-ли́к, -а́, -о** great; *sht.fm.* only, (too) large; **велича́йший** *sup.*, supreme

великоле́пный *sht. fm.* **-пен, -пна, -пно** magnificent
велича́вый *sht.fm.* **-ча́в, -а, -о** stately, majestic
величина́ size
вене́ц, -нца́ crown
венча́льный wedding *adj.*
вера́нда verandah
верболоза́ *reg.* willow(-branch)
верескле́д spindletree (Euonymus)
верени́ца row, procession
ве́рить/по- + *dat.* and **в** + *acc.* believe, have faith in, trust
ве́рно (it is) right; correctly; quite so; probably
верну́ться see **возвраща́ться**
ве́рный *sht.fm.* **-рен, -рна́, -рно** correct, true; faithful
вероя́тно probably
верх top; hood; **на верху́**
ве́рхний, -яя, -ее top, upper
верхо́м: е́хать верхо́м ride on horseback
верху́шка, *g.pl.* **-шек** top, summit
верши́на summit
веселе́ть, -е́ю, -е́ешь/по- become cheerful
весёлый *sht.fm.* **-сел, -а́, -о** gay, jolly, cheerful
весе́нний, -яя, -ее spring *adj.*
весна́ spring
весну́шка *g.pl.* **-шек** freckle
вести́ see **води́ть**
вестибю́ль *m.* entrance hall, lobby
весь, вся, всё, *pl.* **все** all, whole; **всё (вре́мя)** all the time, continually; **всё же** all the same; **всё равно́** all the same, it makes no difference; **всего́** only, in all
весьма́ very, highly
ве́тер, -тра wind; **по ве́тру** in the wind; **ветеро́к, -рка́** breeze
ве́чер *n.pl.* **-а́** evening; **с ве́чера** in the evening, since evening; **пе́ред ве́чером** in the late afternoon
вечере́ть/по- *imp.:* **вечере́ет** night is falling
вече́рний, -яя, -ее evening *adj.*
ве́чность *f.* eternity
ве́чный *sht.fm.* **-чен, -чна, -чно** eternal, perpetual
вещь *f,* thing; **ве́щи** belongings, luggage
ве́ять/по- blow
взад и вперёд to and fro
взаи́мный *sht.fm.* **-мен, -мна, -мно** mutual
взбега́ть/взбежа́ть, -бегу́, -бежи́шь...-бегу́т with **к** + *dat.* run up to
взвива́ться/взви́ться, взовью́сь, взовьёшься fly up, soar; rear
взви́згивание screaming
взви́згивать/взви́згнуть scream, screech
взволнова́ться see **волнова́ться**
взгляд look, glance; **при взгля́де его́** as he looked
взгля́дывать/взгляну́ть look up
взгромажда́ться/взгромозди́ться, -зжу́сь, -зди́шься be piled up; **взгромождённый** *p.p.p.*
вздор nonsense
вздыха́ть/вздохну́ть breathe, sigh
взыва́ть/воззва́ть, -зову́, -зовёшь appeal, call to
взять, взя́ться see **брать, бра́ться**
вид appearance, look, view; kind; **в ви́де коро́ны** shaped like a coronet
ви́деться, -жусь, -дишься/у- and **вида́ться/по** *coll.* see each other

ви́димый *sht.fm.* **-им, -а, -о** visible, obvious
ви́дный *sht.fm.* **-ден, -дна́, -дно** visible; presentable; **никого́ не́ было ви́дно** there was no one to be seen
визи́тка, *g.pl.* **-ток** morning coat
вина́ guilt, blame
вино́ wine; **ви́нный** *adj.*
винова́тый *sht.fm.* **-ва́т, -а, -о** guilty, to blame
виногра́дник vineyard
висе́ть, -шу́, -си́шь/по- hang; **вися́щий** *pres.p.a.*
висо́к, -ска́ temple
вихо́р, -хра́ tuft, forelock
ви́хрь, -хря whirlwind
вкось obliquely, aslant
влады́чествовать, -ую, -уешь rule, exercise sovereignty
влады́чица sovereign; mistress
вла́жный *sht.fm.* **-жен, -жна́, жно** humid, damp
вла́ствовать, -ую, -уешь rule
вла́стный *sht.fm.* **-тен, -тна́, -тно** imperious, masterful
власть *f.* power
влия́ние influence
влюбля́ться/влюби́ться, -блю́сь, -би́шься with **в** + *acc.* fall in love with; **влюблённый** in love, enamoured
вме́сте together; **вме́сте с тем** at the same time
вме́сто + *gen.* instead of
внести́ see **вноси́ть**
вне́шний, -яя, -ее external
вне́шность *f.* exterior, appearance
вниз down *mtn.*, **внизу́** down, below *posn.*
внима́ние attention
внима́тельный *sht.fm.* **-лен, -льна, -льно** attentive; considerate
вноси́ть, -шу́, -сишь/внести́, -несу́, -несёшь; -нёс, -несла́ carry in, bring in
внук grandson, grandchild
внутри́ + *gen.* inside
во-вторы́х secondly
водворя́ться/-и́ться settle in, become installed
води́тель *m.* driver; *arch.* guide, captain
води́ть, -жу́, -ди́шь—вести́, веду́, ведёшь; вёл, вела́/повести́ lead, bring
во́дка vodka
водяно́й watery
вое́нный military, war *adj.*; *n.* serviceman, officer
возбужда́ть/возбуди́ть, -жу́, -ди́шь arouse, excite, stimulate; **возбуди́ть к себе́ внима́ние** draw attention to oneself
возбужде́ние stimulation, excitement
возвраща́ться/возврати́ться, -щу́сь, -ти́шься and **верну́ться** return
возвраще́ние return
во́здух air
вози́ть, -жу́, -зишь—везти́, везу́, везёшь; вёз, везла́/повезти́ carry, convey; **вози́ться/по-** with **с** + *instr.* busy oneself, fuss with, potter with
возлага́ть/возложи́ть place on, entrust; **возлага́ть наде́жды на** + *acc.* set one's hopes on
во́зле + *gen.* near, beside
возмечта́ть *pf.* conceive of a dream
возмо́жно (it is) possible
возмо́жность *f.* possibility, opportunity
вознагражда́ть/вознагради́ть, -жу́, -ди́шь reward
возника́ть/возни́кнуть, past **-ни́к, -ла** arise, spring up
возобновля́ться/возобнови́ться, -влю́сь, -ви́шься be renewed; start up again

возражáть/возразúть, -жý, -зúшь retort
вóзраст age
вой howl, wail
войнá war
войтú see **входúть**
вокрýг + *gen.* around
волнá wave
волнéние agitation, excitement
волновáться, -ýюсь, -ýешься/вз- be agitated, excited; be turbulent
вóлос *g.pl.* **волóс** hair
волшéбный *sht.fm.* **-бен, -бна, -бно** magic, enchanted
волы́нка *g.pl.* **-нок** bagpipe
волы́нщик piper
вонь *f.* stench
вонючий, -ая, -ее stinking, putrid
вонять + *instr.* stink
воображáть/вообразúть, -жý, -зúшь imagine
вообщé in general, generally speaking; anyway
вооружáться/вооружúться, -жýсь, -жúшься arm oneself, equip oneself
во-пéрвых in the first place
вопúть, -плю́, -пúшь/за- howl, wail
вопрóс question
вопрошáющий questioning, inquiring
ворóта, *pl.* only, **-рóт** gate
воротнúк, воротничóк, -чкá collar
воротúться, -чýсь, -тишься *pf.* return
воск wax
воспоминáние recollection, memory
восседáть sit in state
востóк East
востóрг enthusiasm, delight
востóрженный *sht.fm.* **-жен, -нна, -нно** enthusiastic
восхищáться/восхитúться, -щýсь, -тúшься + *instr.* admire, be delighted with
восхищéние admiration, delight
восходúть, -жý, -дишь/взойтú, взойдý, взойдёшь; взошёл, взошлá rise, ascend
вот there; **вот и всё** that's all there's to it
вперёд forward, ahead
впередú in front, ahead
впечатлéние impression
впечатлúтельность *f.* impressionability, sensitiveness
вплоть до + *gen.* right up to
вполгóлоса in an undertone
вполнé fully, entirely
вправля́ть/впрáвить, -влю, -вишь fit into
впрóчем however, nevertheless
впрямь really, indeed, to be sure
враньё *coll.* fibbing, lies
врастáть/врастú, врастý, врастёшь; past **врос, -лá** grow into; **врóсший** *p.p.a.*
вращáться/по- turn, rotate
врéмя, -мени, -менем, -мени, *pl.* **-менá, -мён** *neut.* time; **во врéмя** + *gen.* during; **в то врéмя, как** while
врóде + *gen.* like; *coll.* a sort of
врóсший see **врастáть**
всегдá always; **как всегдá** as usual
всесвéтный universal, of world renown
всё-таки all the same
всецéло entirely; exclusively
вскáкивать/вскочúть jump up
вскачь at a gallop
вскипáть/вскипéть, -плю́, -пúшь boil, seethe up
вскóре soon
вслед за + *instr.* after, following

всполошить *pf.* rouse, startle
вспоминать/вспомнить remember, recollect
вспыхивать/вспыхнуть blaze up; flush
вставать, встаю, встаёшь/ встать, встану, встанешь get up, rise
встреча meeting, encounter
встречать/встретить, -чу, -тишь meet; **встречаться/ встретиться** *recipr.*
встречный encountered; **со всеми встречными** with/to all he encountered
всюду everywhere
всякий every, any; **без всякой любезности** without any friendliness
всяческий all kinds of
вход entrance; **при входе** on entering
входить, -жу, -дишь/войти, войду, войдёшь; вошёл, вошла go in, enter
вчера yesterday; **вчера вечером** last night; on the previous evening
выбирать/выбрать, -беру, -берешь choose
выбриться see **бриться**
вывешивать/вывесить, -шу, -сишь hang out, put up
вывозить, -жу, -зишь/вывезти, -зу, -зешь; -вез, -ла take out, export; **вывезенный** *p.p.p.*
выдаваться, -даюсь, -даёшься/выдаться, -дамся, -дашься, -дастся etc. see **давать/дать**, protrude, stand out; present itself; **выдался не удачный** turned out unsuccessful
выдвигать/выдвинуть, pull out, move out; **выдвинутая челюсть** protruding jaw
выделяться/-иться be distinguished; with **на** + *acc.* stand out against
выезжать/выехать, -еду, -едешь leave, depart, go (out)
вызывать/вызвать, -зову, -зовешь call out; send for; cause; **вызывающая музыка** rousing music
выйти, выйдя see **выходить**
выкидывать/выкинуть, throw out, fling out; **выкинуть ногу** thrust out a leg
вылуплять/вылупить, -плю, -пишь peel, shell; **вылупленный** *p.p.p.*
вымыться, вымытый *see* **мыться**
вынимать/вынуть, выну, вынешь take out
выписывать/выписать sign on, order
выправлять/выправить, -влю, -вишь straighten out
выпрямляться/выпрямиться, -млюсь, -мишься straighten up
выпуклый prominent, bulging
выпучиваться/выпучиться bulge
выпячиваться/выпятиться, -чусь, -тишься bulge out, stick out
вырабатывать/выработать work out, draw up; **выработанный** *p.p.p.*
выражать/выразить, -жу, -зишь express; **ничего не выражающие глаза** expressionless eyes
вырастать/вырасти -сту, -стешь; -рос, -ла grow up
вырубать/вырубить, -блю, -бишь cut down, fell; **вырубленный** *p.p.p.*
вырываться/вырваться, -рвусь, -рвешься tear one-

self away, dash out; escape, burst
вы́ситься, -шусь, -сишься rise, tower (above)
высо́вываться/вы́сунуться lean out, jut out; show oneself
высо́кий *sht.fm.* **-со́к, -а́, -о́** high, tall; **высо́кий рост** height; **вы́ше** *comp.*
выставля́ть/вы́ставить, -влю, -вишь put out, exhibit
высыха́ть/вы́сохнуть, past **-сох, -ла** dry up, wither; **вы́сохший** *p.p.a.*
вытаскивать/вы́тащить drag, pull out
вытя́гивать/вы́тянуть pull out, stretch out
вы́ход going out; exit; **вы́ход к маши́не** the walk out to the car
выходи́ть, -жу́, -дишь/вы́йти, -йду, -йдешь; -шел, -шла go out, leave; *ipf.*, overlook: **номера́ выходи́ли о́кнами во двор** the rooms overlooked the yard; turn out, become: **он вы́шел негодя́й** he turned out, became, a good-for-nothing
вы́ше see **высо́кий**
вышива́ть/вы́шить, -шью, -шьешь embroider; **вы́шитый** *p.p.p.*
вы́шивка, *g.pl.* **-вок** embroidery
вы́шка, *g.pl.* **-шек** tower, vantage point
вью́га snowstorm

Г

гава́нский Havanese *adj.*
га́вань *f.* harbour
газе́та newspaper; **газе́тный** *adj.*
газо́н lawn
га́лстук (neck-)tie
галу́н (gold) lace, braid
гвоздь *m.* nail
где́-то somewhere
гера́ний, -ия geranium (more commonly **гера́нь** *f.*)
ге́тры *pl.* only, **гетр** gaiters, spats
гиаци́нт hyacinth
ги́бкий *sht.fm.* **-бок, -бка́, -бко** flexible, supple, lithe
гига́нт giant
гига́нтский gigantic
гимнази́ческий *adj.* from **гимна́зия** high school
гимна́стика gymnastics; **де́лать гимна́стику** do exercises
ги́псовый *adj.* from **гипс** plaster of Paris
глава́ chapter; head, chief
гла́вный main, chief; **главне́йший** *sup. coll.*
глаз, *pl.* **глаза́, глаз** eye; **на глаза́х у всех** in full view of everybody
гли́няный clay, earthenware *adj.*
глота́ть/по-, глотну́ть swallow, gulp
глото́к, -тка́, mouthful, sip
глубина́ depth; **в са́мой глубине́ за́лы** at the farthest end of the hall
глубо́кий *sht.fm.* **-бо́к, -а́, -о́** deep, profound
глуха́рь *m.* 1 capercaillie; 2 *reg.* bell
глухо́й *sht.fm.* **глух, -а́, -о** deaf; hollow, dull (of sound); remote, out-of-the-way; **глу́ше** *comp.*
гляде́ть, -жу́, -ди́шь/по-, гля́нуть look
гля́нец, -нца polish, gloss

глянцева́тый, *sht.fm.* **-ва́т, -а, -о** glossy, shiny
гнать see **гоня́ть**
гнило́й, *sht.fm.* **гнил, -а́ -о** rotten, decayed; foul (of water)
гнить, гнию́, гниёшь/с- rot, decay; **гнию́щий** *pres.p.a.*
гну́сный *sht.fm.* **-сен, -сна́, -сно** foul, vile
гну́тый hunched-up, bent
го́вор sound of talking
говори́ть/по- talk, speak; **говори́ть/сказа́ть, -жу́, -жешь** say, tell; **не говоря́ уже́ о по́льзе для здоро́вья** not to mention the benefit to her health; **про сы́рость и говори́ть не́чего** let alone the damp
говори́ться/сказа́ться be said; be evident
говя́дина beef
гогота́ть, -чу́, -чешь/за- cackle; gurgle
год, *pl.* **го́ды** and **года́, годо́в (лет** with numerals over 5 etc.: **пять, мно́го лет)** year; **из го́ду в год** year after year; **с года́ми** over the years; **в его́ го́ды** at his age; **по года́м** befitting her years
голени́ще top (of boot)
голова́ head; **ему́ и в го́лову не приходи́ло** it did not even occur to him; **головно́й** *adj.*; **головна́я боль** headache
го́лос, *n.pl.* **-а́** voice
голубо́й pale blue
го́лубь *m.* pigeon
го́лый *sht.fm.* **гол, -а́, -о** naked, bare; exposed
гоня́ть—гнать, гоню́, го́нишь/погна́ть chase, drive; **гнать лошаде́й** urge the horses on; **погоня́ть** *pf.* drive on (for some time)
гора́ mountain; **в го́ру, на́ гору** uphill; **по́д гору** downhill
гора́здо + *comp.* much
горб hump
го́рдый *sht.fm.* **горд, -а́, -о** + *instr.* proud
горды́ня pride, arrogance
го́ре grief, sorrow; **Го́ре тебе́!** Woe unto Thee!
го́рести *pl.* only **-ей** sorrows, misfortunes
горе́ть, -рю́, -ри́шь/по-, с- burn *intr.*; shine; **горя́щий** *pres.p.a.*
го́рец, -рца mountaineer; highlander
горизо́нт horizon
го́рка[1] *g.pl.* **-рок** hillock; **под го́рку** uphill
го́рка[2], *g.pl.* **-рок** cabinet
го́рло throat
го́рница *reg.* living-room (in a peasant hut)
го́рничная, -ной (chamber-) maid
го́род, *n.pl.* **-а́** town, city; **за́ городом** out of town, in the country; **городо́к, -дка́** *dim.*
го́рький *sht.fm.* **-рек, -рька́, -рько** bitter
горя́чий *sht.fm.* **-я́ч, -а́, -о́** hot; ardent, passionate
горя́чка *coll.* ardour, passion
горя́щий see **горе́ть**
господи́н, *pl.* **господа́, госпо́д** gentleman; Mr.; master
госпожа́ lady; Mrs.; Miss
гостеприи́мный, *sht.fm.* **-мен, -мна, -мно** hospitable
гости́ная, -ой drawing-room
гости́ница hotel
гости́ть, -щу́, -сти́шь/по- stay, visit
гость *m.* guest, visitor
госуда́рство state
гото́виться, -влюсь, -вишься/при- with **к** + *dat.* prepare for, get ready for *intr.*

готóвый *sht.fm.* **-óв, -а, -о** ready, prepared; ready-made
граммáтика grammar
граница frontier; **за границу** abroad *mtn.*; **за границей** abroad *posn.*
граничить with **с** + *instr.* border on, verge on
граф count
графиня countess
грéбень, -бня crest; top (of wall)
греметь, -млю, -мишь/по-, про-, за- thunder; peal; clatter; jingle
греть, грéю, грéешь/по-, за- give out warmth; warm (up)
грéшно-скрóмный *lit.* sinfully-modest, i.e. hypocritically modest
грива mane; crest
гривна, *p.pl.* **гривен** and **гривн** *arch.* ten-copeck piece
гримáса grimace; **дéлать гримáсы** make, pull faces
гроб, *n.pl.* **гробы** and **гробá** coffin; **в гробý** and **в грóбе**
гробовóй sepulchral, deathlike; **гробовáя плитá** tombstone
грозá thunderstorm
гром thunder
громáда enormous bulk
громáдный *sht.fm.* **-ден, -дна, -дно** huge, enormous
грóмкий *sht.fm.* **-мок, -мкá, -мко** loud
громыхáние rumble, lumbering, rattling
громыхáть/за- rumble, lumber, rattle
грот grotto
грóхот crash, din, roar
грохотáть, -чý, -чешь/про-, за- crash, roar, thunder; **грохóчущий** *pres.p.a.*
грýбость *f.* roughness, coarseness; rudeness
грýбый *sht.fm.* **груб, -á, -о** rough, coarse; rude
грудь *f.* chest, breast; **г. рубáшки** shirt front; **с открытой грýдью** open at the bosom
грýзность *f.* heaviness; corpulence
грýзный *sht.fm.* **-зен, -знá, -зно** heavy, bulky; corpulent
грýстный *sht.fm.* **-тен, -тнá, -тно** sad, melancholy
грусть *f.* sadness, melancholy
грязный *sht.fm.* **-зен, -знá, -зно** dirty, muddy; sordid
губá lip
губить, -блю, -бишь/по-, за- ruin, destroy
гудеть, -жý, -дишь/по-, про-, за- buzz, drone; hoot
гудóк, -дкá buzz, hoot; **дать гудóк** sound the hooter
гул boom; hum; din, roar
гуляка *coll.* reveller, idler
гулять/по- take a walk; make merry, have a good time
густóй *sht.fm.* **густ, -á, -о** thick, dense; **он гýсто покраснéл** he blushed deeply; (of rain) heavy; **гýще** *comp.*
гусыня goose *f.*

Д

да yes; *arch.* and; **да чай пить** why, to have tea, of course
давáть, даю, даёшь/дать, дам, дашь, даст, дадим, дадите, дадýт give; **дать слóво** give one's word; **дать знать** let know
дáвеча *coll.* lately; just now
давить, -влю, -вишь weigh on, crush; **давиться** choke

intr.: **дави́ться смéхом** choke with laughter
давнó long ago; for a long time; **давны́м-давнó** long, long ago
дáже even
дáлее further, *comp.* of **далекó; и так дáлее (и т. д.)** et cetera
далёкий *sht.fm.* **-лёк, -á, -ó** far, distant
даль *f.* distance
дальнéйший further, subsequent
дáльний, -яя, -ее distant, remote
дáльше farther
дáма lady; **«Дáма с собáчкой»** *The Lady with the Dog*
дáча summer-cottage
дверь *f.* door; **за дверь** outside his door; **двернóй** *adj.*
дви́гаться/дви́нуться move, advance; set out
движéние movement; traffic
двор yard, court
дворéц, -рцá palace
двоpя́нский nobiliary, of the gentry
двою́родный брат (first) cousin
двусвéтный with two tiers of windows
двукóлка, *g.pl.* **-лок** dog-cart
дéва *poet.* virgin; **дéва Мари́я** the Virgin Mary
деви́чий, -чья, -чье girlish, maidenly
дéвка, *g.pl.* **-вок** *pop.* girl, wench
дéвушка, *g.pl.* **-шек** young girl
действи́тельность *f.* reality
декáбрь *m.* December
декольтирóванный décolleté
дéланный *sht.fm.* **-ан, -а, -о** artificial, feigned; forced
дéлать/с- do, make; **-ся** become, get; happen
деликáтный *sht.fm.* **-тен, -тна, -тно** delicate; tactful
дели́ться/по- with **на** + *acc.* share, divide into
дéло affair, business, cause; **без вся́кого дéла** without anything to do; **дéло в том, что** the point is that; **дéло идёт о том, что** it is a matter of
делови́тый, *sht.fm.* **-ви́т, -а, -о** businesslike
день, дня day; **в оди́н прекрáсный день** one fine day; **изо дня в день, день за днём** day after day; **денёк, -нькá** *affect. dim*
дéньги *pl.* only, **-нег** money; **за хорóшие дéньги** for a good salary
дёргать/дёрнуть + *instr.* twitch, tug
дерéвня, *g.pl.* **-вéнь** village, countryside
дéрево, *pl.* **-éвья, -вьев** tree; **деревцó** *dim.*
деревя́нный wooden
держáть, -жý, -жишь/по- hold, keep; maintain, run
дёрнуть see **дёргать**
десятиминýтный lasting ten minutes
дéти, *pl.* of **дитя́** *arch.* and **ребёнок,** children
дéтский childish, childlike
дéтство childhood
дешёвый *sht.fm.* **-шев, -á, -о** cheap; **дешёвенький** *derog. dim.* cheap little
джентльмéн gentleman
дивáн couch, settee
диви́ться, -влю́сь, -ви́шься/по- + *dat.* or **на** + *acc.* marvel at
ди́кий *sht.fm.* **дик, -á, -о** wild, savage; strange
длинноно́гий long-legged
дли́нный *sht.fm.* **-нен, -ннá, -нно** long

дли́ться/про- last, continue
дневно́й day(-time) *adj.*, afternoon *adj.*
дни́ще, дно bottom
добро́ good *n.*; property
до́брый, *sht.fm.* **добр, -á, -о** good, kind; **Добро́ пожа́ловать!** Welcome!
доводи́ть, -жу́, -дишь/довести́, -веду́, ведёшь; -вёл, -вела́ with **до** + *gen.* lead, bring to, reduce; **доведённый** *p.p.p.*
дово́льно fairly, rather
дово́льный *sht.fm.* **-лен, -льна, -льно** + *instr.* pleased, content with
догоня́ть/догна́ть, -гоню́, -го́нишь catch up, overtake
доде́лывать/доде́лать complete, finish off, accomplish
дожда́ться, -жду́сь, -ждёшься + *gen.*: **М. дождала́сь чего́-то настоя́щего** at last something real had happened to M.
дождли́вый *sht.fm.* **-лив, -а, -о** rainy
дождь *m.* rain; **под дождь** into the rain; **под дождём** in the rain; **дождево́й** *adj.*
докла́дывать/доложи́ть report, announce
до́ктор, *n.pl.* **-á** doctor
до́лгий *sht.fm.* **-лог, -лгá, -лго** long
долголе́тний, -яя, -ее of many years (standing)
до́лжен, -жнá, -жно́ + *infin.* must, have to; **должно́ быть** must, be bound to be
доли́на valley
доложи́ть see **докла́дывать**
до́ля portion; fate, lot
дом, *n.pl.* **-á,** house; **доми́шко,** *g.pl.* **-шек** *derog. dim.* house, hovel
дома́шний, -яя, -ее house *adj.*, domestic
доноси́ться, -шу́сь, -сишься/донести́сь, -несу́сь, -несёшься; -нёсся, -несла́сь with **до** + *gen.* reach one's ears, be heard
дообе́дать *pf.* finish dinner
допуска́ть/допусти́ть, -щу́, -сти́шь with **к** + *dat.* admit, let come near
доро́га road, highway; journey
дорого́й, *sht.fm.* **-рог, -á, -о** dear, expensive; **доро́же** *comp.*
доро́жный travelling *adj.*; **не́что доро́жное** some travelling equipment
достава́ть, -стаю́, -стаёшь/доста́ть, -ста́ну, -ста́нешь get, obtain
доставля́ть/доста́вить, -влю, -вишь deliver
доста́точно + *gen.* enough of; **с меня́ э́того доста́точно** that's enough of that for me
досто́инство dignity; merit
досто́йный *sht.fm.* **-о́ен, -о́йна, -о́йно** + *gen.* worthy of
досу́г leisure(-time)
дочь, -чери daughter
драть, деру́, дерёшь/по- tear, pull; thrash
дребезжа́ть -жу́, -жи́шь/по- jar; rattle (of glass)
дре́вний, -яя, -ее ancient; very old
дре́вность *f.* antiquity
дремо́та drowsinness
дрожа́ть, -жу́, -жи́шь/по-, про-, за- quiver, tremble
друг, *pl.* **друзья́, друзе́й** friend; **друг дру́га** each other
друго́й other, another
дру́жба friendship
дря́блый *sht.fm.* **дрябл, -á, -о** flabby
дрянно́й *coll.* wretched, dingy

ду́дка, *g.pl.* **-док** pipe, fife
ду́мать/по- think; + *infin.* intend; **ду́маться/по-** *impers.:* **ду́мается** it seems, one thinks
дурале́й, -ле́я *coll.* for **дура́к** fool
дурно́й *sht.fm.* **-рен, -рна́, -рно** evil, bad; ill; **ей сде́лалось ду́рно** she felt faint, giddy
дурнота́ faintness, giddiness
дуть, ду́ю, ду́ешь/по- blow; **ду́тый** *p.p.p.* inflated
дух spirit, breath
духово́й инструме́нт wind instrument
душа́ soul; heart, mind
души́стый *sht.fm.* **-и́ст, -а, -о** fragrant, sweet-scented
души́ть/по-, за- choke, stifle
ду́шный *sht.fm.* **-шен, -шна́, -шно** close, sultry, stuffy
дым smoke, haze
дыми́ть, -млю́, -ми́шь/по-, на- + *instr.* smoke, cause something to smoke
ды́мный smoky
ды́мчатый *sht.fm.* **-чат, -а, -о** smoky, smoke-coloured
дыха́ние breathing
дыша́ть, -шу́, -шишь/по- + *instr.* breathe
дья́кон deacon
дья́вол devil
дю́жий *sht.fm.* **дюж, -а́, -е** robust, sturdy

Е

Евро́па Europe
европе́йский European *adj.*
Еги́пет Egypt
еги́петский Egyptian *adj.*
еда́ food; meal
едва́ hardly, scarcely, barely; *conj.* as soon as, the moment
еди́нственно solely
еди́ный single, united; **ни еди́ная душа́** not a soul, not a single one
е́дкий *sht.fm.* **е́док, -дка́, -дко** caustic, acrid
езда́ drive, driving
е́сли if; **е́сли не счита́ть** if one ignores
есть [1], present tense of **быть,** am, is, are
есть [2], **ем, ешь, ест, еди́м, еди́те, едя́т-/по-, съ-** eat; **хоте́ть есть** be hungry
ещё still, as early as; with *comp.* even; **ещё не** not yet

Ж

жа́воронок, -нка lark
жа́дность *f.* greed avidity
жа́дный *sht.fm.* **-ден, -дна́, -дно** greedy, avid
жа́жда thirst, craving
жале́ть, -е́ю, -е́ешь/по- be sorry for, regret; spare
жа́лкий *sht.fm.* **-лок, -лка́, -лко** pitiful, wretched, miserable
жа́ться, жмусь, жмёшься/по- press against *intr.*
ждать, жду, ждёшь/подо- + *acc.* and *gen.* wait for
же emphatic particle; *conj.* but, and; with **так, там** etc,

same: **так же** in the same way, **там же** in the same place
жела́ние wish, desire
жела́ть/по- + *gen.* wish, desire
желе́зный *adj.* from **желе́зо** iron
желте́ть, -е́ю, -е́ешь/по- turn yellow; show yellow
желтова́тый *sht.fm.* **-ва́т, -а, -о** yellowish
жёлтый *sht.fm.* **жёлт, -а́, -о** yellow
желу́док, -дка stomach
жемчу́жный pearly
жена́, *pl.* **жёны, жён** wife
же́нин, -а, -о his wife's
же́нщина woman
жерло́ crater; (gun-)barrel, muzzle
жест gesture
жесто́кий *sht.fm.* **-то́к, -а́ -о** cruel
жесто́кость *f.* cruelty
жесть *f.* tin
жестя́нка tin(-box)
живо́й *sht.fm.* **жив, -а́, -о** alive, lively; **«живы́е карти́ны»** 'tableaux vivants'
живопи́сец, -сца painter
живо́т belly
жи́зненный, *sht.fm.* **-знен, -нна, -нно** life *adj.*, vital
жизнь *f.* life
жиле́т waistcoat; **откры́тый жиле́т** low-cut waistcoat
жи́листый *sht.fm.* **-ист, -а, -о** sinewy, knotty
житие́ life of a saint; martyrdom
жить, живу́, живёшь/по-, про- live
жужжа́ние hum, drone
жук beetle

З

за + *acc.* for; behind, outside, beyond; + *instr.* behind; at
забира́ть/забра́ть, -беру́, -берёшь take away, collect, gather
забормота́ть see **бормота́ть**
забо́та anxiety, care; trouble
забо́тливость *f.* thoughtfulness, solicitude
забыва́ть/забы́ть, -бу́ду, -бу́дешь forget
зава́ливать/завали́ть heap up, overload; tip, roll (back)
зава́ливаться/завали́ться fall, tumble down; *coll.* lie down (to sleep)
завере́ние assertion, protestation
заве́са *arch.* curtain, screen
зависе́ть, -шу́, -сишь with **от** + *gen.* depend on; **зави́сящий** *pres.p.a.*
заводи́ть, -жу́, -дишь/завести́, -веду́, -ведёшь; -вёл, -вела́ set up, establish, strike up; **заведённый** *p.p.p.*
завора́чивать/завороти́ть, -чу́, -тишь turn off *intr.*; wrap up
за́втрак breakfast; **второ́й за́втрак** lunch
завыва́ние howling
завыва́ть/завы́ть, -во́ю, -во́ешь howl
завя́зывать/завяза́ть, -жу́, -жешь tie up; start up, strike up
зага́дочный *sht.fm.* **-чен, -чна, -чно** mysterious, enigmatic
загла́вие heading, title
заглуша́ть/-и́ть muffle, deaden, drown (sounds)
загля́дывать/загляну́ть glance, peep at; look in on

загля́дываться/загляде́ться, -жу́сь, -ди́шься stare in wonderment, admire
загова́риваться/заговори́ться, forget about the time in conversation
загора́живать/загороди́ть, -жу́, -ди́шь enclose; obstruct, stand in the way of
загреме́ть see **греме́ть**
загромажда́ть/загромозди́ть, -зжу́, -зди́шь encumber, block up; overload; **загромождённый** *p.p.p.*
загрохота́ть see **грохота́ть**
загуби́ть see **губи́ть**
загуде́ть see **гуде́ть**
задева́ть/заде́ть, -де́ну, -де́нешь touch, knock against; affect, offend
заде́рживать/задержа́ть, -жу́, -жишь detain, delay, hamper
задира́ть/задра́ть, -деру́, -дерёшь lift up, turn up; **задра́в но́ги** their feet cocked up; **за́дранный** *p.p.p.*
за́дний, -яя, -ее rear, back *adj.*; **за́дний ход** back passage
задрёмывать/задрема́ть, -млю́, -млешь doze, drowse off
зае́зд call, visit
заезжа́ть/зае́хать, -е́ду, -е́дешь call on, visit
зажи́ть, -иву́, -ивёшь *pf.* begin to live
зажига́ть/заже́чь, -жгу́, жжёшь... -жгу́т; -жёг, -жгла́ set fire to; light, put on (light)
зайти́ see **заходи́ть**
зака́з order
зака́зывать/заказа́ть, -жу́, -жешь order
зака́т (со́лнца) sunset
зака́тывать/закати́ть, -чу́, -тишь roll; **закати́ть глаза́** roll one's eyes
закача́ть see **кача́ть**
заки́дывать/закида́ть + *instr.* bespatter, cover with
заки́дывать/заки́нуть toss, throw back; **заки́нуть но́ги на ру́чки кре́сел** throw their legs over the armrests of their chairs
закипа́ть/-е́ть, -плю́, -пи́шь begin to boil; be in full swing; *arch.* swarm, teem
закля́тый enchanted
закрыва́ть/закры́ть, -кро́ю, кро́ешь shut, close; cover; **закрыва́ться/закры́ться** shut *intr.*, cover oneself; **закры́тый** *p.p.p.*
закувырка́ться see **кувырка́ться**
заку́ривать/закури́ть light a cigarette, pipe etc.
заку́сывать/закуси́ть, -шу́, -сишь + *instr.* have a snack
заку́тывать/заку́тать mufle, wrap up
зал and *arch.* **за́ла** hall
зали́в bay, gulf; **Неаполита́нский зали́в,** Bay of Naples
залива́ть/зали́ть, -лью́, -льёшь flood, drench with; **за́литый** *p.p.p.*
зама́нивать/замани́ть lure, attract
зама́тываться/замота́ться *coll.* begin to shake, loll
зама́шка, *g.pl.* **-шек** ways, manners
замедля́ть/-ить slow down, slacken
замелька́ть see **мелька́ть**
замеча́ть/заме́тить, -чу, -тишь notice, remark; **заме́ченный** *p.p.p.*
замина́ть/замя́ть, -мну́, -мнёшь hush up, suppress
замира́ть/замере́ть, -мру́, -мрёшь; -мер, -ла́ stand

stock-still, become paralysed

замота́ться see **зама́тываться**

замо́чный *adj.* from **замо́к** lock

за́мужем married (of a woman)

за́мшевый *adj.* from **за́мша** chamois, suède

замыка́ть/замкну́ть close, block in

замя́ть see **замина́ть**

зана́шивать/заноси́ть, -шу́, -сишь wear too long; **зано́шенный** *p.p.p.*

занима́ть/заня́ть, -йму́, -ймёшь occupy, take up; **занима́ться/по-** + *instr.* be occupied, engaged; **за́нятый** *p.p.p.*

заноси́ть, -шу́, -сишь/занести́, -несу́, -несёшь; -нёс, -ла́ bring; note down; cover; **занесена́ (сне́гом)** snow-covered

за́пад west

запа́здывать/запозда́ть be late

за́пах smell, scent

запе́ть, -пою́, -поёшь *pf.* begin to sing

запечатлева́ть/запечатле́ть, -е́ю, -е́ешь imprint, engrave

запина́ться/запну́ться hesitate, falter

запира́ть/запере́ть, -пру́, -прёшь; -пер, -ла́ (на ключ) lock

запозда́ть see **запа́здывать**

запомина́ть/запо́мнить remember, memorise, make a mental note of

за́понка, *g.pl.* **-нок** collar stud

запуска́ть/запусти́ть, -щу́, -стишь neglect; **запу́щенный** *p.p.p.*

запу́тываться/запу́таться become entangled; lose grip of oneself

зараба́тывать/зарабо́тать earn

за́работок, -тка earnings

зараста́ть/зарасти́, -сту́, -стёшь; -ро́с, -ла́ be overgrown; **заро́сший** *p.p.a.*

заре́зать see **ре́зать**

зарыда́ть see **рыда́ть**

заря́, у́тренняя заря́ dawn; **вече́рняя заря́** evening glow

зарябить see **рябить**

засвиста́ть see **свиста́ть**

заси́женный fly-blown

заси́живаться/засиде́ться, -жу́сь, -ди́шься stay, sit up too long

засия́ть see **сия́ть**

засло́нка, *g.pl.*, **-нок** oven-door

заслу́живать/заслужи́ть deserve, be worthy of

засну́ть see **засыпа́ть**

заставля́ть/заста́вить, -влю, -вишь[1] cram, fill, block up; **заста́вленный** *p.p.p.*

заставля́ть/заста́вить, -влю, -вишь[2] make, compel

засте́нчивость *f.* shyness

засту́пница intercessor *f.*, patroness

застуча́ть see **стуча́ть**

засыпа́ть/засну́ть fall asleep

затверде́ние hardening, callosity

затво́рничество reclusion, seclusion

затворя́ться/-и́ться shut oneself in; retire into seclusion

зате́м thereupon; and subsequently

зато́ instead, to make up for it

затума́ниваться/затума́ниться grow foggy, dim

затя́гиваться/затяну́ться be tightened; draw in, inhale

заходи́ть[1]**/зайти́, -йду́, -дёшь;**

-**шёл**, -**шла́** call on, visit come round, advance upon

заходи́ть[2] *pf.* start walking about

захоте́ться see **хоте́ться**

захрипе́ть see **хрипе́ть**

заче́м why, for what purpose

заче́м-то for some reason

зашага́ть see **шага́ть**

зашуме́ть see **шуме́ть**

зашурша́ть see **шурша́ть**

защище́ние *arch.* for **защи́та** defence

заявля́ть/заяви́ть, **-влю́ -ви́шь** declare, announce

звать, **зову́**, **зовёшь/по-** call, name

звезда́, *pl.* **звёзды**, **звёзд** star

звене́ть, **-ню́**, **-ни́шь/по- про-**, **за-** ring, jingle

звон peal, chime, ringing

звони́ть/по-, **про-** ring

зво́нкий *sht.fm.* **-нок**, **-нка́**, **-нко** ringing, clear; echoing

звоно́к, **-нка́** bell

звук sound

здорове́нный *coll.* robust, strong

здоро́вый *sht.fm.* **-ро́в**, **-а**, **-о** healthy; wholesome; **будь здоро́ва** good-bye

зев gullet, gorge

зева́ть/по-, **зевну́ть** yawn

зелёный *sht.fm.* **-лен**, **-а́**, **-о** green

зе́лень *f.* verdure; vegetables

земля́, *g.pl.* **земе́ль** land, earth; **земля́ Иу́дина** land of Judea

земляни́ка no *pl.* (wild) strawberries

земно́й earthly, terrestrial

зе́ркало mirror

зерка́льный mirror-like, -smooth

зима́ winter

зи́мний, **-яя**, **-ее** winter *adj.*, wintry

зия́ть gape, yawn

зло́ба spite, malice, anger

злове́щий *sht.fm.* **-ве́щ**, **-а**, **-е** ominous, sinister

злой *sht.fm.* **зол**, **зла**, **зло** wicked, malicious, vicious

знак sign, mark

знако́мство acquaintance

знамена́тельный *sht.fm.* **-лен**, **-льна**, **-льно** significant, portentous

знамени́тый *sht.fm.* **-ни́т**, **-а**, **-о** famous, celebrated

зна́тность *f.* belonging to the aristocracy

знать know

зна́чить mean, signify

зной, **зно́я** intense heat

зно́йный *sht.fm.* **зно́ен**, **зно́йна**, **зно́йно** very hot, burning

золоти́сто-жемчу́жный aureate-pearly

золоти́сто-ржа́вый golden-rusty

золоти́сто-све́тлый gold-bright

золоти́стый *sht.fm.* **-и́ст**, **-а**, **-о** golden *fig.*

золоти́ться, **-чу́сь**, **-ти́шься/о-** be gilded, covered in gold

зо́лото gold

золото́й gold *adj.*, golden

зуб tooth; **сквозь зу́бы** through clenched teeth

зубча́тый jagged, serrated

зы́бкий *sht.fm.* **-бок**, **-бка́**, **-бко** unsteady, rolling

зыбь *f.* heaving, swell

зы́чный *sht.fm.* **-чен**, **-чна**, **-чно** loud, booming

и and, but; also, too; even
и́бо *arch.* for, because
игра́ play, game; acting
игра́ть/по-, сыгра́ть play
идеа́льный *sht.fm.* **-лен, -льна, -льно** ideal
идиоти́зм idiocy, imbecility
и́дол idol, stone image
идти́ see **ходи́ть**
изба́ peasant house
избега́ть/избежа́ть, -гу́, -жи́шь...-гу́т, избе́гнуть avoid
изве́стный *sht.fm.* **-тен, -тна, -тно** well-known; **как изве́стно** as is known; **ста́ло изве́стно** it became known
извива́ться/изви́ться, изовью́сь, изовьёшься twist, wind; coil, writhe
извине́ние apology, excuse
извиня́ть/-и́ть excuse, pardon
изво́зчик cabman; *coll.* cab
изво́зчичий, -ья, -ье *adj.* from **изво́зчик**; cabman's
изво́лить *arch.* + *infin.* be pleased to, have the goodness to
изги́б bend, curve
изгиба́ться/изогну́ться bend, twist
издава́ть, -даю́, -даёшь/изда́ть, -да́м, -да́шь etc. see **дава́ть/дать,** publish, issue; **и́зданный** *p.p.p.*
изжива́ть/изжи́ть, -иву́, -ивёшь overcome, outlive; **изжи́тый** *p.p.p.*
из-за + *gen.* from behind, because of
излива́ть/изли́ть, -олью́, -ольёшь pour out; give vent to
изменя́ть/-и́ть + *acc.* change; + *dat.* betray, be unfaithful to
изъя́тый *sht.fm.* **-мя́т, -а, -о** crumpled
изнеможе́ние break-down, exhaustion
изре́занный *sht.fm.* **-зан, -нна, -нно** cut up, churned up
изумру́дный *adj.* from **изумру́д** emerald
изы́сканный *sht.fm.* **-ан, -нна, -нно** refined, exquisite
изъясне́ние *arch.* explanation, interpretation
изя́щный *sht.fm.* **-щен, -щна, -щно** refined, graceful; **изя́щнейший** *sup.*
или or; **или...или** either...or
и́менно just; exactly; **что и́менно** what exactly
име́ть, -е́ю, -е́ешь have; **име́ть смысл** have significance; **име́ть пра́во** be entitled to; **име́ть обы́чай** make a habit of
и́мя, и́мени, и́менем, об и́мени; имена́, имён, имена́м name (normally Christian name)
индю́шка, *g.pl.* **-шек** turkey (-hen)
иногда́ sometimes
ино́й different, other; **ино́й раз** sometimes; there are times when
интере́с interest
интере́сный *sht.fm.* **-сен, -сна, -сно** interesting
интона́ция intonation
Ио́в Job
Иоганисбе́рг Johannisberger
иску́сство art
искуше́ние temptation; **входи́ть в искуше́ние** enter into temptation
испа́нский Spanish
и́сподволь little by little, gradually

испо́ду from below
исполи́нский gigantic
исполня́ть/-ить carry out, fulfil; **испо́лнить жела́ние** fulfil, grant a wish; **испо́лнить форма́льности** carry out, attend to, the formalities
испо́ртить see **по́ртить**
испы́тывать/испыта́ть try, test; experience
и́стинный veritable, true
исто́рия history; story; *coll.* thing, business
исты́кивать/исты́кать riddle, pierce all over; **исты́канный** *p.p.p.*
исчеза́ть/исче́знуть, past **-чéз, -ла** disappear, vanish
исчезнове́ние disappearance
италья́нец, -нца Italian *n.*
италья́нский Italian *adj.*
ито́г sum, total, result; **в коне́чном ито́ге** in the end, in the last analysis
ишь *coll.* see, look
ию́нь *m.* June

К

каблу́к heel; **каблучо́к, -чка́** *dim.;* **на каблучка́х** wearing high-heeled shoes
Кавка́з Caucasus; **на Кавка́зе**
ка́дка, *g.pl.* **-док** tub, vat
кады́к Adam's apple
каза́ться, -жу́сь, -жешься/по- seem, appear (to be)
казённый maintained at public expense
казнь *f.* execution; torture
как how, as, like; **как бу́дто** as if, as it were; **как бы** as if, as though; **как..., так** just as..., so
кака́о *indecl.* cocoa
какво́й *arch.* which
како́й what, which; what kind of
како́й-либо, како́й-нибудь some, some kind of, any, any kind of
како́й-то some, a; a kind of
кало́ша *arch.* for **гало́ша** galosh, overshoe
каля́ный parched, cracked by the sun
камени́стый *sht.fm.* **-и́ст, -а, -о** stony, rocky
ка́менный stone *adj.,* stony; lifeless, immovable
ка́менщик stone-mason
ка́мень, -мня stone, rock
камзо́л *arch.* waistcoat
ками́н fireplace
камо́рка, *g.pl.* **-рок** tiny room, closet
кана́ва ditch
кану́н eve, day before
капо́т dressing-gown, robe; **капо́тик** *dim.*
капри́йский *adj.* from **Ка́при** Capri
капу́ста no *pl.* cabbage
каре́льский Karelian *adj.*
карнава́л carnival
карта́вый *sht.fm.* **-та́в, -а, -о** burring (pronouncing 'r' gutturally)
карто́фель *m.* no *pl.* potatoes; **молодо́й карто́фель** new potatoes
карту́з cap
каса́ться/косну́ться + *gen.* and *arch.* **до** + *gen.* touch, concern
ка́сса cash-box, till
ката́ться — кати́ться, -чу́сь, -тишься/покати́ться roll; go for drive; **кати́ться ку́-**

барем roll head over heels; rush headlong
каучу́ковый *adj.* from **каучу́к** rubber
ка́фельный tiled, glazed, porcelain *adj.*
кача́ть/по-, за- rock, swing, roll, pitch; **кача́ть голово́й** shake one's head; **кача́ться/по-** *intr.*
каче́ли *pl.* only, **-ей** swing
ка́чка tossing, rolling, pitching
ка́шлять/по-, ка́шлянуть cough
каю́та cabin
каю́т-компа́ния ward-room, mess-room; public room
кварти́ра flat, apartments
кво́лый *sht.fm.* **квол, -а́, -о** sickly, puny
кероси́н paraffin
кива́ть/по-, кивну́ть (голово́й) nod
киво́к, -вка́ nod
кида́ть/ки́нуть throw, fling; **-ся** throw oneself; rush
киль *m.* keel
кипято́к, -тка́ boiling water
кирпи́чный *adj.* from **кирпи́ч** brick
кита́ец, -та́йца Chinaman
кита́йский Chinese *adj.*
кла́няться/поклони́ться bow
класть, кладу́, кладёшь; клал, -а/положи́ть put, lay
кле́тка, *g.pl.* **-ток** cage
клокота́нье (-ие) bubbling, gurgle
клокота́ть, -чу́, -чешь/за- bubble, gurgle
клони́ться bow, decline
ключ key; source, spring
кля́ча jade, worn-out horse
кни́жка, *g.pl.* **-жек, кни́жечка,** *g.pl.* **-чек** *dim.* from **кни́га** book
кни́жный *adj.* from **кни́га** book
кнут whip
кнутови́ще whip-handle
князь, *pl.* **князья́, -зе́й** prince; **«Князь во князья́х»** *A Prince among Princes*
кобы́ла mare
ковёр, -вра́ carpet
когда́-то once, sometime
ко́е-где́ here and there
ко́е-ка́к anyhow, somehow
ко́е-что́ something, a little
ко́жа skin, hide; leather
ко́жаный leather *adj.*
ко́жица (thin) skin, film
ко́зий, -ья, -ье goat *adj.*, goat's
ко́злы *pl.* only, **-зел** (coach-) box, driver's seat
ко́йка, *g.pl.* **ко́ек** cot, bunk; bed
кол, *pl.* **-лья, -льев** stake
колдо́бина rut, groove; pothole
коле́но, *pl.* **-е́ни, -ей** knee, bend; *pl.* **-е́нья, -ьев** section, stretch (of corridor etc.)
коле́нчатый crank-shaped, elbow-shaped
колесо́, *pl.* **-лёса, -лёс** wheel
колея́ rut, track; normal pattern (of life)
коло́дка, *g.pl.* **-док** bee-stump (hive)
ко́локол, *n.pl.* **-а́** (church-) bell
колоко́льня, *g.pl.* **-лен** bell-tower
колпа́к night-cap; lamp-shade
кольцо́, *g.pl.* **-ле́ц** ring
команди́р commander, captain
комиссионе́р agent
комо́чек, -чка *dim.* from **комо́к** lump, ball
компа́ния company
комфорта́бельный, *sht.fm.* **-лен, -льна -льно** comfortable

кондитерская, -ой confectioner's shop
конец, -ница end; **в конце концов** in the end, after all
конечно of course
конка, *g.pl.* **-нок** horse-drawn tram
конский *adj.* from **конь** horse
конфузиться, -жусь, -зишься/с- be shy, ashamed
кончать/-ить finish, end; **кончаться/-иться** *intr.*
кончик tip
коньяк cognac
копыто hoof
корабль *m.* ship
коренник shaft-horse
корзина basket; **корзиночка,** *g.pl.* **-чек** *dim.*
коридор corridor
коридорный, -ого boots (in a hotel)
коричневый brown
кормить, -млю, -мишь/по- feed
короб, *n.pl.* **-а** bast basket; box
коробка, *g.pl.* **-бок** box
корона crown, coronet
коротать/с- while away
короткий *sht.fm.* **-ток, -тка, -тко** short, brief; **коротенький** *dim.*
коротконогий short-legged
корректный *sht.fm.* **-тен, -тна, -тно** correct, proper
корсет corset
корыто trough
корявый *sht.fm.* **-ряв, -а, -о** rough, gnarled
коситься, -шусь, -сишься/по- cast side-long glances at; be awry, rickety
коснуться see **касаться**
косогор hillside
кость *f.* bone; **слоновая кость** ivory; **играть в кости** play at dice
костюм costume, suit
костяшка, *g.pl.* **-шек** small bone; knuckle
косяк *reg.* wedge-shaped field
котёл, -тла cauldron; boiler
котелок, -лка bowler hat
кофе *m. indecl.* coffee
кофточка, *g. pl.* **-чек** blouse
край, *pl.* **-я, -ёв** edge, side; land, region
крапива no *pl.* stinging-nettle
красавец, -вца handsome man
красавица beautiful woman
красивый *sht.fm.* **-сив, -а, -о** beautiful, good-looking
краснеть, -ею, -еешь/по- glow red, redden; blush
краснота redness
красный *sht.fm.* **-сен, -сна, -сно** red
красота beauty
крахмальный starched
кремль *m.* Kremlin
кремовый cream-coloured
крепкий *sht.fm.* **-пок, -пка, -пко** firm, strong; *arch.* mighty
кресло, *g.pl.* **-сел** armchair
креститься, -щусь, -стишься/пере- cross oneself
кривой *sht.fm.* **крив, -а, -о** crooked, curved
кривоногий *sht.fm.* **-ног, -а, -о** bow-legged
крик shout, cry
кричать, -чу, -чишь/по-, за-, крикнуть call, shout, cry
кровать *f.* bed(-stead)
кровь *f.* blood
кроить/с- make, tailor; **скроенный** *p.p.p.*
кроткий *sht.fm.* **-ток, -тка, -тко** gentle, meek
крохотный *coll.* tiny
круг circle

круглоголо́вый *sht.fm.* **-ло́в, -а, -о** round-headed
кру́глый *sht.fm.* **кругл, -а́, -о** round, circular
круго́м round, around
кру́жево lace
кру́пный *sht.fm.* **-пен, -пна́, -пно** large; big; important
крути́ться, -чу́сь, -тишься/по- turn, spin, whirl
круто́й *sht.fm.* **крут, -а́, -о** steep; severe, strict; **круто́е яйцо́** hard-boiled egg
крыло́, *pl.* **-лья, -льев** wing; splash-board
крыльцо́, *g.pl.* **-ле́ц** porch
Крым Crimea; **в Крыму́**
кры́ша roof
кто́-то somebody
кувырка́ться/по-, за- turn somersaults
куга́ rushes
куда́ where *mtn.*; **куда́ по-да́льше** as far away as possible; **куда́ на́до** where it is needed, where it should go
куда́-то somewhere *mtn.*
кудря́вый *sht.fm.* **-ря́в, -а, -о** curly; leafy
куличо́к, -чка́ *dim.* from **кули́к** snipe
кума́чный *adj.* from **кума́ч** calico
куми́р idol
купа́нье bathing
купи́ть see **покупа́ть**
кури́ть/по- smoke
курно́сый *sht.fm.* **-но́с, -а, -о** snub-nosed
ку́ртка, *g.pl.* **-ток** jacket
курча́виться, -влюсь, -вишься curl
курча́во-зелёный covered with curly greenery
куса́ть/укуси́ть, -шу́, -сишь bite
кусо́к, -ска́ piece, bit
куст bush
кухми́стерская, -ой *arch.* eating-house
ку́хня, *g.pl.* **-хонь** kitchen; **ку́хонный** *adj.*
ку́ча heap; a lot of
ку́чер, *n.pl.* **-а́** coachman, driver
ку́шанье food, dish
ку́шать/по-, с- eat

Л

ла́вка, *g.pl.* **-вок** bench; shop
лавр laurel, bay(-tree); **лавро́вый** *adj.*
лад harmony; **идёт к ла́ду** goes so well with the beat of
ла́дно well, successfully
лазу́рный *sht.fm.* **-рен, -рна, -рно** azure
лаке́й, -е́я footman, manservant
лакирова́ть, -у́ю, -у́ешь *ipf.* and *pf.* varnish, lacquer; **лакиро́ванный** *p.p.p.*
ла́мпа lamp; **ла́мпочка,** *g.pl.* **-чек** *dim.*; bulb
лангу́ст lobster
ла́па paw; leg (of animals)
легенда́рный *sht.fm.* **-рен, -рна, -рно** legendary
лёгкий *sht.fm.* **лёгок, -гка́, -гко́** light, easy; **лёгкая на ходу́** with a light tread; **ле́гче** *comp.*
легкомы́сленный *sht.fm.* **-лен, -нна, -нно** thoughtless, frivolous
лёгкость *f.* lightness, easiness
лего́нько *coll.* slightly, gently
лёд, льда ice; **на льду**
ле́ди *indecl.* lady
ледяно́й icy

лежа́нка, *g.pl.* **-нок** stove-couch
лежа́ть, -жу́, -жи́шь/по- lie
ле́пет bable, murmur; muffled ringing
лепёшка, *g.pl.* **-шек** small tablet, cachou
ле́стница staircase; ladder
лет see **год**
лёт: на лету́ in flight, while in the air
лета́ть — лете́ть, -чу́, -ти́шь/полете́ть fly
ле́тний, -яя, -ее summer *adj.*
ле́то summer
лечь see **ложи́ться**
ли whether, if *inter.*
ли́вень, -вня heavy shower, downpour
ликёр liqueur
лилова́тый *sht.fm.* **-ва́т, -а, -о** of a faint lilac hue
лимо́н lemon(-tree)
линю́чий *sht.fm.* **-ю́ч, -а, -е** fading
ли́па limetree, linden
ли́пкий *sht.fm.* **-пок, -пка́, -пко** sticky
ли́ра lira
лист, *pl.* **-ья, -ьев** leaf; *pl.* **-ы́, -о́в** sheet (of paper)
листва́ foliage
лиха́ч smart cabman
лицо́ face; person
ли́шний, -яя, -ее superfluous, unnecessary; **ли́шний раз** once more
лишь only; **лишь бы** if only
лоб, лба forehead; **на лбу**
лови́ть, -влю́, -вишь/пойма́ть catch
ло́вкий *sht.fm.* **-вок, -вка́, -вко** smart, nimble
ло́вля catching, hunting
ло́дка, *g.pl.* **-док** boat
ло́дочник boatman
ло́же *arch.* couch, bed
ложи́ться/лечь, ля́гу, -жешь... -гут; лёг, -ла́ lie down; **ложи́ться спать** go to bed
ло́жка, *g.pl.* **-жек** spoon
лози́на *reg.* willow branch
ломи́ть, -млю́, -мишь break; tear into
ло́мтик slice
лонгше́з chaise longue
лопа́тка, *g.pl.* **-ток** shoulder-blade
лопу́х burdock
лорд-мэ́р Lord Mayor
лото́к, -тка́ hawker's tray
лохмо́тья *pl.* only, **-ьев** rags
ло́шадь *f.* horse; **лоша́дка,** *g.pl.* **-док** *dim.*
лубяно́й bast *adj.*
луг, *n.pl.* **-а́** meadow
лу́жа puddle
лучи́на splinter, spill; wood-shavings
Лу́шкин, -а, -о Lushka's, of Lushka
лы́сый *sht.fm.* **лыс, -а́, -о** bald
любе́зность *f.* courtesy, kindness
любе́зный *sht.fm.* **-зен, -зна, -зно** polite, obliging; **любе́знейший** *sup.*
люби́ть, -блю́, -бишь/по- like, be fond of, love; **люби́мый** *pres.p.p.*, favourite
любова́ться, -у́юсь, -у́ешься/по- + *instr.* admire, gaze fondly at
любо́вница beloved *f.*, mistress
любо́вный amorous, loving, of love
любо́вь *f.* love; **игра́ть в любо́вь** play at being in love
любопы́тство curiosity

лю́ди, -ей, *pl.* of **че́ловек,** persons, people; **людишки, -шек** *derog. dim.*
лю́дный *sht.fm.* **-ден, -дна, -дно** populous, crowded
люкс-каби́на cabin de luxe
лю́стра lustre, chandelier
люстри́новый lustrine
ля́жка, *g.pl.* **-жек** thigh, haunch

М

ма́йский May *adj.*
мак poppy
ма́ковка, *g.pl.* **-вок** poppy-head; cupola, top
мале́йший least, slightest; **ни мале́йший** not the slightest
мали́новый raspberry *adj.*; crimson
ма́лый small; *n.* young fellow
ма́ло + *gen.* (too) little, few
мальчи́шка, *g.pl.* **-шек** urchin, boy
манже́та cuff
мани́лла Manila cigar
мани́ть/по- attract, allure
март March
марш march
маршру́т itinerary
маслени́стый *sht.fm.* **-ист, -а, -о** oily
ма́сло oil; butter
масси́в massif, mountain-mass
мастерство́ handicraft; skill, mastery
ма́терь *arch.* for **мать** mother; **Ма́терь Бо́жия** the Virgin Mary
ма́товый mat, lustreless
матра́ц mattress
мать, -ери mother; **ма́тушка** *arch.*
ма́чта mast
маши́на machine, engine
мгла haze; *poet.* darkness
мгнове́ние instant, moment
мгнове́нно instantly, in a moment
ме́бель *f.* furniture
ме́дленный *sht.fm.* **-лен, -нна, -нно** slow
медли́тельный *sht.fm.* **-лен, -льна, -льно** sluggish, slow
ме́длить/по- linger
ме́дный copper *adj.*
медь *f.* copper; copper coins
медя́к *coll.* copper coin
меж and **ме́жду** + *instr.* between, among; **ме́ж тем как** whereas, while
мел chalk; whitening
меланхо́лия melancholy
ме́лкий *sht.fm.* **-лок, -лка́, -лко** small, tiny; petty; (river) shallow
мелька́ть/по-, мелькну́ть flash, gleam; appear for a moment
ме́льком in passing; **ме́льком гля́нуть** cast a cursory glance
ме́нее *comp.* of **ма́ло,** less
ме́ньше *comp.* of **ма́ло,** less; of **ма́ленький,** smaller
меня́ть/перемени́ть change
ме́ра measure; **в ме́ру** moderately; **не в ме́ру** unduly, excessively; **в ме́ру свои́х сил** to the best of his ability
мере́щиться/по- + *dat.* appear; **ему́ мере́щится** he fancies
мёрзнуть, *past* **мёрз, -ла** freeze
ме́рин gelding
меркнуть, *past* **ме́рк** and **мёркнул, мёркла/по-** grow dark, fade
ме́ртвенно-чи́стый lifelessly clean

мёртвый *sht.fm.* **мёртв, -á, -о** dead; *n.* dead man
мéсса (Roman Catholic) mass
мéстный local
мéсто place, site, spot
мéсяц month; *poet.* moon
металли́ческий metallic
метáться, -чýсь, -чешься/по-, за-, метнýться toss; dash about
метрдотéль *m.* head waiter
мех fur; skin; **мéхом вверх** with the fur outside
мечтá *g.pl.* **мечтáний** (day-) dream
мечтáть/по- dream
мешáть/по- stir, mix, blend; **-ся** *intr.* meddle, interfere; become deranged
мешóк, -шкá bag, sack; **мешóчек, -чка** *dim.*
миллиардéр multi-millionaire
милови́дный *sht.fm.* **-ден, -дна, -дно** pretty, handsome
ми́лостивый *sht.fm.* **-ив, -а, -о** gracious, kind
ми́лость *f.* favour, grace; **дéлать ми́лость** have the goodness, do a favour
ми́лый *sht.fm.* **мил, -á, -о** nice, dear, kind; loving
ми́мо + *gen.* past
мимохóдом in passing
миндáльный almond *adj.*; **миндáльного цвéта** almond-coloured
минерáльный *adj.* from **минерáл** mineral
мир world; peace
мироздáние universe
мисти́ческий mystical
«Ми́тина любóвь» *Mitya's Love*
млáдший younger; junior
мнóго + *gen.* much, many; **мнóгие** many
многоокóнный many-windowed
многотрýбный many-funelled
многоэтáжный multi-storeyed
многоя́русный many-tiered
мнóжество great number
моги́ла grave
моги́льница periwinkle
мóда fashion
модéль *f.* model
мóжно + *infin.* one can, one may; it is possible, allowed
мóкнуть, *past* **мок, -ла/про-** become wet, soaked
мокрóта phlegm
мóкрый *sht.fm.* **мокр, -á, -о** wet, moist
моли́твенник prayer-book
моли́ть entreat, plead
моли́ться/по- pray
молоди́ть, -жý, -ди́шь make look younger
молодóй *sht.fm.* **-лод, -á, -о** young; **молóже** *comp.*; **молóденький** *coll.* very young
мóлодость *f.* youth; **по моéй мóлодости** by reason of my youth
моложáвый *sht.fm.* **-áв, -а, -о** youthful
молóчный milk *adj.*; milky white
мóлча silently, in silence
молчáние silence
молчáть, -чý, -чи́шь/по-, за- be, fall, silent
монгóльский Mongolian
мопс pug-dog
мóрда muzzle, snout
мóре sea; **морскóй** *adj.*; **морскóй путь** voyage
москатéль *f.* chandlery, iron-mongery
москви́ч Muscovite
москóвский Moscow *adj.*
мостки́ *pl.* only, **-óв** gangway
мот prodigal, spendthrift
мотáть/по- + *instr.* shake, loll
мочь, -гý, -жешь... -гут; мог, -лá/с- be able, can; may;

не мог не быть could not fail to be
мóщный *sht.fm.* **-щен, -щна, -щно** mighty, powerful
мрак gloom, darkness
мрáморный *adj.* from **мрáмор** marble
мрáчность *f.* gloominess, sombreness
мрáчный *sht.fm.* **-чен, -чнá, -чно** gloomy, sombre, dark; dismal
муж, *pl.* **-ья́, -éй** husband
мýжественный *sht.fm.* **-вен, -нна, -нно** manly, manful
мужи́к *arch.* muzhik, peasant
мужскóй male; a man's
мужчи́на man
музéй, -éя museum
мýзыка music
музыкáльный *sht.fm.* **-лен, -льна, -льно** musical
музыкáнт musician
мýка torment, agony
мулáтка, *g.pl.* **-ток** mulatto woman
мунди́р uniform; **в однóм мунди́ре** just in his uniform
мýтно-золотóй dull-golden, of lustreless gold
мýтно-си́ний, -яя, -ее of a dull dark-blue colour
мýха fly
мучи́тельный *sht.fm.* **-лен, -льна, -льно** agonising
мýчиться/по- worry; torment oneself
мчать, мчу, мчи́шь/по-, rush, whirl, speed
мысль *f.* thought
мы́ться, мóюсь, мóешься/по-, вы́- wash oneself
мышáстый *sht.fm.* **-áст, -а, -о** (mouse-)grey
мя́гкий *sht.fm.* **-гок, -гкá, -гко** soft gentle; **мя́гче** *comp.*

Н

«На дне» *The Lower Depths*
нáбережная, -ой embankment, quay
набивáть/наби́ть, -бью́, -бьёшь stuff, pack
набирáться/набрáться, -берýсь, -берёшься + *gen.* gather, collect
наблюдáтельность *f.* observation, watchfulness
нáбок on one side, awry
навáливаться/навали́ться lean heavily upon; fall upon, attack
навéки for ever
навéс awning
навсегдá for ever
навстрéчу + *dat.* to meet
навя́зываться/навязáться, -жýсь, -жешься thrust, force oneself upon
нагибáться/нагнýться bend down, stoop; **сидéть нагнýвшись** huddle up, crouch
наглéц, -лецá impudent fellow
надвигáться/надви́нуться approach, be imminent
надевáть/надéть, -дéну, -дéнешь put on
надéжда hope
надéлать *pf.* + *gen.* make many (mistakes), commit (crimes)
надéяться, -éюсь, -éешься hope
надлежи́т, -лежáло + *dat.* and *infin.* it is (was) proper, fitting
над, надо + *instr.* above, over
нáдо + *dat.* and *infin.* it is necessary, one must
надóлго for long
наедáться/наéсться, -éмся,

-ёшься, -ёстся *etc.* see **есть**[2] + *gen.* eat one's fill
назáд back; **тому́ назáд** ago
называ́ть/назвáть, -зову́, -зовёшь call, name; **назвáть себя́** give one's name; **так называ́емый** so-called
называ́ться/назвáться be called
наи́вный *sht.fm.* **-вен, -вна, -вно** naive
наи́гранный affected, put on; **наи́гранные глазá** insincerely provocative eyes
накáтанный rolled, made smooth
наки́дка *g.pl.* **-док** cloak, cape
наки́дывать/наки́нуть throw on, slip on
наклоня́ться/-и́ться stoop, bend forward
наконéц at last, ultimately
накрáпывать: накрáпывал дождь there was a drizzle of rain
наку́риваться/накури́ться smoke to one's heart's content
налéво to the left, on the left
налепля́ть/налепи́ть, -плю́, -пишь stick on; **налéпленный** *p.p.p.*
налетáть/-тéть, -чу́, -ти́шь fly upon, against; rush, come rushing at
наливáть/нали́ть, -лью́, -льёшь pour out, fill up; **нáлитый** and **налито́й** *p.p.p.*
нанимáть/наня́ть, -йму́, -ймёшь hire, engage; **нáнятый** *p.p.p.*
нападéние attack
наперебо́й vying with each other
напивáться/напи́ться, -пью́сь, -пьёшься have something to drink, quench one's thirst
наполня́ть/-ить fill up; **-ся** *intr.*
напоминáние reminding, reminder
напослéдок in the end, after all
направля́ться/напрáвиться, -влюсь, -вишься make for, be bound for
напримéр for example
напро́тив + *gen.* opposite
напру́живаться/напру́житься become strained, taut
напряжéние effort
напугáть *coll.* frighten, scare
напу́дренный powdered
наро́д (a) people; **ско́лько наро́ду** how many people
нару́жность *f.* appearance, exterior
наруми́нить see **румя́нить**
нарушáть/-ить infringe, violate; disturb
наря́д dress, attire
наря́дный *sht.fm.* **-ден, -дна, -дно** smart, well-dressed
наряжáть/наряди́ть, -жу́, -дишь dress up, array; **наря́женный** *p.p.p.*
насквóзь through and through
ско́лько how much; as far as
наску́чить *pf.* + *dat.* bore, annoy
наслаждáться/наслади́ться, -жу́сь, -ди́шься + *instr.* enjoy, delight in
наслаждéние enjoyment
наслéдный принц Crown Prince
насмотрéться, -рю́сь, -ришься *pf.* see as much one wanted
настави́тельный *sht.fm.* **-лен -льна, -льно** instructive, edifying
насто́йчивый *sht.fm.* **-ив, -а, -о** persistent, pressing
настоя́щий real; present
наступáть/-и́ть, -плю́, -пишь advance, come

насчёт + *gen.* as regards, concerning
насылать/наслать, -шлю, -шлёшь send (in quantity), inflict
насыпать/насыпать, -плю, -плешь + *gen.* pour, spread; + *instr.* cover with; **насыпанный** *p.p.p.*
натворить *pf.* do, be up to
натирать/натереть, -тру, -трёшь; -тёр, -ла rub, polish
натуральный *sht.fm.* **-лен, -льна, -льно** natural; real
натягивать/натянуть stretch, draw, pull on; **натянутый** *p.p.p.* **натягиваться, натянуться** *intr.*
нафталин naphtaline, moth balls
нахмуриваться/нахмуриться frown
начинать/начать, -чну, -чнёшь with с + *gen.* start, begin with; **-ся** *intr.*
начёс hair brushed forward
нашивка, *g.pl.* **-вок** stripe, tab
не not; **не то** quite different; **не то...не то** not exactly... nor yet; **не мог не быть** could not fail to be; **не к чему** there is no point
неаполитанка, *g.pl.* **-нок** Neapolitan woman
Неаполь Naples
небо, *pl.* **небеса, небес** sky, heaven
небось it is most likely that; must be
небрежный *sht.fm.* **-жен, -жна, -жно** careless, off-hand
небывалый unprecedented; fantastic
неважно *coll.* poorly, not well
неведомый *sht.fm.* **-дом, -а, -о** unknown, unfamiliar
невеликий *sht.fm.* **-ик, -а, -о** short; small
невзирая на + *acc.* in spite of, without regard to
невинный *sht.fm.* **-нен, -нна, -нно** innocent; harmless; **невиннейший** *sup.*
невнимание lack of consideration (attention)
невнимательный *sht.fm.* **-лен, -льна, -льно** inattentive; careless, off-hand
невнятный *sht.fm.* **-тен, -тна, -тно** indistinct, inaudible
невозможно impossible
невольник *arch.* slave
невысокий *sht.fm.* **-сок, -а, -о** not high; short(-ish)
негаданный *coll.* unexpected
негодяй, -яя scoundrel, villain
негр negro
негромкий *sht.fm.* **-мок, -мка, -мко** low, soft (voice)
недавно recently
недёшево *coll.* at quite a price
недобрый *sht.fm.* **-добр, -а, -о** unkind; unfriendly
недовольный *sht.fm.* **-лен, -льна, -льно** + *instr.* dissatisfied, displeased
недра *pl.* only, **недр** womb; innards, entrails
недурной *sht.fm.* **-рен, -рна, -рно** not bad; not bad-looking; **очень недурно** not at all badly
нежданный unexpected; **нечто нежданное, негаданное** something quite unexpected
нежели *arch.* than; **нежели чем** before *conj.*
нежность *f.* tenderness, delicateness
нежный *sht.fm.* **-жен, -жна, -жно** tender; delicate; **нежнейший** *sup.*
незабудка, *g.pl.* **-док** forget-me-not

незави́симый *sht.fm.* **-им, -а, -о** independent
незаме́тность *f.* unostentatiousness; imperceptibility
незаме́тный *sh.fm.* **-тен, -тна, -тно** unostentatious; insignificant; **незаме́тно огля́дывать** survey unobtrusively
незапа́мятный immemorial; **во времена́ незапа́мятные** in times immemorial
неизме́нный *sht.fm.* **-нен, -нна, -нно** invariable; unfailing
неизъясни́мый *sht.fm.* **-и́м, -а, -о** inexplicable; ineffable
не́истовый *sht.fm.* **-ов, -а, -о** furious, violent
не́кий a certain
не́когда at one time; in former times
не́который some, certain
неко́шеный unmown
некраси́вый *sht.fm.* **-и́в, -а, -о** plain, unattractive; ugly
не́кто someone, a certain
нела́дный *sht.fm.* **-ден, -дна, -дно** wrong; bad
неле́пый *sht.fm.* **-ле́п, -а, -о** inane, insipid, absurd
нело́вкий *sht.fm.* **-вок, -вка́, -вко** awkward, clumsy
нело́вкость *f.* awkwardness, clumsiness
нельзя́ impossible, not allowed; **как нельзя́ бо́лее легкомы́сленно** in the most thoughtless manner possible
нема́ло + *gen.* quite a little, quite a few, a fair amount
не́мец, -мца German *n.*
неме́цкий German *adj.*
не́мка, *g.pl.* **-мок** German woman
немно́гие not many, few
немно́го, немно́жко a little; somewhat
ненави́деть, -жу, -дишь-/воз- hate
нена́стье rainy weather
необходи́мый *sht.fm.* **-и́м, -а, -о** necessary, indispensable
необыкнове́нный *sht.fm.* **-нен, -нна, -нно** unusual, exceptional
необы́чный *sht.fm.* **-чен, -чна, -чно** unusual
неожи́данный *sht.fm.* **-ан, -нна, -нно** unexpected
непого́да bad weather
непоня́тный *sht.fm.* **-тен, -тна, -тно** incomprehensible, unintelligible
непоправи́мый *sht.fm.* **-и́м, -а, -о** irreparable
непоро́чный *sht.fm.* **-чен, -чна, -чно** immaculate, pure
непоси́льный *sht.fm.* **-лен, -льна, -льно** beyond one's strength
непра́вда falsehood; (it is) not true
непреме́нно certainly, without fail
непреры́вный *sht.fm.* **-вен, -вна, -вно** continuous, uninterrupted
непреста́нный *sht.fm.* **-нен, -нна, -нно** incessant
неприве́тливый *sht.fm.* **-ив, -а, -о** unfriendly, ungracious
непривы́чка want of habit/ practice; **с непривы́чки** for want of practice
неприя́зненный *sht.fm.* **-нен, -нна, -нно** unfriendly
неприя́тный *sht.fm.* **-тен, -тна, -тно** unpleasant, disagreeable
неря́шливый *sht.fm.* **-лив, -а, -о** slovenly, untidy
несессе́р toilet-case
нескла́дный *sht.fm.* **-ден, -дна, -дно** incoherent; ungainly
не́сколько + *gen.* some, a few
неслы́шный *sht.fm.* **-шен,**

-шна, -шно inaudible, noiseless
несме́тный *sht.fm.* **-тен, -тна, -тно** innumerable, countless
несмотря́ на + *acc.* in spite of
неспе́шный *sht.fm.* **-шен, -шна, -шно** unhurried
нестерпи́мый *sht.fm.* **-пи́м, -а, -о** unbearable, intolerable
нести́, нести́сь see **носи́ть, носи́ться**
нет no; + *gen.* there is not
нетерпели́вый *sht.fm.* **-ли́в, -а, -о** impatient
нетороли́вый *sht.fm.* **-ли́в, -а, -о** unhurried, deliberate
неуклю́жий *sht.fm.* **-ю́ж, -а, -е** awkward; ungainly
неукосни́тельность *f. arch.* absoluteness; inevitability
неурожа́й, -а́я bad crops
неуста́нный *sht.fm.* **-нен, -нна, -нно** tireless, indefatigable
неутоли́мый *sht.fm.* **-ли́м, -а, -о** untiring, indefatigable
нехоро́ший *sht.fm.* **-ро́ш, -а́, -о́** bad; **нехороша́ собо́й** unattractive, plain
не́чего + *infin.* there is nothing (to do etc.)
не́что something; **не́что вро́де** + *gen. coll.* a kind of
ни emphatic negative; **ни...ни** neither...nor; **ни за что** on no account; see also under **никако́й, ниче́й**
ни́жний, -яя, -ее lower
низ bottom; **в са́мом низу́** at the very bottom
ни́зкий *sht.fm.* **-зок, -зка́, -зко** low; **ни́зенький** *dim.*
никако́й no, no kind of; **ни за каки́е де́ньги** at no price
никогда́ never
никола́евский *adj.* from **Никола́й,** Nikolaian
Нико́ленька *affect.dim.* of **Никола́й** Nikolai, Nicholas
ниско́лько not in the least
Ни́цца Nice
ниче́й, -чья́, -чьё nobody's; **ни в чьих услу́гах** for nobody's services/favours
ничу́ть not in the least
ни́щий beggarly, very poor
но́вый *sht.fm.* **нов, -а́, -о** new; **но́венький** brand-new; **нове́йший** newest, latest
нога́ foot, leg
но́готь, -гтя (finger-)nail
нож knife
ножно́й *adj.* from **нога́** foot, leg
но́мер, *n.pl.* **-а́** (hotel-)room; **номеро́к, -рка́** *dim.*
нос nose
носи́льщик porter
носи́ть, -шу́, -сишь—нести́, -су́, -сёшь; нёс, -ла́/понести́ carry, bring; (**носи́ть** only) wear
носи́ться—нести́сь/понести́сь rush, float, fly, hover
но́та note, tone
ночева́ть -у́ю, -у́ешь/пере- spend the night
ночь *f.* night; **но́чью** at night; **ночно́й** *adj.*
ноя́брь *m.* November
нрав disposition, temper; *pl.* customs, manners
нра́виться, -влюсь, -вишься/по + *dat.* please; **он мне нра́вится** I like him
нужда́ need, want; **уходи́ть за нуждо́й** go to the toilet
нужда́ться with **в** + *prep.* need, want
ну́жный *sht.fm.* **-жен, -жна́, -жно** necessary; **мне нужна́ э́та кни́га** I need this book
ны́нешний, -яя, -ее present; **ны́нешней зимо́й** this (last) winter
ны́нче *coll.* today; **ны́нче но́чью** last night

о (об, обо) + *acc.* against; **о зе́млю** on to, against the ground; + *prep.* about, concerning
о́ба, о́бе *f.* both
обая́ние fascination, charm
обвиса́ть/обви́снуть, past **-ви́с, -ла, -ло** droop, sag; **обви́сший** *p.p.a.* drooping, sagging
обгоня́ть/обогна́ть, -гоню́, -го́нишь overtake, leave behind
обде́лывать/обде́лать finish, set, edge
обе́д dinner
обе́дать/по- dine
обезья́нничать ape
обезья́нство aping
обеща́ть *ipf.* and *pf.* + *dat.* promise; **ма́ло обеща́ющий** unpromising
оби́да offence, injury
оби́дный *sht.fm.* **-ден, -дна, -дно** offensive, vexing
обижа́ть/оби́деть, -жу, -дишь offend, hurt someone's feelings; **оби́женный** *p.p.p.*
оби́льный *sht.fm.* **-лен, -льна, -льно** abundant, plentiful
оби́тель *m. arch.* place, abode
о́блако, *g.pl.* **-о́в** cloud
о́блачный *sht.fm.* **-чен, -чна, -чно** cloudy
облегче́ние relief
облёзлый shabby, mangy
облива́ть/обли́ть, оболью́, -льёшь pour over; **обли́тый по́том** steeped in sweat
облу́пливать/облупи́ть, -плю́, -пишь peel, shell; **облу́пленный** *p.p.p.*
обма́н deception, fraud
обма́нывать/обману́ть deceive, cheat, prove/be deceptive
о́бморок fainting fit
обнажа́ть/-и́ть bare, uncover; **обнажённый** *p.p.p.*
обо see **о**
обогна́ть see **обгоня́ть**
обоготворя́ть/и́ть idolise
ободо́к, -дка́ *dim.* of **о́бод** rim, border
обожа́ть adore, worship
обора́чиваться/оберну́ться turn round
оборва́нец, -нца ragamuffin
оборва́ться see **обрыва́ться**
обра́довать, обра́доваться see **ра́довать, ра́доваться**
о́браз way, manner, form; **о́браз жи́зни** way of life; *n.pl.* **-а́** icon, sacred image
образе́ц, -зца́ model, standard; **взять себе́ за образе́ц** emulate, follow the example of
обра́тный reverse, return
обрека́ть/обре́чь, -ку́, -чёшь... -ку́т; -рёк, -ла́ + *dat.* doom; **обречённый** *p.p.p.*
обруча́льный wedding *adj.*; **обруча́льное кольцо́** wedding ring
обры́в precipice
обрыва́ть/оборва́ть, -рву́, -рвёшь tear off; cut short; **обо́рванный** *p.p.p* torn off; **-ся** break of *intr.;* come to a sudden stop
о́бувь *f.* footwear
обши́рный *sht.fm.* **-рен, -рна, -рно** extensive, spacious
о́бщество society
о́бщий *sht.fm.* **общ, -а́, -е** general, common; **в о́бщем** in general, on the whole
объезжа́ть/объе́хать, -е́ду, -е́дешь go round
объявле́ние declaration, announcement
объявля́ть/объяви́ть, -влю́, -вишь declare, announce; **объя́вленный** *p.p.p.*

объясня́ть/-и́ть explain
обы́денный ordinary, commonplace
обыкнове́нный *sht.fm.* **-нен, -нна, -нно** usual, ordinary, commonplace
обы́чай, -ая custom, habit
обы́чный *sth.fm.* **-чен, -чна, -чно** usual, ordinary
обя́занность *f.* duty, obligation; **на обя́занности кото́рых лежа́ло** + *infin.* whose duty it was
овладева́ть/овладе́ть, -е́ю, -е́ешь + *instr.* take possession of; seize, overcome
о́вод gadfly
овра́г ravine
овся́нка, *g.pl.* **-нок** bunting, yellow-hammer
оглуша́ть/-и́ть deafen, stun; drown (sounds)
оглуши́тельный *sht.fm.* **-лен, -льна, -льно** deafening
огля́дывать/огляде́ть, -жу́, -ди́шь examine, look over
огля́дываться/огляну́ться turn to look, glance back
огнегла́зый fiery-eyed
о́гненный fiery
огонёк, -нька́ (small) light
ого́нь, огня́ fire; light
огра́да fence
огро́мный *sht.fm.* **-мен, -мна, -мно** vast, enormous
огу́рчик *dim.* of **огуре́ц** cucumber
одева́ться/оде́ться, -нусь, -нешься dress *intr.*
оде́жда clothing
оди́н, одна́, одно́ *pl.* **одни́** one, a, a certain; only, alone; **оди́н и тот же** one and the same; **одни́...други́е** some... others
одина́ковый *sht.fm.* **-ов, -а, -о** identical, the same
одино́кий *sht.fm.* **-о́к, -а, -о** lonely, solitary
одино́чество loneliness, solitude
одна́жды once, one day
одна́ко however
одноко́нный one-horse *adj.*
однообра́зный *sht.fm.* **-зен, -зна, -зно** monotonous
односло́жный *sht.fm.* **-жен, -жна, -жно** monosyllabic
одолева́ть/одоле́ть, -е́ю, -е́ешь overcome, conquer
оды́шка short breath
ожере́лье necklace
ожива́ть/ожи́ть, -ву́, -вёшь come to life
оживля́ть/оживи́ть, -влю́, -ви́шь revive, enliven, animate; **оживлённый** *p.p.p.*
озабо́ченный *sht.fm.* **-чен, -нна, -нно** anxious; preoccupied
озаря́ть/и́ть illuminate, light up; **озарённый** *p.p.p.*
озолоти́ться see **золоти́ться**
ока́зывать/оказа́ть, -жу́, -жешь render, show; **оказа́ть влия́ние** exert influence; **-ся** turn out, prove to be
ока́нчиваться/око́нчиться finish *intr.*, be over
океа́н ocean
оки́дывать/оки́нуть глаза́ми scan, glance over
окладно́й дождь incessant rain
окле́ивать/окле́ить paste over; **окле́енный** *p.p.p.*
окно́, *g.pl.* **о́кон** window; **за окно́м** outside the window; **камо́рка в два окна́** a small room with two windows; **в окно́** through the window
о́ко, *pl.* **о́чи, -е́й** *arch.* eye
оконча́тельный *sht.fm.* **-лен, -льна, -льно** final, definitive

окру́глый *sht.fm.* **окру́гл, -а, -о** rounded
окружа́ть/-и́ть surround
оку́рок, -рка (cigar-, cigarette-)butt
оку́тывать/оку́тать wrap up, cloak
оловя́нный *adj.* from **о́лово** tin, pewter(-coloured)
ольхо́вый *adj.* from **ольха́** alder
о́ный, -ая, -ое *arch,* that; he, she, it
опа́здывать/опозда́ть be late
о́перный *adj.* from **о́пера** opera
опра́ва setting, casing
определённый *sht.fm.* **-лён, -нна, -нно** definite, fixed
опроки́дывать/опроки́нуть overturn
опря́тный *sht.fm.* **-тен, -тна, -тно** neat, tidy
опуска́ть/опусти́ть, -щу́, -стишь lover, drop; **опу́щенный** *p.p.p.*
опусте́ть see **пусте́ть**
ора́ва *coll.* crowd, horde
ора́нжевый orange(-coloured)
ора́ть, ору́, орёшь/за- shout, yell
орке́стр orchestra; **стру́нный орке́стр** string orchestra
осажда́ть/осади́ть, -жу́, -дишь besiege, importune, ply with; **осажда́ть во сне** beset in one's sleep
оса́живать/осади́ть, -жу́, -ди́шь check; cut short
освежа́ть/-и́ть refresh; **освежённый** *p.p.p.*
освеща́ться/освети́ться light up *intr.,* brighten
о́сень *f.* autumn
осеня́ть/-и́ть *arch.* overshadow; envelop; **осеня́емый** *pres.p.p.*
оси́новый *adj.* from **оси́на** aspen
оскорби́тельный *sht.fm.* **-лен, -льна, -льно** insulting, abusive
ослепи́тельный *sht.fm.* **-лен, -льна, -льно** blinding, dazzling
о́слик *dim.* of **осёл** donkey
осма́тривать/осмотре́ть, -рю́, -ришь examine, survey
осмо́тр examination, survey
основа́ние foundation, base
осо́ба person; **высо́кая осо́ба** a person of high rank
осо́бенный special, particular; **осо́бенно** *adv.*
осо́бый special, peculiar
о́спа smallpox
остава́ться, -аю́сь, -аёшься/ оста́ться, -а́нусь, -а́нешься stay, remain, be left
оставля́ть/оста́вить, -влю, -вишь leave (behind)
остально́й remaining, the rest of; **во всём остально́м** in everything else
остана́вливаться/останови́ться, -влю́сь, -вишься stop, halt; put up
остано́вка, *g.pl.* **-вок** stop, halt
оста́ток, -тка, remainder, rest
оста́ться see **остава́ться**
остервене́ние frenzy
остервене́ть *pf.* become frenzied; **остервенённый** *p.p.p.*
осторо́жность *f.* care, caution
остриё point, spike; edge
о́стров, *n.pl.* **-а́** island; **острово́к, -вка́** *dim.*
от + *gen.* from, of; because of, as a result of
о́тблеск reflection, gleam
отбо́рный select, choice
отбыва́ть/отбы́ть, -бу́ду, -бу́дешь depart, leave
отва́л side-, back-rest
отве́с slope
отве́т answer, reply

отвеча́ть/отве́тить, -чу, -тишь answer, reply
отводи́ть, -жу́, -дишь/отвести́, -веду́, -ведёшь; -вёл, -á lead draw aside; **отвести́ апартаме́нты** assign rooms
отвора́чивать/отверну́ть turn away, aside; **-ся** *intr.*
отворя́ть/-и́ть open
отвраще́ние aversion, disgust
отдалённый *sht.fm.* **-лён, -нна, -нно** remote, distant
отдава́ть, -даю́, -даёшь/отда́ть, -да́м, да́шь, -да́ст etc., see **дава́ть/дать,** give back; **-ся** give oneself up to
о́тдых rest, holiday
отдыха́ть/отдохну́ть rest, take a holiday
отды́шка recovering one's breath
оте́ль *m.* hotel
отзыва́ться/отозва́ться, отзову́сь, -вёшься answer, echo
отко́с slope
открове́нность *f.* frankness
открове́нный *sht.fm.* **-нен, -нна, -нно** open, frank
открыва́ть/откры́ть, -кро́ю, -кро́ешь open, dis-, uncover; **откры́тый** *p.p.p.;* **-ся** open *intr.;* **открыва́лись та́нцы** the dancing started
откры́тка, *g.pl.* **-ток** postcard
отлича́ть/-и́ть distinguish, prefer; **-ся** be noted
отли́чный *sht.fm.* **-чен, -чна, -чно** excellent, perfect
отме́нный *sht.fm.* **-нен, -нна, -нно** excellent; exceptional
отменя́ть/-и́ть abolish, call off
отмеча́ть/отме́тить, -чу, -тишь mark, note; **отме́ченный** *p.p.p.*
отозва́ться see **отзыва́ться**
отойти́ see **отходи́ть**
отовсю́ду from everywhere
отпада́ть/отпа́сть, -паду́, -падёшь; -па́л, -а fall away; drop
отправле́ние departure
отправля́ть/отпра́вить, -влю, -вишь send off, dispatch; **-ся** set off, make for
отпуска́ть/отпусти́ть, -щу́, -стишь dismiss, let go
отра́ва bane; poison
отража́ться/отрази́ться, -жу́сь, -зи́шься be reflected
отраже́ние reflection
отро́дье *coll.* offspring, spawn
отры́вистый *sht.fm.* **-ист, -а, -о** jerky, abrupt
отря́д detachment
отсве́чивать shine with; show a reflection of
отстава́ть, -аю́, -аёшь/отста́ть, -а́ну, -а́нешь with **от** + *gen.* fall behind
отта́чивать/отточи́ть sharpen, whet
оттого́ что because; **оттого́-то** and for that reason
отходи́ть, -жу́, -дишь/отойти́, -йду́, -йдёшь; -шёл, -шла́ with **от** + *gen.* step away from, withdraw from
отча́яние despair
отча́янный *sht.fm.* **-ян, -нна, -нно** desperate
отчёт account; **отдава́ть/отда́ть себе́ отчёт в** (rarer **о**) + *prep.* become aware, realise
отчётливость *f.* distinctness, intelligibility
отъе́зд departure
оты́скивать/отыска́ть, -щу́, -щешь look for, search for *ipf.*; find *pf.*
отяжеле́ть, -е́ю, -е́ешь *pf.* grow heavy
охраня́ть/-и́ть guard, protect
очарова́ние charm, fascination

очаровáтельный *sht.fm.* **-лен, -льна, -льно** charming, fascinating
очарóвывать/очарóвать, -ýю, -ýешь charm, fascinate
óчерк outline; sketch
óчи see **óко**
очкѝ *pl.* only, **-кóв** spectacles; **в очкáх** wearing spectacles
ошеломля́ть/ошеломи́ть, -млю́, -ми́шь stun, dumbfound

П

пáдать/упáсть, -дý, -дёшь; -пáл, -а fall
пакгáуз warehouse
палáта chamber, ward; large mansion
пáлец, -льца finger
пáлка, *g.pl.* **-лок** stick, staff
пáлуба deck
пáльма palm-tree
пальтó *indecl.* overcoat; **пальти́шко,** *pl.* **-шки, -шек** *derog. dim.*
пáмятник monument
пáмять *f.* memory; **на пáмяти** + *gen.* within the memory of; **люби́ть без пáмяти** love to distraction
пáмятный *sht.fm.* **-тен, -тна, -тно** memorable
панталóны *pl.* only **-óн** *arch.* trousers (Russian style)
папирóса cigarette
пар steam, haze; fume
пáра pair, couple
парáдный *adj.* from **парáд** parade; **парáдная фóрма** full dress uniform; **парáдная дверь** front, main door
Пари́ж Paris
пари́жский Parisian *adj.*
парохóд steamer; **парохóдик** *dim.*; **парохóдишко** *pl.* **-и, -шек** *derog. dim.*
пáрта (school-)desk; bench
пáрусный *adj.* from **пáрус** sail; **пáрусная гóнка,** *g.pl.* **-нок** yacht race
пáсека apiary
пассажи́р passenger
пасту́шеский shepherd's
Пáсха Easter; **под Пáсху** just before Easter
пахáть, -шý, -шешь/за- plough
пáхнуть, past **пáхнул, -а** and **пах, -ла** + *instr.* smell, savour (of)
пахнýть + *instr.* puff; **пахнýло зимóй** there was a breath of winter
пахýчий *sht.fm.* **-ýч, -а, -е** odorous
пáчка, *g.pl.* **-чек** bundle, batch; packet
певéц, -вцá singer
пéгий *sht.fm.* **пег, -á, -о** piebald
пéна foam, froth
пéнистый *sht.fm.* **-ист, -а, -о** foamy, frothy
пéниться/за- foam, froth
пенснé *indecl.* pince-nez
пень *m., g.pl.* **пней** (tree-) stump
пеня́ть/по- + *dat.* or **на** + *acc.* reproach, blame
пéрвый first
перебивáть/переби́ть, -бью́, -бьёшь interrupt, cut across
перебывáть *pf.* have called on, visited, been to
перевёртывать and **переворáчивать/перевернýть** turn over; **-ся** *intr.*
перевя́зывать/перевязáть, -жý, -жешь tie up; **перевя́занный** *p.p.p.*

перегоро́дка, *g.pl.* **-док** partition
пе́ред + *instr.* in front of; (just) before
передава́ться, -даю́сь, -даёшься/переда́ться, -да́мся, -да́шься, -да́стся etc., see **дава́ть/дать,** be transmitted, passed on
пере́дний, -яя, -ее front *adj.*, first; **пере́дняя** *n.* hall; ante-room
пере́дник apron
передыха́ть/передохну́ть *coll.* take a short breath; take a short rest, holiday
перейти́ see **переходи́ть**
перелива́ться/перели́ться, -лью́сь, -льёшься flow; overflow
перели́стывать/перелиста́ть turn the pages; look through
переменя́ть/-и́ть change, shift; **-ся** *intr.*
переноси́ть, -шу́, -сишь/перенести́, -несу́, -несёшь; -нёс, -ла́ carry somewhere else, transfer
переночева́ть see **ночева́ть**
пе́репел, *n.pl.* **-а́** quail; **перепели́ный** *adj.*
переплёт binding; book-cover
переполня́ть/-ить overfill, overcrowd; **перепо́лненный** *p.p.p.*
перестава́ть, -стаю́, -стаёшь/переста́ть, -ста́ну, -ста́нешь cease, stop
переу́лок, -лка alley, side-street
переходи́ть, -жу́, -дишь/перейти́, -йду́, -йдёшь; -шёл, -шла́ cross
перечи́тывать/перечита́ть re-read
перо́, *pl.* **-ья, -ьев** feather; quill, pen
перча́тка, *g.pl.* **-ток** glove
пёстрый *sht.fm.* **пёстр, -а́, -о** multi-coloured, gaudy
петербу́ргский St. Petersburg *adj.*
пету́х cockerel: **до тре́тьих петухо́в** till the cocks crowed
петь, пою́, поёшь/по-, с- sing
печа́льный *sht.fm.* **-лен, -льна, -льно** melancholy, sad
печа́ть *f.* seal, stamp; print
пече́нье *usu. sing.* only, biscuits
пе́чь *f.* stove; **печно́й** *adj.*
пеще́ра cave, cavern; **пеще́ра Вифлее́мская** the Cave of Bethlehem
пивна́я, -о́й beershop
пиджа́к jacket; **пиджачо́к, -чка́** *coll. dim.*
пижа́ма pyjamas
пи́ния (Italian) pine
писа́тель *m.* writer
пита́ние nourishment, feeding
пита́тельный *sht.fm.* **-лен, -льна, -льно** nourishing
пита́ть/на- nourish, feed; **пита́ть пе́жность** cherish, feel a tenderness; **-ся** feed, live on
пить, пью, пьёшь/по-, вы́- drink
пия́вка, *g.pl.* **-вок** leech
пла́вание swimming; floating, sailing; **в пла́вании** during the voyage
пла́вать—плыть, -ву́, -вёшь/поплы́ть swim; sail, float, be afloat
пла́кать, -чу, -чешь/по-, за- weep
пла́мя, -мени, -менем, -мени, *pl.* **-мена́, -мён** flame, flare
план plan; **входи́ть в план** form part of a plan
пласт layer; **лежа́ть пласто́м** lie flat on one's back

платóк, -ткá kerchief; headscarf
платони́ческий platonic
плáтье *g.pl.* **-тьев,** dress; clothes
плач weeping; **с плáчем** with a wail
плащ cloak; raincoat
плед rug
пленя́ть/-и́ть captivate, fascinate
плеск splash; lapping
плечó, *pl.* **плéчи, плеч** and **плечéй,** shoulder; **за плечáми** on their backs
плитá slab, stone
плод fruit
плóмба filling
плóский *sht.fm.* **плоск, -á, -о** flat; trivial
плоти́на weir, dam
плохóй *sht.fm.* **плох, -á, -о** bad, poor; **плóхонький** *derog. dim.*
плóщадь *f.* square; **площáдка,** *g.pl.* **-док** *dim.*
плуг plough
плыть see **плáвать**
плясáть, -шу́, -шешь/по-, за- dance
по + *acc.* up to; + *dat.* along, across, on; by, by reason of; according to; in
побежáть see **бéгать**
побелéть see **белéть**
побывáть see **бывáть**[2]
повáдка, *g.pl.* **-док** habit
пóвар, *n.pl.* **-á** cook
поварскóй *adj.* from **пóвар,** cook; **поварскáя** kitchen, galley
повезти́ see **вози́ть**
повергáть/повéргнуть, past **-вéрг, -ла** throw down, plunge into
повернýть see **поворáчивать**
повеселéть see **веселéть**
по-весéннему as in spring
повести́ see **води́ть**
повещáть/повести́ть, -щу́, -сти́шь *arch.* announce, proclaim
повéять see **вéять**
поворáчивать/повернýть and **повороти́ть** *coll.* turn; swing; **-ся** *intr.*
повсю́ду everywhere
повторя́ть/-и́ть repeat; **-ся** *intr.*
погля́дывать glance upon, look from time to time
поговори́ть see **говори́ть**
погóда weather
поголóвно one and all, all to a man
погоня́ть see **гоня́ть**
погóст graveyard
погребáльный funeral *adj.*; sepulchral
погружáть/погрузи́ть, -жу́, -зи́шь submerge, plunge into, **погружённый** *p.p.p.* absorbed in
под + *acc.* down(-ward); **под шестьдеся́т** nearing sixty; + *instr.* under, below
подавáть, -даю́, -даёшь, подáть, -дам, -дашь etc., see **давáть/дать,** give, hand, serve; **подавáть лошадéй** have the horses brought
подавля́ть/подави́ть, -влю́, -ви́шь suppress, restrain, stifle; **подáвленный** *p.p.p.* depressed
подагри́ческий gouty
подáльше a little farther on
подáть see **подавáть**
подáча bringing; **подáча самовáра** bringing the samovar
подбегáть/подбежáть, -гу́, -жи́шь...-гу́т with **к** + *dat.* run up to, come running to
подборóдок, -дка chin
подвáл basement, cellar
подвóдный underwater
подвя́зывать/подвязáть, -жу́,

-жешь tie up, strap up; **подвя́занный** *p.p.p.*
поддава́ться, -даю́сь, -даёшься/подда́ться, -да́мся, -да́шься, -да́стся etc., see **дава́ть/дать,** + *dat.* give way to, submit to
подда́кивать/подда́кнуть *coll.* say 'yes', voice full agreement
подземе́лье cave, dungeon
подка́тывать/подкати́ть, -чу́, -тишь roll, drive up to
подко́ва horse-shoe
подкрепля́ться/подкрепи́ться, -плю́сь, -пи́шься fortify oneself, refresh oneself
по́длинный *sht.fm.* **-нен, -нна, -нно** original; genuine
поднима́ть/подня́ть, -ниму́, -ни́мешь lift, raise; **по́днятый** *p.p.p.*; **-ся** rise, ascend, mount
подно́жие and **подно́жье** foot (of a mountain)
подно́с tray
подня́ть see **поднима́ть**
подоба́ть: ему́ подоба́ет + *infin.* it suits him, is appropriate for him, becomes him
подо́бный *sht.fm.* **-бен, -бна, -бно** like, similar, such a
подобостра́стие servility
подойти́ see **подходи́ть**
подоко́нник window-sill
подпоя́сывать/подпоя́сать, -шу, -шешь belt, girdle; **подпоя́санный** *p.p.p.*
подпры́гивать/подпры́гнуть jump up, bob up and down
подра́внивать/подровня́ть trim, level up
подража́ть + *dat.* imitate
подро́сток, -тка juvenile; adolescent
подстрига́ть/подстри́чь, -гу́, -жёшь... -гу́т; -стри́г, -ла cut, trim; **подстри́женный** *p.p.p.*
подтя́гивать/подтяну́ть pull up, tighten, hitch; **подтя́нутый** *p.p.p.*
поду́мать see **ду́мать**
поду́шка, *g.pl.* **-шек** cushion, pillow
подходи́ть, -жу́, -дишь/подойти́, -йду́, -йдёшь; -шёл, -шла́ with **к** + *dat.* come up to, approach
подъе́зд porch, doorway
подъезжа́ть/подъе́хать, -е́ду, -е́дешь with **к** + *dat.* drive up to, approach
подъём ascent; rise
по́езд, *n.pl.* **-а́** train
пое́здка, *g.pl.* **-док** trip, outing
пожило́й elderly
пожима́ть/пожа́ть, -жму́, -жмёшь press; **пожима́ть плеча́ми** shrug one's shoulders
пожира́ть/пожра́ть, -жру́, -жрёшь devour
пожи́ть see **жить**
позабы́ть *pf. coll.* for **забы́ть** forget
позволя́ть/-ить + *dat.* allow, permit
по́здно late
по-италья́нски in Italian
пои́ть/по-, на- give to drink
пойма́ть see **лови́ть**
пойти́ see **ходи́ть**
пока́ while; **пока́...не** until
показа́ться see **каза́ться** and **пока́зываться**
пока́зывать/показа́ть, -жу́, -жешь + *dat.* show; **-ся** come into sight, appear
пока́тый *sht.fm.* **-ка́т, -а, -о** sloping, slanting
поклони́ться see **кла́няться**
поко́й, -ко́я[1] rest, peace
поко́й, -ко́я[2] *arch.* room, chamber
поко́йный[1] *sht.fm.* **-ко́ен, -ко́йна, -ко́йно** calm, peace-

ful; **Покойной но́чи** Good night
поко́йный² the late, deceased
покоси́ться see **коси́ться**
покрасне́ть see **красне́ть**
покрыва́ть/покры́ть, -кро́ю, -кро́ешь cover, conceal; **покры́тый** *p.p.p.*
покупа́ть/купи́ть, -плю́, -пишь buy
поку́пка, *g.pl.* **-пок** purchase; **де́лать поку́пки** do some shopping; **поку́почка,** *g.pl.* **-чек** *dim.*
по-кури́ному like a hen
поку́шать see **ку́шать**
пол floor; **на полу́**
пола́ skirt, flap
полага́ть/положи́ть propose, assume
полага́ться *imp.*: **полага́ется** one is supposed to
по́лдень, полу́дня midday
по́ле field
по́лзать—ползти́, -зу́, -зёшь, past **полз, -ла́/поползти́** crawl, creep
поли́ться see **ли́ться**
поли́ция police
полк regiment; **в полку́**
по́лка, *g.pl.* **-лок** shelf
полпути́: на полпути́ halfway
по́лный *sht.fm.* **-лон, -лна́, -лно** full, complete, perfect; stout
полови́на half
положи́ть see **класть** and **полага́ть**
полоса́ strip, stripe, band
полтора́, полторы́ *f.* one and a half
полугора́: на полугоре́ midway up (down) a hill
полуо́бруч half-hoop
полупо́днятый half-raised
полуразвали́вшийся half-ruined
полутёмный semi-dark
получа́ть/-и́ть receive, get
полу́чше a little better
полу́шка, *g.pl.* **-шек** quarter-copeck piece; **до после́дней полу́шки** to the last farthing
полы́нь *f.* wormwood
по́льза use, advantage, benefit
по́льзоваться, -уюсь, -уешься/вос- + *inst.* use, enjoy
полюби́ть see **люби́ть**
поме́длить see **ме́длить**
помере́щиться see **мере́щиться**
померкнуть see **меркнуть**
поме́шанный *sht.fm.* **-ан, -а, -о** mad, crazy; **поме́шанный на любви́** madly in love; *cf.* **меша́ться/по-**
поме́щик landowner
помину́тно every moment, constantly
по́мнить/за- remember
помога́ть/помо́чь, -гу́, -жешь...-гут; -мо́г, -гла́ + *dat.* help
помолча́ть see **молча́ть**
помота́ть see **мота́ть**
по́мочи *pl.* only, **-ей** braces, suspenders
помо́чь see **помога́ть**
помо́щник assistant
по́мощь *f.* help
помпо́н pompon
по-настоя́щему really, truly
понести́, понести́сь see **носи́ть, носи́ться**
понима́ть/поня́ть, -йму́, -ймёшь understand, realise
по-но́вому in a new way
поно́шенный *sht.fm.* **-шен, -а, -о** shabby, threadbare
понука́ть urge on
поня́ть see **понима́ть**
пообе́дать see **обе́дать**
попада́ть/попа́сть, -паду́, -падёшь; -па́л, -а hit, get (to);

говоря́ что попа́ло saying whatever came to mind
поползти́ see **по́лзать**
попо́на horse-blanket
поправля́ть/попра́вить, -влю, -вишь correct, put right, (re-)adjust, sort out
попре́жнему as before, as usual
попроси́ть see **проси́ть**
попроща́ться see **проща́ться**
по-пти́чьему like a bird
попуга́й parrot
попыта́ться see **пыта́ться**
пора́ (it is) time; **поро́й, поро́ю** at times; **в э́ту по́ру** at this time; **в по́ру** + *gen.* during; **до э́той поры́** up to that time; **до сих пор** till now; **с тех са́мых пор** ever since that time
поравня́ться *pf.* with **с** + + *instr.* draw level with, come up to
поража́ть/порази́ть, -жу́, -зи́шь strike, impress
поро́г threshold
поро́к vice; defect
по́росль *f.* shoots, suckers; thicket
по́ртить, -чу, -тишь/ис- spoil; **испо́рченный** *p.p.p.*
порто́вый *adj.* from port
портье́ *indecl. arch.* porter
поры́в gust, rush; burst, fit
поря́док, -дка order; *pl.* ways
поря́дочный *sht.fm.* **-чен, -чна, -чно** honest, respectable; rather good; considerable
по-сво́ему in his (my etc) own way
посвяща́ть/посвяти́ть, -щу́, -ти́шь + *dat.* devote to, give up; **-ся** devote oneself, be dedicated to
поселя́ться/-и́ться settle down
по-сицилиа́нски in the Sicilian manner
поскучне́ть *pf. coll.* become dull, overcast
после́дний, -яя, -ее last, latest, ultimate
послу́шать see **слу́шать**
послы́шаться see **слы́шаться**
поспеша́ть *ipf. arch.* hurry
поспеши́ть see **спеши́ть**
поспе́шный *sht.fm.* **-шен, -шна, -шно** hurried, hasty
пост fast; **Вели́кий пост** Lent
поста́вить see **ста́вить**
постепе́нно gradually
постоя́лый двор *arch.* inn
постри́чься see **стри́чься**
постро́йка, *g.pl.* **-о́ек** building
по-студе́нчески like a student
поступа́ть, -и́ть, -плю́, -пишь act, behave; enter
посты́дный *sht.fm.* **-ден, -дна, -дно** shameful
посу́да no *pl.* dishes, crockery; vessel
пот sweat; **в поту́** covered in sweat
потемне́ть see **темне́ть**
потеря́ть see **теря́ть**
поте́чь see **течь**
потира́ть *coll.* rub
пото́м then, subsequently
потому́ therefore; **потому́ что** because
потону́ть see **тону́ть**
потрёпанный *sht.fm.* **-ан, -а, -о** shabby; seedy
потуши́ть see **туши́ть**
потоло́к, -лка́ ceiling
потяну́ться see **тяну́ться**
по-францу́зски in French
похме́лье hangover; **быть с похме́лья** have a bad head
походи́ть see **ходи́ть**
похо́жий *sht.fm.* **-хо́ж, -а, -е** with **на** + *acc.* like, similar; **бы́ло похо́же, что** it looked as if
поцелова́ть see **целова́ть**
почему́-то for some reason

почёт honour, respect
почти́ almost
почти́тельность *f.* respectfulness, deference
почти́тельный *sht.fm.* **-лен, -льна, -льно** respectful, deferential; **почти́тельнейший** *sup.*
почто́вый *adj.* from **по́чта** post
почу́вствовать see **чу́вствовать**
по́шлый *sht.fm.* **пошл, -а́, -о** commonplace, trite, banal; **пошле́йший** *sup.*
пою́, пою́щий see **петь**
появля́ться/появи́ться, -влю́сь, -ви́шься appear, show oneself
по́яс, *n.pl.* **-а́** belt; **по по́яс** to the waist
поясне́ние explanation; **в поясне́ние** by way of explanation
пра́вда truth; it is true; *adv.* admittedly
пра́вильный *sht.fm.* **-лен, -льна, -льно** correct, right; regular
пра́вить, -влю, -вишь + *instr.* steer, hold the reins
пра́внук great-grandson
пра́во right *n.*; **име́ть по́лное пра́во** be fully entitled to; *adv.* admittedly
правота́ rightness; correctness
пра́вый *sht.fm.* **прав, -а́, -о** right, true
пра́здник holiday
пра́здничный *sht.fm.* **-чен, -чна, -чно** festive, holiday *adj.*
прах *arch.* dust; **всё пошло́ пра́хом** everything went to rack and ruin
превозмога́ть/превозмо́чь, -гу́, -жешь...-гут; -мо́г, -ла́ overcome
превосходи́тельство Excellency (rank)
превраща́ть/преврати́ть, -щу́, -ти́шь change, convert into, reduce to
предава́ться, -даю́сь, -даёшься/преда́ться, -да́мся, -да́шься, -да́стся etc. see **дава́ть/дать,** + *dat.* give oneself up to, surrender to
преда́нье (-ие) tradition, legend
предвече́рний час the late afternoon
предзака́тный before sunset
предложе́ние suggestion, proposal
предме́т object
представи́тель *m.* representative
представля́ть/предста́вить, -влю, -вишь represent, introduce; **предста́вленный** *p.p.p.*; **предста́вить себе́** imagine; **-ся** *intr.*
предупрежда́ть/предупреди́ть, -жу́, -ди́шь warn; anticipate
пре́жде before, first; **пре́жде всего́** first of all
пре́жний, -яя, -ее former, previous
преиспо́дняя, -ей nether regions
прекра́сный *sht.fm.* **-сен, -сна, -сно** beautiful, fine
прекраща́ться/прекрати́ться, -щу́сь, -ти́шься end, cease
преле́стный *sht.fm.* **-тен, -тна, -тно** charming
преоблада́ть predominate, prevail
престо́л throne; altar
престра́нный *coll.* most odd
при + *prep.* at, by; for, with; **при вхо́де** at the entrance; **при тако́й красоте́** with such good looks

прибавля́ть/приба́вить, -влю, -вишь add

прибега́ть/прибежа́ть, -гу́, -жи́шь...-гу́т with **к** + *dat.* come running; resort to

приблизи́тельно approximately

приближа́ться/прибли́зиться, -жусь, -зишься with **к** + *dat.* approach, draw near

прива́ливать/привали́ть come alongside

приве́т greeting(s); welcome; **приве́тственный** *adj.*

приве́тствовать, -ую, -уешь *ipf.* and *pf.* greet, welcome; **приве́тствовать с благополу́чным прибы́тием** congratulate on his safe arrival

приводи́ть, -жу́, -дишь/привести́, -веду́, -ведёшь; -вёл, -а́ bring; **привести́ в поря́док** put in order

привыка́ть/привы́кнуть, past **привы́к, -ла** with **к** + *dat.* become accustomed to; **привы́кший** *p.p.a.*

привы́чный *sht.fm.* **-чен, -чна, -чно** customary, usual; **привы́чно** in his usual manner

приготовле́ние preparation

приде́рживать/придержа́ть, -жу́, -жишь hold down

придётся see **приходи́ться**

придира́ть/придра́ть, -деру́, -дерёшь press, smooth down

приезжа́ть/прие́хать, -е́ду, -е́дешь come, arrive

прие́зжий, -его arrival, visitor

прийти́, прийти́сь see **приходи́ть, приходи́ться**

прижима́ть/прижа́ть, -жму́, -жмёшь with **к** + *dat.* press to, down

прика́зчица shop-assistant *f.*

прикла́дывать/приложи́ть put to, apply

прикрыва́ть/прикры́ть, -кро́ю, -кро́ешь cover, screen; **прикры́тый** *p.p.p.*

прили́в flood; access, surge

прили́чный *sht.fm.* **-чен, -чна, -чно** decent, respectable

приложи́ть see **прикла́дывать**

примире́ние reconciliation

принадлежа́ть, -жу́, -жи́шь + *dat.* belong to

принима́ть/приня́ть, -му́, -мешь accept, receive, take; **приня́ть ме́ры** take steps; **при́нятый** *p.p.p.*; **при́нято** + *infin.* it is customary

приноси́ть, -шу́, -сишь/принести́, -несу́, -несёшь; -нёс, -ла́ bring

принц prince

приобрета́ть/приобрести́, -ту́, -тёшь; -брёл, -а́ acquire

приобща́ться/-и́ться join, communicate

приостана́вливаться/приостанови́ться, -влю́сь, -вишься pause, halt for a short while

приотворя́ть/-и́ть open slightly; set ajar

припи́сывать/приписа́ть, -шу́, -шешь with **к** + *dat.* ascribe

приподнима́ться/приподня́ться, -ниму́сь, -ни́мешься raise oneself (a little)

припу́дривать/припу́дрить powder; **припу́дренный** *p.p.p.*

приседа́ть/присе́сть, -ся́ду, -ся́дешь; -се́л, -а squat

прислу́га maidservant; the servants

приставля́ть/приста́вить, -влю, -вишь assign, appoint to look after

при́стальный fixed, intent; **при́стально смотре́ть** stare, look intently at
при́стань *f.* landing-stage
приступа́ть/-и́ть, -плю́, -пишь with **к** + *dat.* embark upon, begin; **приступа́ть к жи́зни** start one's life
пристя́жка, *g.pl.* **-жек** outrunner, sidehorse
притво́рный *sht.fm.* **-рен, -рна, -рно** feigned, pretended
прито́н den, haunt
приходи́ть, -жу́, -дишь/прийти́, -йду́, -йдёшь; -шёл, -шла́ come, arrive; **прийти́ в поря́док** resume the semblance of order
приходи́ться/прийти́сь *imp.* have to, happen to: **ему́ пришло́сь** he had to, happened to
причёсывать/причеса́ть, -шу́, -шешь brush one's hair; **причёсанный** *p.p.p.* groomed
причёска, *g.pl.* **-сок** coiffure, hair-do
причи́на cause, reason; **по причи́не** + *gen.* by reason of
прию́т shelter, refuge
прия́тель *m.* friend
прия́тный *sht.fm.* **-тен, -тна, -тно** pleasant, agreeable
про + *acc.* about; **говори́ть про себя́** talk to oneself
пробега́ть/пробежа́ть, -гу́, жи́шь...-гу́т run by, through; skim through
пробормота́ть see **бормота́ть**
пробри́тый see **брить**
пробужда́ть/пробуди́ть, -жу́, -ди́шь arouse, awake
прова́ливаться/провали́ться, collapse; become hollow
проводи́ть, -жу́, -дишь/провести́, -веду́, -ведёшь; -вёл, -а́ hold, conduct; spend; **провёл руко́й по голове́** passed his hand over his head
провожа́ть/проводи́ть, -жу́, -дишь see off, accompany
прогля́дывать/прогляну́ть peep out
progова́ривать/проговори́ть say, utter
продава́ть, -даю́, -даёшь/прода́ть, -да́м, -да́шь, -да́ст etc., see **дава́ть/дать,** sell
проде́лывать/проде́лать do, make, perform
прожива́ть/прожи́ть, -иву́, -ивёшь live, reside
прожива́ться/прожи́ться, -ву́сь, -вёшься spend all one's money
прозра́чный *sht.fm.* **-чен, -чна, -чно** transparent
проигрывать/проигра́ть lose
происходи́ть, -жу́, -дишь/произойти́, -йду́, -йдёшь; -шёл, -шла́ originate, occur; **с ним что́-то произошло́** something has happened to him
происше́ствие occurence, incident
пройти́ see **проходи́ть**
пролёт flight; span; **в пролёте у́лицы** at the far end of the street
пролета́ть/пролете́ть, -чу́, -ти́шь fly past, through; dash past
пролётка, *g.pl.* **-ток** cab (open four-wheeler with two seats, usually one horse)
пронзи́тельный *sht.fm.* **-лен, -льна, -льно** piercing, strident
проноси́ться, -шу́сь, -сишься/пронести́сь, -несу́сь, -несёшься; -нёсся, -ла́сь shoot past, sweep past

пропада́ть/пропа́сть, -паду́, -падёшь; -па́л, -а be missing, vanish; perish
проплесневе́ть, -е́ю, -е́ешь *pf.* become mouldy through and through
просве́рливать/просверли́ть bore, drill; **просве́рленный** *p.p.p.*
просве́т clear space (sky)
проси́живать/просиде́ть, -жу́, -ди́шь sit (for a specified lenght of time); wear out by sitting
проси́ть, -шу́, -сишь/по- ask (for), beg
просма́ливать/просмоли́ть tar, impregnate with tar; **просмолённый** *p.p.p.*
просну́ться see **просыпа́ться**
простéнок, -нка pier (between two windows)
простира́ться/простере́ться, -стру́сь, -стрёшься; -стёрся, -лась stretch, range, sweep
прости́ть, прости́ться see **проща́ть, проща́ться**
просто́й *sht.fm.* **прост, -а́, -о** simple, plain; straightforward
простра́нствовать, -ую, -уешь *pf.* journey
просыпа́ться/просну́ться wake up
протека́ть/проте́чь, -теку́, -течёшь...-теку́т; -тёк, -ла́ run, flow past/through; **проте́кший** *p.p.a.*
про́тив + *gen.* against, opposite
противоре́чить contradict
протя́гиваться/протяну́ться stretch out
проходи́ть, -жу́, -дишь/пройти́, -йду́, -йдёшь; -шёл, -шла́ pass, go by, elapse
проче́сть see **чита́ть**
про́чий other; **ме́жду про́чим** by the way, in passing
про́чность *f.* solidity, firmness, durability
про́чный *sht.fm.* **-чен, -чна́, -чно** solid, firm, lasting
прошепта́ть see **шепта́ть**
про́шлый past, last
проща́ть/прости́ть, -щу́, -сти́шь forgive, excuse
проща́ться/прости́ться and **попроща́ться** say good-bye; be forgiven
проявля́ть/прояви́ть, -влю́, -вишь reveal, manifest; **проявля́емый** *pres.p.p.*
пруд pond; **в пруду́**
прудо́вка = прудова́я вода́ pond water
пры́гать/по-, пры́гнуть jump
пры́щик *dim.* of **прыщ** pimple
пря́дать/пря́нуть *arch.* jump; move
прямо́й *sht.fm.* **прям, -а́, -о** straight, direct, upright; **пря́мо** absolutely, really, positively
пря́ный *sht.fm.* **прян, -а́, -о** spicy
пти́чий, -ья, -ье bird *adj.*, bird's
пу́говица button
пузы́рь *m.* bubble; bladder; **пузы́рь со льдом** ice-bag
пук wisp; bundle
пусто́й *sht.fm.* **пуст, -а́, -о** empty; deserted
пустота́ emptiness; void
пусты́ня desert, wasteland
пусть let him etc.; **пусть да́же** even if
пустя́к trifle, triviality; trifling sum
пу́таница confusion, entanglement, jumble
пу́таться become confused, entangled

путеше́ственник traveller; **путеше́ственница** *f.*
путеше́ствие journey
путеше́ствовать, -ую, -уешь travel
путь, -ти́, -тём, *m.* path, journey; **в пути́** during his journey, when travelling; **на пути́** in his path
пушо́к, -шка́ down; bloom
пыла́ть/за- flame, blaze
пыль *f.* dust
пы́льный *sht.fm.* **-лен, -льна́, -льно** dusty
пыта́ться/по- try, endeavour
пытли́вый *sht.fm.* **-ли́в, -а, -о** inquisitive, searching
пья́ный *sht.fm.* **пьян, -а́, -о** drunk, intoxicated
пята́ heel; **до пят** that reached down to their heels
пя́тый fifth; **в пя́том часу́** between four and five o'clock

Р

рабо́та work; *pl.* works, factories
рабо́тать/по- work
ра́бский slavish; **ра́бски** slavishly
равноду́шный *sht.fm.* **-шен, -шна, -шно** indifferent
равня́ться/с- with **с** + *instr.* compete, draw level with
рад, -а, -о glad
ра́ди + *gen.* for sake of
ра́довать, -ую, -уешь/об- make happy; **-ся** + *dat.* be, become, glad, rejoice at
ра́дость *f.* joy, gladness
раду́шный *sht.fm.* **-шен, -шна, -шно** jovial, cordial
раз once; **не раз** more than once; *conj.* since, now
разбега́ться/разбежа́ться, -гу́сь, -жи́шься...-гу́тся scatter, disperse
разбо́йник brigand
разва́ливать/развали́ть churn up
разва́риваться/развари́ться boil soft, stew *intr.*
ра́зве (with questions) after all, really
развева́ться/разве́яться disperse; flutter, fly
развлека́ться/развле́чься, -ку́сь, -чёшься...-ку́тся; -влёкся, -ла́сь amuse oneself, have a good time
развлече́ние entertainment, diversion
разводи́ть, -жу́, -дишь/развести́, -веду́, -ведёшь; -вёл, -а́ separate; raise, stir up
разгова́ривать talk, converse
разгова́риваться/разговори́ться have a lively conversation
разгово́р conversation
раздава́ться, -даю́сь, -даёшься/разда́ться, -да́мся, -да́шься, -да́стся etc., see **дава́ть/дать,** resound, be heard
разда́вливать/раздави́ть, -влю́, -вишь crush, squash; **разда́вленный** *p.p.p.*
раздраже́ние irritation
разжима́ть/разжа́ть, -ожму́, -ожмёшь unclench, unlock
разлива́ть/разли́ть, -олью́, -ольёшь pour out, serve up
разлива́ться/разли́ться pour forth; spread; overflow
разлу́ка separation, parting
разлуча́ть/-и́ть separate, part; **-ся** *intr.*
разма́хивать swing, roll from side to side

разме́ренный *sht.fm.* **-рен, -а, -о** measured
размета́ть/размести́, -мету́, -метёшь; -мёл, -á sweep
размо́лвка, *g.pl.* **-вок** disagreement
размыва́ть/размы́ть, -мо́ю, -мо́ешь wash away; erode; **размы́тый** *p.p.p.*
размышле́ние reflection, meditation
разнообра́зный *sht.fm.* **-зен, -зна, -зно** various, diverse
разноси́ть, -шу́, -сишь/разнести́, -несу́, -несёшь; -нёс, -ла́ carry, deliver
разно́счик hawker, pedlar
разойти́сь see **расходи́ться**
разреше́ние permission
разрисо́вывать/разрисова́ть, -у́ю, -у́ешь cover with drawings; paint; **разрисо́ванный** *p.p.p.*
разрыва́ться/разорва́ться, -орву́сь, -орвёшься burst, explode
разряжа́ть/разряди́ть, -жу́сь, -дишься dress up, array; **разря́женный** *p.p.p.*
ра́зум reason, intelligence
разуме́ется of course, it goes without saying
разуме́нис *arch.* understanding
разу́мный *sht.fm.* **-мен, -мна, -мно** reasonable, judicious
разъе́зд departure; *pl.* travel, journeyings
разъезжа́ться/разъе́хаться, -е́дусь, -е́дешься depart, separate; pass
ра́нний, -яя, -ее early; **ра́но** *adv.*; **ра́ньше** *comp.*
раска́лываться/расколо́ться split, crack
раскаля́ть/-и́ть make burning hot; **раскаля́емый** *pres.p.a.*; **раскалённый** *p.p.p.*
раски́дывать/раски́нуть stretch, spread; **раски́дываться/раски́нуться** *intr.*
раскла́ниваться/раскла́няться with **с** + *instr.* make one's bow, exchange greetings with
раско́лоться see **раска́лываться**
раскрыва́ть/раскры́ть, -кро́ю -кро́ешь open, discover; reveal; **раскры́тый** *p.p.p.*; **раскры́тая голова́** a bared head
распа́хивать/распахну́ть fling open wide; **распа́хиваться/распахну́ться** swing open, fly open
распространя́ть/-и́ть spread, diffuse; **распространённый** *p.p.p.*
распуска́ть/распусти́ть, -щу́, -стишь let loose, spread; **распу́щенный** *p.p.p.* flowing, dishevelled
рассве́т dawn
рассе́янность *f.* absent-mindedness, distraction
рассе́янный *sht.fm.* **-ян, -а, -о** absent-minded
расска́зывать/рассказа́ть, -жу́, -жешь tell, narrate
рассма́тривать/рассмотре́ть, -рю́, -ришь examine, consider
рассо́вывать/рассова́ть, -ую́, -уёшь stuff into, thrust at
расстава́ться, -стаю́сь, -стаёшься/расста́ться, -ста́нусь, -ста́нешься part, separate
расстро́йство confusion; **привести́ в по́лное расстро́йство** throw into utter confusion
расступа́ться/-и́ться, -плю́сь, -пишься part, open up; **лес расступи́лся** the forest opened up, the trees receded

растворя́ть/-и́ть open wide, fling open
растеря́ться *pf.* become lost, utterly confused
расти́, -сту́, -стёшь; рос, -ла́/вы́- grow *intr.*
раста́птывать/растопта́ть trample; **расто́птанный** *p.p.p.* trodden down, worn out
расторо́пный *sht.fm.* **-пен, -пна, -пно** prompt, efficient
расходи́ться, -жу́сь, -дишься/разойти́сь, -йду́сь -йдёшься; -ошёлся, -ошла́сь disperse, part; **дождь разошёлся** it started raining heavily
расчища́ть/расчи́стить, -щу́, -стишь clear away, clear up; **расчи́щенный** *p.p.p.*; **-ся** *intr.*
расша́ркиваться/расша́рkаться scrape one's feet; be obsequious
рвану́ться *pf. coll.* rush, dash
рва́ный torn
ребёнок, -нка, *pl.* **ребя́та, -я́т** and **де́ти, -е́й** child
реде́ть, -е́ю, -е́ешь/по- grow thin; **дождь реде́л** the rain became lighter
ре́дкий *sht.fm.* **-док, -дка́, -дко** rare, scanty, thin, sparse; unusual
ре́дкость *f.* rarity; **на ре́дкость чуде́сный** exceptionally wonderful
ре́зать, -жу, -жешь/за- kill, slaughter
ре́звый *sht.fm.* **резв, -а́, -о** frisky
рези́новый rubber *adj.*
ре́зкий *sht.fm.* **-зок, -зка́, -зко** sharp; harsh, abrupt
резо́н *coll.* reason
река́ river
рели́квия relic
рельс and **ре́льса,** *g.pl.* **рельс** rail
реме́нь, -мня́ strap
ресни́ца eye-lash
речно́й *adj.* from **река́** river
ре́чка, *g.pl.* **-чек** rivulet
реша́ть/-и́ть decide, solve
реши́тельный *sht.fm.* **-лен, -льна, -льно** decisive; resolute
ржа́вый rusty
ржано́й *adj.* from **рожь** rye; **ржано́й дух** the scent of the rye
Ривье́ра Riviera
ри́за riza (metal plate covering an icon), chasuble
Рим Rome
рисова́ться, -у́юсь, -у́ешься pose, show off
ро́бкий *sht.fm.* **-бок, -бка́, -бко** timid
ро́бость *f.* timidity
ро́вный *sht.fm.* **-вен, -вна́, -вно** even, level; **ро́вно ничего́** absolutely nothing
род family; birth
рожда́ть/роди́ть, -жу́, -ди́шь give birth; **рождённый** *p.p.p.* born
Рождество́ Christmas; **под Рождество́** just before Christmas
рожо́к, -жка́ gas-burner
рожь, ржи rye
розове́ть, -е́ю, -е́ешь/по- turn, show pink
ро́зовый *sht.fm.* **-ов, -а, -о** pink
роль *f.* role, part
рос see **расти́**
ро́слый tall, sturdy
рост growth, height; **по ро́сту** on account of his height; **дава́ть (де́ньги) в рост** lend out money on interest
ро́стбиф roast beef
рот, рта mouth; **во рту́**

руба́шка, *g.pl.* **-шек** shirt
рубе́ж boundary, border-line
рубль *m.* ruble
рука́ hand, arm; **не покладая рук** indefatigably; **наложи́ть ру́ки на себя́** lay hands on oneself
рука́в, *n.pl.* **-а́** sleeve
руле́тка, *g.pl.* **-ток** roulette
румя́нить/на- redden; paint red; **нарумя́ненный** *p.p.p.*
ру́чка, *g.pl.* **-чек** *dim.* of **рука́** hand, arm; handle; arm (of chair)
ры́ба fish
рыба́лка, *g.pl.* **-лок** *reg.* gull
рыда́ть/по-, за- sob
ры́жий red, red-haired
ры́нок, -нка market
рысца́: рысцо́й at a jog-trot
ряби́ть, -блю́, -бишь/за- ripple

С

с + *acc.* about; **с неде́лю** for about a week; + *gen.* down from, off, from; + *instr.* with
сад garden; orchard; **в саду́**
сади́ться, -жу́сь, -ди́шься/сесть, ся́ду, ся́дешь: сел, -а sit down; board
садо́к, -дка́ cote, hutch
сало́н salon; saloon
сам, -а́, -о́, *pl.* **-и** myself, yourself etc. (emphatic pronoun); **сам собо́ю** on its own accord
самова́р samovar; **спроси́ть самова́р** order the samovar
самолю́бие self-esteem, pride
самочу́вствие condition; **хоро́шее самочу́вствие** sense of well-being
са́мый the very, right on etc.; **у са́мой воды́** right by the water; **тот (же) са́мый** the very one, the same; **са́мый** (before an adjective) most; **са́мый отбо́рный** the most select
сапо́г, *g.pl.* **сапо́г** (high) boot; **сапожо́к, -жка́** *dim.*
са́хар, -а and **-у** sugar
сбива́ть/сбить, собью́, -бьёшь knock off, down; whisk up, churn; **сби́тые башмаки́** boots worn down at the heels; **сби́тая гри́ва** matted mane
сбор assemblage; **все в сбо́ре** all are assembled
сбра́сывать/сбро́сить, -шу, -сишь throw down, drop
сбыва́ть/сбыть, сбу́ду, сбу́дешь sell, get rid of
сва́ливать/свали́ть dump, toss; **свали́ть с плеч** shrug off one's shoulders
сва́ливаться/свали́ться with **на** + *acc.* befall
сведённый see **своди́ть**
све́жесть *f.* freshness, coolness
све́жий *sht.fm.* **свеж, -а́, -о́** fresh, cool
све́рстник coeval
свёрточек, -чка *dim.* of **свёрток** package, bundle
сверх + *gen.* above, beyond
сверчо́к, -чка́ cricket
свет world; light
света́ть *imp.*: **света́ет** day is dawning
свети́ть, -чу́, -тишь/по- shine, give light
светле́ть, -е́ю, -е́ешь/по- brighten, clear up
све́тло-се́рый light grey
све́тлый *sht.fm.* **-тел, -тла́, -тло** light, bright
свеча́ candle

свида́ние meeting, rendezvous
свинцо́вый leaden, leaden-coloured
свиса́ть/сви́снуть, past **свис, -ла** hang down
свиста́ть, -щу́, -щешь/по- and **свисте́ть, -щу́, -стишь/по-, сви́стнуть** whistle
свисту́н whistler
свобо́дный *sht.fm.* **-ден, -дна, -дно** free; spare
своди́ть, -жу́, -дишь/свести́, сведу́, сведёшь; свёл, -а́ bring down; bring together; **своди́ть разгово́р на любо́вь** bring the conversation round to love; **сведённый лес** *reg.* a forest that had been cleared
сво́йственный *sht.fm.* **-вен, -нна, -нно** + *dat.* peculiar to
святи́лище sanctuary
свято́й *sht.fm.* **свят, -а́, -о** holy, sacred; *n.* saint
сгиба́ться/согну́ться bend down, stoop; **сиде́ть согну́вшись** huddle
сда́вливать/сдави́ть, -влю́, -вишь squeeze; choke
сдвига́ть/сдви́нуть move away; push together; **сдви́нуть бро́ви** knit one's eyebrows
се́вер north
се́верный northerly; **«Се́верный по́люс»** 'The North Pole'
се́вши see **сади́ться**
сего́дня today; on that day
седёлка, *g.pl.* **-лок** pad (part of harness)
седина́ grey hair
седло́, *pl.* **сёдла, сёдел** saddle
седо́й grey(-haired)
сей, сия́, сие́, *pl.* **сии́** *arch.* this
сейча́с at once; now; **как сейча́с** as if it were now
семисве́чник seven-armed candelabrum
семья́ family
се́мя, -мени, -менем, -мени, *pl.* **-мена́, -мя́н, -мена́м** *neut.* seed, grain
се́ни, *pl.* only **-е́й** passage (in an *izba*); **се́нцы, -ев,** *dim.*
се́но hay
сенте́нция maxim
се́рдце, *g.pl.* **-де́ц** heart; **без се́рдца** heartless
сердцебие́ние palpitation
серебри́сто-жемчу́жный silvery-pearly
серебри́стый *sht.fm.* **-и́ст, -а, -о** silvery
серебро́ silver; **сере́бряный** *adj.*
серена́да serenade
сере́ть, -е́ю, -е́ешь/по- turn grey; show grey
се́ро-зелёный grey-green
се́рый *sht.fm.* **сер, -а́, -о** grey; **се́ренький** *dim.*
серьёзный *sht.fm.* **-зен, -зна, -зно** serious, grave
сесть see **сади́ться**
сеть *f.* net
сечь, -ку́, -чёшь...-ку́т; сёк, -ла́/по- flog, lash
се́ять, се́ю, се́ешь/по- scatter, sow; **начина́л се́ять дождь** rain began to fall
сжима́ть/сжать, сожму́, сожмёшь squeeze, wring, compress
си́вый *sht.fm.* **сив, -а́, -о** grey, greyish
сига́ра cigar; **сига́рный** *adj.*
сигна́л signal, call
сиде́ть, -жу́, -ди́шь/по- sit; stay behind
си́зый *sht.fm.* **сиз, -а́, -о** dove-coloured, grey; (of the skin, face) *coll.* ruddy, florid

си́ла strength, force; **и́зо всех сил** with all his might
си́льный *sht.fm.* **-лен, -льна́, -льно** strong, intense; heavy
синева́ (dark) blue colour
си́ний, -яя, -ее dark blue
синьо́р signor; Italian *n.*
сипе́ть, -плю́, -пишь hiss
сире́на siren
сицили́ец, -ли́йца Sicilian *n.*
сия́ние radiance, aureole
сия́ть, -я́ю, -я́ешь/за- shine, beam
сказа́ть, сказа́ться see **говори́ть, говори́ться**
ска́зочный *sht.fm.* **-чен, -чна, -чно** fabulous, improbable
скала́ rock, cliff
скали́стый *sht.fm.* **-и́ст, -а, -о** rocky
скаме́ечка, *g.pl.* **-чек** *dim.* from **скаме́йка** bench; **но́жна́я скаме́ечка** wooden patten
скат slope, descent
ска́терть *f.* table-cloth
сква́жина chink, slit; **дверна́я сква́жина** keyhole
сквозь + *acc.* through
сквози́ть, -жу́, -зи́шь/за- be seen through; be transparent
склон slope
склоня́ть/-и́ть incline, bend
скользи́ть, -жу́, -зишь/за- slip, slide
ско́льзкий *sht.fm.* **-зок, -зка́, -зко** slippery
ско́лько + *gen.* how much/many; **ско́лько ни** however much
сконча́ние passing away; *arch.* end
ско́ро quickly; soon; **скоре́й (-е́е) всего́** most probably
скорогово́рка patter, rapid speech; **говори́ть скорогово́ркой** talk rapidly
скот cattle
скрипе́ть, -плю́, -пи́шь/по-, за- creak, crunch
скрипу́чий creaking, rasping
скро́енный see **кро́ить**
скро́мный *sht.fm.* **-мен, -мна́, -мно** modest; **скромне́йший** *sup.*
скрыва́ть/скры́ть, скро́ю, скро́ешь hide
скрыва́ться/скры́ться hide *intr.*, vanish
ску́чный *sht.fm.* **-чен, -чна́, -чно** dull, tedious; depressing; **мне ску́чно** I am bored, feel lonely
слабе́ть, -е́ю, -е́ешь/о- grow weak(er), slacken
сла́бость *f.* weakness
сла́бый *sht.fm.* **слаб, -а́, -о** weak, faint
сла́ва glory, fame
сла́дкий *sht.fm.* **-док, -дка́, -дко** sweet
сла́достный *sht.fm.* **-тен, -тна, -тно** sweet, delightful; **сла́достно-бессты́дный** luscious and brazen
сла́дость *f.* sweetness; delights
сла́сти *pl.* only, **-е́й** sweets, sweetmeats
сле́ва on/from the left
слегка́ somewhat, slightly, gently
след track, trace
следи́ть, -жу́, -ди́шь with **за** + *instr.* watch, follow
сле́дует + *dat.* and *infin.* ought; **как сле́дует** properly, 'comme il faut'
сле́дующий following, next
слеза́, *n.pl.* **слёзы** tear; **до слёз** until they cried; till the tears come
слета́ть/слете́ть, -чу́, -ти́шь fly off, fall off
слива́ться/сли́ться, солью́сь, -льёшься blend merge; **сли́тый** *p.p.p.*

сли́шком too (much etc.)
сло́вно as if
сло́во word
сложе́ние constitution, build; **удиви́тельного сложе́ния блонди́нка** a blonde with a striking figure
сло́жный *sht.fm.* **-жен, -жна́, -жно** complicated, intricate, elaborate
слуга́ servant
служи́ть/по- serve; **служи́ть моде́лью** serve as a model
слу́чай, -ая, case, occasion; **ни в како́м слу́чае** on no account
случа́йность *f.* chance, fortuity; **по чи́стой случа́йности** by the merest chance
случа́ться/-и́ться with **с** + *instr.* happen (to)
слу́шать/по- listen
слыть, слыву́, слывёшь with **за** + *acc.* be reputed to be
слы́шать/у- hear; **слы́шаться/по-** be heard
сля́коть *f.* mire, slush
сма́чивать/смочи́ть moisten, wet
сме́ртный *sht.fm.* **-тен, -тна́, -тно** mortal, deathly
смерть *f.* death
смета́на sour cream
смех laughter
смешно́й *sht.fm.* **-шо́н, -шна́, -шно́** funny; ridiculous, absurd
смея́ться, -ею́сь, -еёшься/за- laugh
смире́нно-ра́достный meekly joyful
смиря́ться/-и́ться submit; abate
смо́кинг dinner-jacket
смолка́ть/смо́лкнуть, past **смолк, -ла** and **-нул, -а** grow/fall silent
смоляно́й jet-black
смо́рщенный *sht.fm.* **-щен, -а, -о** wrinkled, furrowed
смотре́ть, -рю́, -ришь/по- + *acc.* watch, look over; with **в/на** + *acc.* look at
смочи́ть see **сма́чивать**
сму́гло-жёлтый swarthy yellow
сму́глый *sht.fm.* **смугл, -а́, -о** swarthy, dark
сму́тный *sht.fm.* **-тен, -тна́, -тно** vague, dim, blurred
смысл sense, meaning
сна see **сон**
снасть *f.* tackle, rigging
снача́ла at first
снег snow
сни́зка, *g.pl.* **-зок** string (of beads)
снима́ть/снять, сниму́, сни́мешь take down/off
сно́ва again, anew
«Сня́тие со креста́» *Descent from the Cross*
соба́ка dog; **соба́чка,** *g.pl.* **-чек** *dim.*
собира́ться/собра́ться, -беру́сь, -берёшься collect, assemble; + *infin.* prepare to, be about to
собо́р cathedral
собственнору́чно with his own hands
со́бственный own
сова́ть, сую́, суёшь/су́нуть, put, thrust
соверша́ть/-и́ть accomplish, perform, carry out
соверша́ться/-и́ться happen, be performed
соверше́нно absolutely, perfectly, utterly
со́весть, *f.* conscience; **с со́вестью** moderately, reasonably
совоку́пность *f.* totality; **в совоку́пности своéй** in their combined strength
совпаде́ние coincidence

сли́шком too (much etc.)
сло́вно as if
сло́во word
сложе́ние constitution, build; **удиви́тельного сложе́ния блонди́нка** a blonde with a striking figure
сло́жный *sht.fm.* **-жен, -жна́, -жно** complicated, intricate, elaborate
слуга́ servant
служи́ть/по- serve; **служи́ть моде́лью** serve as a model
слу́чай, -ая, case, occasion; **ни в како́м слу́чае** on no account
случа́йность *f.* chance, fortuity; **по чи́стой случа́йности** by the merest chance
случа́ться/-и́ться with **с** + *instr.* happen (to)
слу́шать/по- listen
слыть, слыву́, слывёшь with **за** + *acc.* be reputed to be
слы́шать/у- hear; **слы́шаться/по-** be heard
сля́коть *f.* mire, slush
сма́чивать/смочи́ть moisten, wet
сме́ртный *sht.fm.* **-тен, -тна́, -тно** mortal, deathly
смерть *f.* death
смета́на sour cream
смех laughter
смешно́й *sht.fm.* **-шо́н, -шна́, -шно́** funny; ridiculous, absurd
смея́ться, -ею́сь, -еёшься/за- laugh
смире́нно-ра́достный meekly joyful
смиря́ться/-и́ться submit; abate
смо́кинг dinner-jacket
смолка́ть/смо́лкнуть, past **смолк, -ла** and **-нул, -а** grow/fall silent
смоляно́й jet-black
смо́рщенный *sht.fm.* **-щен, -а, -о** wrinkled, furrowed
смотре́ть, -рю́, -ришь/по- + *acc.* watch, look over; with **в/на** + *acc.* look at
смочи́ть see **сма́чивать**
сму́гло-жёлтый swarthy yellow
сму́глый *sht.fm.* **смугл, -á, -о** swarthy, dark
сму́тный *sht.fm.* **-тен, -тна́, -тно** vague, dim, blurred
смысл sense, meaning
сна see **сон**
снасть *f.* tackle, rigging
снача́ла at first
снег snow
сни́зка, *g.pl.* **-зок** string (of beads)
снима́ть/снять, сниму́, сни́мешь take down/off
сно́ва again, anew
«Сня́тие со креста́» *Descent from the Cross*
соба́ка dog; **соба́чка,** *g.pl.* **-чек** *dim.*
собира́ться/собра́ться, -беру́сь, -берёшься collect, assemble; + *infin.* prepare to, be about to
собо́р cathedral
собственнору́чно with his own hands
со́бственный own
сова́ть, сую́, суёшь/су́нуть, put, thrust
соверша́ть/-и́ть accomplish, perform, carry out
соверша́ться/-и́ться happen, be performed
соверше́нно absolutely, perfectly, utterly
со́весть, *f.* conscience; **с со́вестью** moderately, reasonably
совоку́пность *f.* totality; **в совоку́пности свое́й** in their combined strength
совпаде́ние coincidence

срыва́ть/сорва́ть, -рву́, -рвёшь tear off
ссо́риться/по- quarrel
ссыла́ться/сосла́ться, -шлю́сь, -шлёшься with **на** + *acc.* refer to; plead, allege
ссыха́ться/ссо́хнуться, past **ссо́хся, -лась** shrink, shrivel; **ссо́хшийся** *p.p.a.*
ста́вить, -влю, -вишь/по- put, place
стака́н glass, tumbler
ста́лкиваться/столкну́ться with **с** + *instr.* collide with; be encountered
сталь *f.* steel
стан figure, stature
станови́ться, -влю́сь, -вишься/стать, ста́ну, -нешь take a stand, halt; become; **стать** only, begin
ста́нция station; **почто́вая ста́нция** post-stage
стара́ться/по- try
стари́к old man
стари́нный *sht.fm.* **-нен, -нна, -нно** ancient, old
старомо́дный *sht.fm.* **-ден, -дна, -дно** old-fashioned
стару́ха old woman
ста́рческий senile
ста́рый *sht.fm.* **стар, -á, -о** old; **ста́рший** older; elder; senior; **старе́йший** *sup.*; **ста́ренький** *coll. dim.*
стать see **станови́ться**
статья́, *g.pl.* **-е́й** article
ствол stem, trunk
стека́ться/сте́чься, -ку́сь, -чёшься...-ку́тся; стёкся, -ла́сь flock together, throng
стекло́, *pl.* **стёкла, -кол,** glass, pane
стекля́нный glass *adj.*
стена́ wall; **стенно́й** *adj.*
стена́ть *arch.* groan, moan
стенографи́стка, *g.pl.* **-ток** shorthand typist
стира́ть/стере́ть, сотру́, сотрёшь; стёр, -ла wipe off; wear away; **стёртый** *p.p.p.*
стих verse; *pl. coll.* poetry, poems
сто́йкий *sht.fm.* **-о́ек, -ойка́, -о́йко** steady, steadfast
столб column, post
столе́тний, -яя, -ее centuries-old
столо́вая, -ой dining-room
столпи́ться see **толпи́ться**
столь so (much etc.); **столь же** just as
сто́лько + *gen.* so much (many)
сторона́ side, direction; **в сто́рону** to one side; **со стороны́ на́ сторону** from side to side; **со всех сторо́н** from all sides
сторони́ться/по- + *gen.* avoid, keep away from
стоя́ть, -ою́, -ои́шь/по- stand
стоя́чий standing; **стоя́чий воротничо́к** stand-up collar
страда́ть/по- suffer; **стра́ждущий** *arch., pres.p.a.*
страни́ца page; **страни́чка,** *g.pl.* **-чек** *dim.*
стра́нность *f.* strangeness, oddity
стра́нный *sht.fm.* **-нен, -нна́, -нно** strange, odd
стра́стный *sht.fm.* **-тен, -тна́, -тно** passionate
страсть *f.* passion; **Стра́сти Госпо́дни** the Passion of Our Lord, Holy Week
страх fear, terror
стра́шный *sht.fm.* **-шен, -шна́, -шно** frightening, terrible
стрельба́ shooting; **стрельба́ в голубе́й** pigeon shooting
стри́жка haircut
стри́чься, -гу́сь, -жёшься... -гу́тся; стри́гся, -лась have one's hair cut

стро́гий *sht.fm.* **строг, -á -о** severe, strict
стро́йный *sht.fm.* **-о́ен, -ойна́, -о́йно** slender, well-composed
строка́ line; **стро́чка,** *g.pl.* **-чек** *dim.*
стру́нный string *adj.*
струя́ jet, stream; **стру́йка** *g.pl.* **-у́ек** *dim.* rivulet
студе́нческий *adj.* from **студе́нт** student
сту́жа intense cold; hard frost
стук knock, tap; **стук часо́в** ticking of the clock
сту́кать/сту́кнуть knock, rap, bang; **сту́каться/сту́кнуться** strike against, bump against
стул, *pl.* **-лья, -льев** chair
ступе́нь *f.* step; *arch.* place; **ступе́нька**; *g.pl.* **-нек** *dim.*
ступня́ (sole of the) foot
ступа́ть/-и́ть, -плю́, -пишь step
стуча́ть, -чу́, -чи́шь/по-, за- knock, make a noise
стыд shame
стыди́ться, -жу́сь, -ди́шься/по- + *gen.* be ashamed of
стыть, сты́ну, -нешь/о- grow cool, cold
стя́гивать/стяну́ть tighten, draw up; pull off; **стя́нутый** *p.p.p.*
су́дарь *arch.* sir
судомо́йня scullery
су́дорожный *sht.fm.* **-жен, -жна, -жно** convulsive
судьба́, *g.pl.* **-деб** fate, destiny
суждено́ + *dat.* and *infin.* be destined to
суета́ fuss, bustle; vanity
су́етный *sht.fm.* **-тен, -тна, -тно** bustling; vain
сумасше́дший mad; *n.* madman
су́мерки *pl.* only, **-рек** dusk, twilight
суме́ть see **уме́ть**
су́мка, *g.pl.* **-мок** bag, pouch
су́мрачный *sht.fm.* **-чен, -чна, -чно** gloomy
сунду́к box, trunk
суп, -а and **-у** soup
суро́вый *sht.fm.* **-ро́в, -а, -о** severe, austere, stern
суста́в joint
су́тки, *pl.* only, **-ток** day, twenty-four hours
суту́лый *sht.fm.* **-ту́л, -а, -о** round-shouldered, stooping
«Суходо́л» *Dry Valley*
сухо́й *sht.fm.* **сух, -á, -о** dry
существо́ being; essence; **по существу́** in essence
существова́ние existence
существова́ть, -у́ю, -у́ешь exist
су́щность *f.* essence; **в су́щности** virtually, in the main
сходи́ть,[1] **-жу́, -дишь/сойти́, -йду́, -йдёшь; -шёл, -шла́** go down, descend; **сходи́ть с ума́** go mad
сходи́ть[2] *pf.* go, go and see
схо́дни *pl.* only, **-ней** gang-way
схо́дство similarity
сце́на scene; stage
счастли́вый *sht.fm.* **-ив, -а, -о** happy, lucky
сча́стье happiness, luck
сшива́ть/сшить, сошью́, сошьёшь sow (together); **сши́тый** *p.p.p.*
съе́здить, -жу, -дишь *pf.* go, go and visit
съезжа́ться/съе́хаться, -е́дусь, -е́дешься meet, come together
сын *pl.* **сыновья́, -е́й** son
сы́рость *f.* dampness
сюда́ here *mtn.*

Т

та́зик *dim.* of **таз** (wash-) basin
таи́нственный *sht.fm.* **-вен, -нна, -нно** mysterious
та́инство sacrament; *arch.* secret
таи́ть/по- hide, conceal
так so, thus; **так же** like wise; **так как** as, because
таки́ after all, really
тако́й such
та́лия waist
та́нец, -нца dance; *pl.* dancing
танцева́льный dancing, dance *adj.*
танцева́ть, -у́ю, -у́ешь/по- dance
таранта́с tarantass (springless carriage)
таранте́лла *tarantella* (Italian dance)
таре́лка, *g.pl.* **-лок** plate
таска́ть/по- drag, pull; carry
тата́рский Tartar *adj.*
тахта́ ottoman
телеграфи́ст telegraphist
те́ло body
темне́ть, -е́ю, -е́ешь/по-, с- grow dark
темноволо́сый dark-haired
темноли́кий dark-faced
темнота́ darkness
тёмный *sht.fm.* **-мен, -мна́, -мно́** dark
те́мя, -мени, -менем, -мени crown of the head
тень *f.* shadow
тепе́решний, -няя, -нее present, of now
тепло́ heat, warmth
тёплый *sht.fm.* **-пел, -пла́, -пло́** warm
Тибе́рий, -ия Tiberius
тиро́льский Tyrolean *adj.*
ти́тул title
титуло́ванный *sht.fm.* **-ван, -а, -о** titled
ти́хий *sht.fm.* **тих, -а́, -о** quiet, silent; **ти́ше** *comp.*
ткнуть see **ты́кать**
то that; then; **то, что** what; the fact that; **то...то** now... now; **то есть** that is
-то emphatic particle; also *coll.* and *fam.*
толк sense; use; **отвеча́ть то́лком** give a sensible answer
толпа́ crowd
толпи́ться, -плю́сь, -пи́шься/с- crowd, throng
то́лстый *sht.fm.* **толст, -а́, -о** thick; stout
толстя́к fat, stout man
то́лько only; **то́лько что** only just
томи́ться, -млю́сь, -ми́шься be tormented, oppressed
тон tone; **подня́ть тон** raise the tone, one's voise
то́нкий *sht.fm.* **-нок, -нка́, -нко** thin; fine, delicate, subtle; **тонча́йший** *sup.*
тонкоше́ий, -яя, -ее thin-necked
тону́ть/по-, у- drown, sink; be lost, disappear
топи́ться, -плю́сь, -пишься/у- drown oneself
то́пка, *g.pl.* **-пок** furnace
то́поль, *pl.* **-и** and **-я́** poplar
топо́рный rough, clumsy
торгова́ть, -у́ю, -у́ешь trade, do business; **ры́нок торгова́л** the market was on
торжествова́ть, -у́ю, -у́ешь/вос- triumph
торопли́вость *f.* haste
торопли́вый *sht.fm.* **-ли́в, -а, -о** hasty, hurried
торча́ть, -чу́, -чи́шь/по- jut out, stick out

тоска́ anguish, yearning
то́тчас (же) immediately
то́чно as if; exactly
то́чность *f.* exactness, accuracy; **испо́лнить в то́чности** carry out precisely
то́чный *sht.fm.* **-чен, -чна́, -чно** exact, accurate; **так то́чно** just, so, that is right; **как мо́жно точне́е** as precisely as possible
точь-в-точь exactly, in every detail
трава́ grass
тракти́р inn
трамва́йный *adj.* from **трамва́й** tram
трамонта́на *tramontana* (North wind)
тра́та expenditure
тратто́рия inn (Italian)
тре́бовать, -ую, -уешь/по- demand
трево́га alarm, anxiety
трево́жный *sht.fm.* **-жен, -жна, -жно** anxious, troubled, uneasy
тре́пет trepidation; quivering
треск crash, crackle
третьекла́ссник third-class passenger
тре́тий, -ья, -ье third
треуго́льный triangular
треща́ть, -щу́, -щи́шь/по- crash, crackle; rattle
три́жды thrice
трико́ *indecl.* underpants
Тро́ица Trinity (Monastery)
тро́йка, *g.pl.* **-о́ек** troika (team of three horses)
трон throne
тропи́нка, *g.pl.* **-нок** path
трость *f.* walking-stick
труба́ pipe, chimney; trumpet; **тру́бный** *adj.*; **тру́бный сигна́л** trumpet-call, glaring, strident call
тру́бка, *g.pl.* **-бок** pipe
труд toil; difficulty; **с трудо́м** with an effort
трюм hold
трюмо́ *indecl.* cheval-glass (mirror)
тря́пка, *g.pl.* **-пок** rag
трясти́сь, -су́сь, -сёшься; тря́сся, -ла́сь/по- shake, quiver
туале́т toilet; **дневно́й т.** early evening toilet
туго́й *sht.fm.* **туг, -а́, -о** tight
тума́н fog, mist; haze
тума́нно-лазу́рный nebulous azure
тума́нный *sht.fm.* **-нен, -нна, -нно** foggy, misty; hazy
тунне́ль *m.* tunnel
тупо́й *sht.fm.* **туп, -а́, -о** blunt; obtuse
тури́ст tourist
ту́склый *sht.fm.* **тускл, -а́, -о** dim, dull
тут here; then, at that point
ту́фля, *g.pl.* **-фель** shoe; slipper
ту́ча (rain-)cloud
туши́ть/по- put out, extinguish
тщесла́вие vanity
тще́тный *sht.fm.* **-тен, -тна, -тно** vain, futile
ты́кать/по-, ткнуть jab, stick
тысячепудо́вый thousand-pood *adj.*
тяжёлый *sht.fm.* **-жёл, -а́, -о** heavy; hard
тя́жкий *sht.fm.* **-жек, -жка́, -жко** heavy, grave; painful

У

убежда́ть/убеди́ть, 1st *sing.* not used, **-ди́шь** convince
убежда́ться/убеди́ться convince oneself

убеждéние conviction
убивáть/убúть, убью́, убьёшь kill; **убúть из-за углá** stab in the back
убирáть/убрáть, -берý, -берёшь remove; tidy; decorate; (of hair) arrange; **ýбранный** *p.p.p.*
убóрка tidying up, putting in order
уважéние respect
увéренность *f.* confidence, certainty
уверя́ть/-ить assure, convince
увéшивать/увéшать + *instr.* hang, festoon (with); **увéшанный** *p.p.p.*
увозúть, -жý, -зишь/увезтú, -везý, -везёшь; -вёз, -лá take, cart away
углублéние hollow, depression
угождáть/угодúть, -жý, -дúшь + *dat.* please
ýгол, углá corner; **в углý**
ýголь, ýгля, кáменный ýголь coal
ýгольно-чёрный coal-black
удáв boa constrictor
удáр stroke, blow; clap (of thunder)
удáчный *sht.fm.* **-чен, -чна, -чно** successful
удивúтельный *sht.fm.* **-лен, -льна, -льно** surprising; wonderful, striking
удивлéние surprise
удивля́ть/удивúть, -влю́, -вúшь surprise; **удивлённый** *p.p.p.*
удлинённый elongated
удóбство comfort; **со всéми удóбствами** with all amenities
удовóльствие pleasure
удушáть/-úть suffocate, stifle; **удушáемый** *pres.p.a.*
уединя́ться/-úться seclude oneself, retire
уж really, to be sure
ужé already; **ужé не** no longer
уéзд *arch.* district
уезжáть/уéхать, -éду, -éдешь go away, leave
ýжас terror, horror
ужáсный *sht.fm.* **-сен, -сна, -сно** terrible, horrible
уздéчка, *g.pl.* **-чек** bridle
ýзкий *sht.fm.* **-зок, -зкá, -зко** narrow
узкоглáзый narrow-eyed
узнавáть, -аю́, -аёшь/узнáть recognise; find out
уйтú see **уходúть**
укáзывать/указáть, -жý, -жешь show, point out
уклáд pattern, structure; **жúзненный уклáд** pattern of life
уклáдываться/улéчься, -ля́гусь, -ля́жешься... -ля́гутся; -лёгся, -лáсь lie down, go to bed
укорáчивать/укоротúть, -чý, -тúшь shorten
укоря́ть/-úть reproach
укрывáться/укры́ться, -крóюсь, -крóешься cover, wrap oneself
улетýчиваться/улетýчиться *coll.* vanish into thin air
ýличка, *g.pl.* **-чек** *dim.* of **ýлица** street
улыбáться/улыбнýться smile
улы́бка, *g.pl.* **-бок** smile
ум mind, intellect
умéлый able, skilful
умéть, -éю, -éешь/с- know how to, be able; *pf.* manage, succeed
умиля́ть/-úть touch, move
умирáть/умерéть, умрý, ýмрёшь; ýмер, -лá die; **умéрший** *p.p.p.*
ýмница clever fellow; **рéдкий ýмница** exceptionally clever fellow

уморúться *pf. coll.* be dead-tired, exhausted
ýмственный mental, intellectual
умчáть, -чý, -чúшь whirl away, rush off
умывáльник wash-stand
умывáние washing
унижéние humiliation
упáсть see **пáдать**
упирáться/уперéться, упрýсь, упрёшься; упёрся, -лась lean (against)
упóр: глядéть в упóр stare
ус moustache
усáдьба, *g.pl.* **-деб** country-seat
усéянный *sht.fm.* **-ян, -а, -о** sprinkled, studded (with)
усúленный *sht.fm.* **-лен, -а, -о** intensified, reinforced
услýга service; attendance
усмехáться / усмехнýться grin
усмéшка, -шек grin
успевáть/успéть, -éю, -éешь manage, be in time
успокáивать/успокóить calm, reassure; **успокóенный** *p.p.p.*
уставлять/устáвить, -влю, -вишь set, fill (with); **устáвленный** *p.p.p.*
устáлость *f.* tiredness
устáлый *sht.fm.* **-áл, -а, -о** tired
устилáть/устлáть, устелю́, -лешь + *instr.* cover (with); **ýстланный** *p.p.p.*
устранéние removal
усыпáть/усы́пать, -плю, -плешь strew (with); **усы́панный** *p.p.p.*
утвердúтельный *sht.fm.* **-лен, -льна, -льно** affirmative
утверждáть/утвердúть, -жý, -дúшь affirm, assert
утёс rock, cliff
утешáть/-ить console
утончáться/-úться become refined
утопúться see **топúться**
ýтренний, -яя, -ее morning *adj.*
ýтро morning; **с утрá** in the early morning, since morning
утрóба womb
утыкáть/уты́кать, -аю, -аешь set (with); **уты́канный** *p.p.p.*
ухитрятъся/-úться contrive
ухмыляться/ухмыльнýться smirk, grin
ýхо, *pl.* **ýши, -éй** ear
уходúть, -жý, -дишь/уйтú, -йдý, -йдёшь; -шёл, -шлá go away, leave
учáстник participant
ую́тный *sht.fm.* **-тен, -тна, -тно** cosy, comfortable

Ф

фазáн pheasant
фáлда tail, skirt (of a coat)
фальшúвый *sht.fm.* **-úв, -а, -о** false, artificial
фáртук apron (of carriage)
фасáд façade
фасóн fashion; cut
фиáлковый violet *adj.*
финикúйский Phoenician *adj.*
флаг flag
фланéлевый *adj.* from **фланéль** flannel
флирт flirtation
фон background; **на фóне мóря** against the background of the sea
фонáрь *m.* lamp, lantern
фóрма form; uniform

фрак dress-coat
францу́з Frenchman
фре́ска fresco
фрукт fruit
фуникулёр funicular railway
фунт pound

Х

хала́т dressing-gown
хвала́ praise
хвата́ть/-и́ть, -чу́, -тишь seize; sufficient; **наско́лько глаз хва́тит** as far as the eye can reach
хвост tail
хлеб, *pl.* **-ы** bread, loaf; **-а́** corn (-crops, -fields)
хлеста́ть, -щу́, -щешь/по-, хлестну́ть lash, whip
хло́панье cracking
хло́пать/по-, хло́пнуть bang, slam
хлопота́ть, -чу́, -чешь/по- bustle about
хло́поты *pl.* only, **-по́т** trouble, bustle
хмель *m.* hops; intoxication
хму́рый *sht.fm.* **хмур, -а́, -о** gloomy, sullen
ход motion, run; **на ходу́** while walking; entrance; **за́дний ход** rear entrance
ходи́ть, -жу́, -дишь—идти́, иду́, идёшь; шёл, шла/пойти́ go, walk, move; be on; **океа́н ходи́л** the ocean was heaving; **э́то идёт к ла́ду** this goes well with; **походи́ть** *pf.* walk about for some time
хозя́ин, *pl.* **-я́ева, -я́ев** master; owner, landlord
хозя́йка, *g.pl.* **-я́ек** mistress, proprietress
хозя́йственный *sht.fm.* **-вен, -нна, -нно** economical, thrifty
хозя́йствовать, -ую, -уешь/по- keep house, manage a household
холо́дный *sht.fm.* **-ден, -дна́, -дно** cold
холщо́вый *adj.* from **холст** canvas
хоро́шенький pretty
хоро́ший *sht.fm.* **-ро́ш, -а́, -о́** good, fine; beautiful, pretty; **хоро́ш собо́й** good-looking
хоте́ть, -чу́, -чешь, -чет; -ти́м, -ти́те, -тя́т/за- want; **хоте́ть сказа́ть** mean; **хоте́ть есть** be hungry
хоте́ться/за- *imp.*: **мне хо́чется** I want to, feel like
хоть even, at least
хотя́ although; **хотя́ бы** if only, at least
храм temple
храни́ть keep, retain
хрип wheeze, rattle
хрипе́ть, -плю́, -пишь/за- wheeze
хри́плый *sht.fm.* **хрипл, -а́, -о** hoarse, raucous
худо́й *sht.fm.* **худ, -а́, -о** lean, thin; bad

Ц

ца́рский regal, royal
ца́рственный *sht.fm.* **-вен, -нна, -нно** regal, kingly
ца́рствование reign
цвести́, -ту́, -тёшь; цвёл, -а́ flower, bloom

цвет[1] blossom
цвет[2], *n.pl.* **-á** colour
цветйстый *sht.fm.* **-йст, -а, -о** flowery, florid
цветнóй coloured
цветóчек, -чка *dim.* of **цветóк** flower
цветóчный *adj.* from **цветóк**; **цветóчная пыль** pollen
цевнйца pipe, reed
цедйть, -жý, -дишь/по- strain; sip
целкóвый, -ого *arch.* one ruble
целовáть, -ýю, -ýешь/по- kiss
цéлый *sht.fm.* **цел, -á, -о** whole, entire
цель *f.* purpose, aim, target
ценá price; value
ценйть value
цепь *f.* chain; **цепóчка,** *g.pl.* **-чек** *dim.*
цéрковь, -кви church; **цepкóвный** *adj.*
цивилизáция civilisation
цирк circus
цыгáнка, *g.pl.* **-нок** gipsy woman
цы́почки, *pl.* only, **-чек: на цы́почках** on tip-toe

Ч

чаевы́е, -ы́х, *pl.* only, tip
чай, чáя and **чáю** tea; **чáйный** *adj.*
час hour; **в час** at one o'clock; **часы́, -óв** watch, clock
чáстный private
чáхлый *sht.fm.* **чахл, -а, -о** weak, sickly
«Чáша жйзни» *The Cup of Life*
чéй-нибудь(-то), чья́-, чьё-, *pl.* **чьй-** somebody's
чёлка, *g.pl.* **-лок** forelock
человéк, *pl.* **лю́ди, людéй** and **человéк** man, human being; **молодóй человéк** young man
человéческий human
человéчество mankind
чéлюсть *f.* jaw
чем than
чемодáн suit-case; **чемодáнчик** *dim.*
чéпчик cap, bonnet
чéрез + *acc.* through, over; **чéрез час** in an hour's time, an hour later
чéреп skull
чересчýр too (much etc.)
чернйла *pl.* only, **-нйл** ink
чернобрóвый dark-browed
чернотá blackness
чёрный *sht.fm.* **чёрен, -рнá, -рнó** black
чертá line, feature
чертóг *poet.* hall, abode
чеснóк garlic
чéстный *sht.fm.* **-тен, -тнá, -тно** honest
честь *f.* honour; **в честь** + *gen.* in honour of
четá couple
четверостйшие quatrain
четвёртый fourth
чéтверть *f.* quarter
чёткий *sht.fm.* **-ток, -ткá, -тко** clear, distinct
числó, *g.pl.* **-сел** number; date; **в том числé** among them
чйститься, -щусь, -тишься/по- *pass.* be cleaned
чйстка, *g.pl.* **-ток** cleaning; **для чйстки** to be cleaned
чистотá cleanliness
чйстый *sht.fm.* **чист, -á, -о** clean, pure

чита́льня, *g.pl.* **-лен** reading-room
чита́ть/про- and **прочёсть, -чту́, -чтёшь; -чёл, чла́** read
чре́во womb; maw
чрезвыча́йно exceedingly, extremely
что what, which; that; **что за лю́ди** what sort of people; **что ли** then, I suppose
что́бы and **для того́ что́бы, с тем что́бы** in order that/to; **так что́бы** so as to
чу́вство feeling, sense
чу́вствовать, -ую, -уешь/по- feel, sense; **чу́вствовать себя́ как до́ма** feel at home
чуда́к crank, eccentric
чуде́сный *sht.fm.* **-сен, -сна, -сно** wonderful, lovely
чудо́вище monster
чу́ждый *sht.fm.* **чужд, -а́, -о** alien, a stranger (to)
чужо́й strange, foreign; somebody else's
чуло́к, -лка́, *g.pl.* **чуло́к** stocking
чу́ткий *sht.fm.* **-ток, -тка́, -тко** sensitive
чуть slightly, just; **чуть (бы́ло) не, чуть ли не** all but, very nearly

Ш

шаг step, pace; **на ка́ждом шагу́** at every step; **ло́шади пошли́ ша́гом** the horses slowed down to a walking pace
шага́ть/по-, за-, шагну́ть step, stride, march
шале́ть, -е́ю, -е́ешь/о- go crazy
шар ball; **электри́ческий шар** electric light-bulb
ша́рик bead
шатро́вый tent-shaped
швейца́рская, -ой porter's lodge
ше́йный *adj.* from **ше́я** neck
шёлк, *n.pl.* **-а́** silk; **шёлковый** *adj.*
шёпот whisper
шерша́вый *sht.fm.* **-а́в, -а, -о** rough
шерстяно́й woollen
шесто́к, -тка́ perch
шеффль-бо́рд deck-quoits
ше́я neck
ши́бко *reg.* quickly, smartly
шине́ль *f.* overcoat
шипо́вник sweet briar; dog-rose
широ́кий *sht.fm.* **-о́к, -а́, -о́** broad, wide; **широча́йший** *sup.*
широкого́рлый wide-throated
широколи́цый broad-faced
шкап (-ф) cupboard; **в шкапу́; шка́пчик (-ф-)** *dim.*
шкату́лка, *g.pl.* **-лок** casket
шлёпать/по-, шлёпнуть + *instr.* drag (one's slippers)
шлёпаться/шлёпнуться tumble, fall down
шлея́ breech-band
шля́па hat
шнуро́к, -рка́ lace
шокола́д chocolate; **шокола́дный** *adj.*, chocolate-coloured
шоссе́ *indecl. neut.* highway
штаны́, *pl.* only, **-о́в** trousers
што́пать/за- darn
шу́бка, *g.pl.* **-бок** furcoat
шум noise, sound, rustle
шуме́ть, -млю́, -ми́шь/по-про-, за- make a noise, rustle, roar
шу́мный *sht.fm.* **-мен, -мна́, -мно** noisy, loud
шу́рин brother-in-law

шуршáть, -шý, -шѝшь/за- rustle
шýтка, *g.pl.* **-ток** joke
шутлѝвый *sht.fm.* **-лѝв, -а, -о** joking, jocular
шутя́ jokingly

Щ

щеголѝха smart lady
щéдрый *sht.fm.* **щедр, -á, -о** generous
щекá *pl.* **щёки, щёк, щекáм** cheek
щёлкать/по-, за- щёлкнуть click, crack, smack, crunch
щепá no *pl.* chips
щéпка, *g.pl.* **-пок** chip, sliver; *pl.* wood-shavings
щётка, *g.pl.* **-ток** brush
щи *pl.* only, **щей** cabbage soup
щýриться/по- screw up one's eyes

Э

экстатѝческий ecstatic
элегáнтный *sht.fm.* **-тен, -тна, -тно** elegant
электрѝческий electric(-al)
электрѝчество electricity, electric light
энергѝчный *sht.fm.* **-чен, -чна, -чно** energetic
эпизóда episode
эстрáда platform, stage
этáж storey

Ю

ю́бка, *g.pl.* **-бок** skirt
ю́жный southerly, southern
ю́ноша, *g.pl.* **-шей** young man, youth

Я

явля́ться/явѝться, -влю́сь, -вишься appear, report
я́вный *sht.fm.* **-вен, -внá, -вно** evident, manifest
я́вственный *sht.fm.* **-вен, -нна, -нно** clear, distinct
язы́к tongue; language
язы́ческий pagan *adj.*
я́корь, *n.pl.* **-я́** anchor
январь *m.* January
янтáрный *adj.* from **янтáрь** amber
Япóния Japan
я́ркий *sht.fm.* **-рок, -ркá, -рко** bright, brilliant; **я́рче** *comp.*
я́ростный *sht.fm.* **-тен, -тна, -тно** furious, fierce
ярýга gulley
я́щик box, crate; **я́щик из-под сóдовой воды́** soda-water crate